南有嘉魚文化丛书

故事

嘉鱼

嘉鱼县文体广电新闻出版局　嘉鱼县作家协会　编著

中國廣播影視出版社

图书在版编目（CIP）数据

故事嘉鱼 / 嘉鱼县文体广电新闻出版局，嘉鱼县作家协会编著．-- 北京：中国广播影视出版社，2017.9（2021.6 重印）
（“南有嘉鱼”系列）
ISBN 978-7-5043-8015-9

Ⅰ．①故… Ⅱ．①嘉… ②嘉… Ⅲ．①民间故事 - 作品集 - 嘉鱼县 Ⅳ．① I277.3

中国版本图书馆 CIP 数据核字（2017）第 243305 号

故事嘉鱼

嘉鱼县文体广电新闻出版局　嘉鱼县作家协会 / 编著

责任编辑　杨　凡
装帧设计　武汉中图图书出版有限公司

出版发行　中国广播影视出版社
电　　话　010-86093580　010-86093583
地　　址　北京市西城区真武庙二条 9 号
邮　　编　100045
网　　址　www.crtp.com.cn
电子信箱　crtp8@sina.com

经　　销　全国各地新华书店
印　　刷　武钢实业印刷总厂

开　　本　710 毫米 × 1000 毫米　1/16
字　　数　282（千）字
印　　张　23
版　　次　2017 年 9 月第 1 版　2021 年 6 月第 2 次印刷

书　　号　ISBN　978-7-5043-8015-9
定　　价　58.00 元

《南有嘉鱼》文化丛书编委会

总　序

让公共文化之光照亮书香嘉鱼

丁淑娇

嘉鱼县地处长江中游南岸，地属武汉城市圈，史称“武昌上游之邑，湘湖要冲之区”，国土面积1019平方公里，人口37万人，是闻名全国的蔬菜之乡、螃蟹之乡、鮰鱼之乡、黄金之乡，近几年来分别获得全国文明县城、国家卫生县城、国家园林县城、全国平安县等殊荣。

嘉鱼是楚文化的中心区域，也是一个移民聚居之地，因为《诗经·小雅》中“南有嘉鱼”的诗句而得名。自古以来，嘉鱼先贤崇文尚理，研学习艺，涌现出了方逢时、吴廷举、金声、李承箕、李承芳、刘心源等朝中宰相、国之栋梁和文豪书家，一度形成了“嘉半朝”的盛况，可谓人文荟萃，闻名遐迩。经过历代的发展和积淀，逐渐形成了具有浓郁地域特色、深厚人文底蕴的本土文化，如诗经文化、三国文化、鱼文化、南宋文化、“嘉半朝”文化、红色革命文化，犹如一眼眼甘泉滋养着嘉鱼人民的灵魂和精神，造就了嘉鱼人灵慧机敏、自强不息的独特个性，也给嘉鱼文艺工作者们提供了丰富的创作土壤、宽广的表现舞台和无穷的发挥空间。

近年来，嘉鱼县委、县政府认真贯彻落实中央和省委关于推进公共文化服务体系建设的总体要求，特别是入选全省第二批示范区创建县后，在省文化厅、省财政厅和市文广新局大力支持下，在相关专家的精心指导下，坚持“政府主导、社会参与、共建共享”的原则，按照“强保障、夯基础、抓服务、惠民生”的思路，整合各类资源，坚持城乡统筹，强力推进公共文化基础设施建设，不断提升公共文化服务供给能力，着力建设惠及城乡的现代公共文化服务体系，初步建成以县城“四馆两场”为龙头，以镇综合文化站为枢纽、以村社区综合文化服务中心为基础的三级公共文化服务体系。一个人人参与公共文化、人人享受文化成果的繁荣局面正在跃然呈现，公共文化服务体系建设可谓亮点纷呈、特色鲜明、成绩斐然。

文化，是一个民族的血液和灵魂，而文学艺术则是凝聚人们情感、智慧的精华，更是传承历史文明、推动社会发展的重要力量。为了配合公共文化服务体系示范区建设，着力打造“书香嘉鱼”、“文化嘉鱼”，嘉鱼县文体广电新局和嘉鱼县作家协会联合开展“南有嘉鱼”文化丛书编辑出版工作，旨在梳理和研究嘉鱼文化艺术内涵，传承和弘扬嘉鱼历史文化遗产，为推进湖北省公共文化服务体系示范区创建工作服务，为建设社会主义核心价值观体系服务，为全面促进嘉鱼政治、经济、社会、民生和生态建设、发展和进步服务。

“南有嘉鱼”文化丛书遵循史实准确、内容翔实、以史鉴今的原则，真实地展示嘉鱼文化起源、形成、发展的历史轨迹和时代影响，体现一定的史料价值、理论价值、文化价值和艺术价值。丛书共分为五个部分，每个部分独立成册：一是《三国嘉鱼》。东汉时期的三国赤壁大战的主战场，就在我们嘉鱼的陆溪镇（古称陆口）一带，而嘉鱼的三国文化也源远流长。该书以三国争霸为历史背景，以发生在嘉鱼或与嘉鱼息息相关的三国战事、三国人物、三国掌故、三国遗迹、三国探掘和三国吟赋等为主要内容，全面展示和反映嘉鱼在三国时期尤其是赤壁之战中的历史地位和独特作用。二是《故事嘉鱼》。自20世纪80年代以来，嘉鱼县一批文化工作者就着手开展民间文学的发掘整理工作，通过收集在嘉鱼广为流传的神话故事、传说故事、机智人物故事、地名故事、笑话故事和近现代革命历史人物故事等，形成了数以千计的故事篇章，以独特的视角体现了嘉鱼历史社会的发展变迁、风土人情的多姿多彩、人民群众的聪明智慧和勤劳勇敢，具有极强的可读性、教育性和收藏性。三是《歌赋嘉鱼》。主要收录整理了流传在嘉鱼地域的传统民歌、民谣和新中国成立以来嘉鱼音乐工作者创作的歌曲，以优美的歌词和曲调，全面展示嘉鱼县的地理环境、风土人情、秀美风光、发展变化、社会生活和人间情感，抒发了对“真善美”的礼赞和对故土家乡的热爱之情。四是《寻味嘉鱼》。以图文并茂的形式、活色生香的笔触，挖掘整理了嘉鱼的传统美食文化和现代餐饮工艺，是一本全面展示“舌尖上的嘉鱼”的工具之书和鉴赏之作，读来让人口舌生津，味蕾大开。五是《走笔嘉鱼》。精选嘉鱼籍作家描写家乡的散文之作，通过“水乡流韵”、“桑梓情怀”、“故土叙事”、“岁月留痕”、“陌上花开”、“诗意人生”等章节，全方位、多视角地再现了嘉鱼的山水田园之美、创业创新之路、建设发展之途、人性人情之变。尤其是那些描写农村、农业、农民的作品，以真实的笔触和浓郁的情感取胜，让人“望得见山、看得见水、记得住乡愁”。

“南有嘉鱼”文化丛书只是嘉鱼浩瀚人文历史长河中的几朵小小浪花，只是嘉鱼公共文化建设大合唱中的几个短短音符，也只是弥漫在嘉鱼这个文化家园的几缕淡淡书香。我们将以此抛砖引玉，继续认真学习和领会习近平总书记在文艺座谈会上的讲话精神，牢牢把握文艺发展方向，进一步坚持“双百方针”，组织社会文化力量，全面发掘整理嘉鱼的历史文化，总结提炼嘉鱼的文化艺术成果，开展经常性的群众文艺创作和表演活动，以广阔的胸怀、细腻的笔触、真实的情感和丰富的形式，讴歌人民群众建设新生活的伟大实践和创造精神，反映社会进步思想、人民心中的呼唤和时代的要求，弘扬正能量，唱响主旋律，形成更多更好具有地域特色的文化艺术成果，让人民群众获得更多的文化浸润、精神滋养和文明洗礼，让公共文化之光照亮书香嘉鱼、幸福嘉鱼！

（作者系湖北省嘉鱼县文体广电新闻出版局党组书记、局长）

前　言

嘉鱼的民间文学，是独具特色的楚文化一部分。我县紧傍长江，自古以来交通较为方便，与外界的政治、经济、文化交往频繁活跃，这就给民间文学的产生和传播创造了良好环境。在此基础上搜集整理成的这本书，既突出了本地特色，又体现了兼收并蓄的风貌。

流传在我县民间机智人物的故事，数量多，档次也较高，不同类型的机智人物体现出社会各阶层的鲜明特点。有官宦型的李太清，有文人型的皮琶、孙文玉，有长工型的肖德儿、拖挡，还有流氓无产者型的吉二爹等。明代，嘉鱼有不少人通过科举进入仕途，在朝廷担任尚书等高官要职，故有“嘉半朝”之说。这反映出嘉鱼的社会文化水平普遍较高，在此历史背景下产生的官宦型机智人物，与家乡的师友亲属，弟子传人有着千丝万缕的联系。老百姓就把惩治贪官污吏、为民做主伸冤的良好愿望，附会于官宦型、文人型机智人物身上，不断增添其清廉正直的色彩。长工型机智人物则表现出穷苦农民对财主豪绅的仇恨与反抗，对自身苦难的愤愤不平，于是利用某些智商较高的长工原型加以口头塑造提炼，传讲各种各色“长工斗财主”的故事，有的消极怠工却合情合理，有的用一技之长要挟雇主提高待遇，有的用幽默机智的方法惩治了豪绅却叫对方哭笑不得。即使是流氓无产者型的机智人物的故事，也从某一侧面反映了被不合理的社会制度压抑了的人类自由天性，表现出令人窒息的旧社会里老百姓的自我愉悦和精神生活调剂；当然，这一部分故事在搜索整理中尤其注意了去粗取精。

武林人物故事是本书的又一特色。这与我县的自然环境和经济发展史有着密切的联系。簰洲过去有“小汉口”之称，要向外扩展商品经济交流，就需要开辟水运码头，为本乡本土争得舶位和商埠；由于社会制度不平而造成外地对簰洲人的歧视和排斥，激怒了习武防身的人们奋起抗争，以“江湖义气”捍卫乡亲的利益。这就是“十簰九打”，“说不过金口、打不过簰洲”等民间谚语和故事得以产生的社会历史背景。在嘉鱼广泛流传的这些民间武林人物故事，重在讲明斗争的正义性，语言质朴简洁，人物经历大都平凡可信，使人产生亲近感和信赖感；而不像书面传奇故事那样，将人物神化，极力宣传怪诞离奇、玄奥莫测的情节和武打套路招式等。

关于岳飞、杨幺的传说，更是具有特色。嘉鱼境内水域宽广，古代包括在“八百里洞庭湖”的广大范围之内。这类民间故事中的作战环境体现了明显的水乡泽国地理风貌。思想倾向上既有赞扬岳家军爱民的，也有传颂杨幺义军本领高强的。搜集整理时都保留了原貌，而不是简单地用当代政治观念取代民间故事的思想倾向。

这本集子里还有惟妙惟肖的地名传说，饶有趣味的民俗传说，异彩纷呈的历史人物传说。

上述种种，都具有鲜明的嘉鱼地方特色，是足可珍视的民间文学遗产。

书中还有广泛流传的优美动听的幻想故事、生活故事、吟诗作对的故事和令人捧腹的民间笑话。篇幅或长或短，内容亦庄亦谐，形成文字后保留了地方口语的特点，流畅自然，清新明快，娓娓动听。经过反复比较甄别，择优选编入书的这些故事，与外地雷同的较少，有的因质量较高曾被国家出版部门选入专著公开发表过。这同样是对繁荣我县民间文学，活跃群众精神文化生活所做的积极贡献。

值得一提的是，此次修订增补了嘉鱼老区革命故事，使本书内容更翔实，更有厚重感，具有较高的史料价值和研究价值。

尽管如此，本书仍未能呈现出蕴藏在我县民间故事宝库的全貌，疏漏之处在所难免。我们还要继续广泛深入地搜索整理，使之日臻完善。

民间故事千百年来在老百姓中口耳相传，有的难免鱼龙混杂，精华与糟粕并存。即使是选入本书的故事，也要把它置于历史特定环境中去考量，要看到故事产生的时代和讲述者的历史局限性，要掌握民间文学的艺术规律；不可能一律用今人的标准去要求古人，也不可能按创作故事的艺术特色去衡量民间故事。这就要求大家在阅读和传讲民间故事时，用历史唯物主义观点指导，剔除有害的，保留无害的，宣扬有益的，从而真正达到“古为今用”、“推陈出新”的社会效果，促进社会主义精神文明建设。

目录 | Contents

第一章 神 话

第二章 传 说

· 人物传说 ·

第三章 故 事

神　话

喉　　包

盘古开天地的时候，王母娘娘见地上没有人，就用黄泥巴坨捏成一男一女，放到地上变成一对夫妻，这就是人的祖先。王母娘娘又把仙桃核丢一个下来，立刻长成桃树，结出了红红的桃子。

地上的夫妻俩摘桃子吃的时候，丈夫心疼妻子，把桃肉给她吃，自己吃桃核。没料到那桃核堵在喉管里，吞又吞不下，吐又吐不出，慢慢长成了一个喉包。因此，他们的后代，男的都长喉包，女的不长。

讲述者：张妈　女　70岁　汉族　新街镇港西村农民

搜集整理者：熊运赐

流行地区：新街镇

搜集时间：1982年

盘古开天地

盘古时候，天地混混沌沌，一片漆黑。他要造出一个天地，可劳累了一生，却冇造出天地来。死了以后，他就用高高的身子顶起苍天，右眼变成月亮，左眼变成太阳，牙齿变成星星，汗毛变成芳草，头发变成树木，眉毛变成竹子，左手变成泰山，右手变成华山，小肠变成小河，大肠变成长江。

白天黑夜怎么分开呢？盘古死后，心里挂念着人间，想睁开眼看看自己造的天地，他睁开左眼，就是白天，睁开右眼，就是黑夜。

讲述者：陈世觉　男　50 岁　汉族　官桥镇　大牛山村农民

搜集整理者：邵际景　陈孟春

流传地区：舒桥一带

搜集时间：1983 年

死了丈夫哭姊妹

远古时候，山洪暴发，淹没了世间的万物生灵，单单留下了一座山，留下了一男一女两姊妹，他们孤孤单单地过日子。哥哥每天到山林中找食，日子长了，觉得老是这么过太没得意思了，整日整日地耷拉着脸。妹妹见了，问哥哥有什么事为难的。哥哥叹了口气说："妹妹呀，你我一天比一天老了，又冇得儿女做伴，长此下去怎样是好？"妹妹听了也发愁。后来，妹妹走遍了整座山，还是没看到一个人影。

一天，哥哥对妹妹说："妹妹呀，我们俩做夫妻吧。"妹妹听了不愿意。

不晓得又过了多少年，哥哥再次提起这件事，妹妹想了想说："哥哥呀，实在要做夫妻的话，山顶上有两块磨石，我们俩明天上山滚磨石，要是磨石滚下山合到一块，那就是天意，你我做夫妻，要是合不到一块，那就不谈。"

第二天，兄妹二人上了山，哥哥叫妹妹先滚，妹妹让哥哥先推，你搡我让，最后一齐把磨石推下了山。说来也怪，等滚到山脚下，两块磨石不偏不斜的摞到了一起。

于是，兄妹俩结了婚，生下了好多好多的子孙，从那以后，才有了今天的人类。后来，哥哥先死了，妹妹很是伤心。她一把鼻涕一把泪地抱着哥哥的尸体喊："姊妹吔——我的那个姊妹吔——。"就这么，丈夫死了哭姊妹的风俗在嘉鱼流传下来。

讲述者：程素珍　女　38 岁　汉族　县职业高中教师

搜集整理者：程素珍　屈明仙

流传地区：嘉鱼县潘家湾镇

搜集时间：1987 年

追太阳神

上古时候，太阳神管着十个太阳，烤得地上火辣火烫，万物枯黄。夸父见地上的人冇得吃的，冇得喝的，替他们打抱不平，找太阳神讲理，要他减少九个太阳，只留一个。太阳神讲道理不赢，就赖皮，一溜烟跑了。

夸父不顾年老体弱，拄起仙杖，追赶太阳神，非要他减少太阳不可！追啊，追啊！追过了九十九座仙山，追过了九十九道仙河，到底在银河边抓住了太阳神。太阳神甩不开，挣不脱，放出了太阳真火，把夸父烤得全身瘫软，不知不觉松了手，晕倒在银河边，他却乘机会溜了。

夸父醒来，喉咙眼里干得冒烟子。他把脑壳伸进银河，把银河的水全部喝干了，还止不住渴，最后干死了。

银河的水一干，河底石头露出来，就是星星。

夸父的仙杖掉到地上，变成无数棵桃树，结桃子给人充饥解渴。

讲述者：黄觉先　男　66 岁　汉族　官垱村农民

搜集整理者：金辉

流传地区：官垱村

搜集时间：1984 年

传　说

·人物传说·

岳飞的传说

岳飞的系马桩

在宋代，金兵一再侵犯中原，到处烧杀掳掠，使百姓不能安居乐业，朝廷也迁都江南，朝不保夕。南宋初，岳飞驻军鄂州（今武昌），在嘉鱼操练兵马，准备渡江北征，雪国耻，复失地。百姓们闻讯纷纷赶来投军，不久，就发展了千军万马，壮大了有名的岳家军。

秦桧把岳家军当作心腹大患，他胆战心惊，坐卧不安。他不给岳家军粮草，不发给岳家军饷银，想把它逼上绝路，使它散摊。

岳家军驻在洗马湖边静宝嘴一带，适逢黄梅天气，阴雨连绵，帐篷里非常潮湿，做饭没有干柴，将士们吃住都很困难。有的人提出，改到村镇去驻扎，度过困难。岳飞不同意，说："饿死不掳掠，冻死不拆屋。"还是继续驻扎在荒山上，加紧练兵。

岳家军纪律严明，非常爱护百姓。投军的人越来越多。锅灶不够用了，干柴也烧完了，困难越来越大，往后该怎么办呢?

这天夜半三更，岳飞点着蜡烛，正在读书。突然，一阵清风，吹开了帐幔，随着进来一位白发老人。他把一口大锅，三块劈柴放在中军帐内，对岳飞说："请元帅收下，这些东西可以帮助岳家军度过困难。"岳飞刚要起身向老人道谢，那老人微微一笑，就不见了。第二天，岳飞让人在静宝嘴山上支起了那口锅，点燃了那三块柴。

大雨像瓢泼，地下流成河，那三块劈柴却越烧越旺，常燃不熄。

那口锅看起来很平常，用起来很奇怪，往里面添水加米，只能占它半边，这边添熟饭，那边下生米，人们可以边煮边吃，昼夜不停，总吃不完。

可是，锅灶再好，到底难为无米之炊。因为秦桧还在从中捣鬼，岳家军的粮草越来越少。常言道："兵马未动，粮草先行"。人吃不饱马挨饿，怎么能操练兵马，抗金兵打仗呀?

四方的百姓心疼岳家军，都暗地里吃糠咽菜，省下一些粮食，扛的扛，挑的挑，翻山越岭，送到军营里来。

岳飞知道，兵荒马乱，年成不好，百姓们的生活难过。见他们送来节省下米的粮食，非常感动，谢绝说："把粮食匀给了我们，你们怎样生活?这粮食我们不能要啊！"

这边一定不要，那边一定要给，推来让去，实在无法下地，有位老汉说了实话："以后我们都吃'泡谷米'，泡谷米特别发饭，请收下百姓们的心意吧！"

岳飞立刻按照老人说的法子，把谷子放在开水锅里撮一撮，捞起来晒干，碾成米，再下锅做饭，果然出的饭特别多，特别好吃。于是岳飞让全军都吃起"泡谷饭"来。同时对百姓们说"有了'泡谷米'做饭，我们的军粮就够吃了。"一再道谢地请他们把送来的粮食都带了回去。为了纪念岳飞和节约粮食，至今嘉鱼县还有一百零八个村庄保持着吃"泡谷米"的习俗。

尽管奸臣百般刁难，暗中破坏，岳家军还是迅速发展，兵强马壮，成了一支劲旅，终于北上抗金了。出征的那天，人们扶老携幼眼含热泪前来送行，预祝他们旗开得胜，光复祖国大好河山。

随后，人们又拥到岳家军驻地，想找点遗留的东西，作个纪念。可是，军营里一干二净，百姓们都为岳家军的廉洁奉公十分感动。这时候有人看到了岳飞用过的一根系马桩，便赶紧拔了起来，恭恭敬敬地把它倒插在静宝嘴山头上，使远近的人们早晚都能看到它。

谁也没想到，那倒插的系马桩，竟然扎下了根，发了芽，迎风见长，几天之间就成了几个人合抱不拢的参天大树。它的枝丫向周围伸开，把整个山头都覆盖住了，翠绿的叶子密密麻麻，风不透，雨不漏。在附近种田的、过路的，热天都到树下歇荫乘凉；刮风下雨就到树底下躲避，打不湿，冻不着。而且来的人越多，它长得就越大，总会把所有的人遮掩住。遇到发大水的日子，人们就爬到树上去安身，随你几多人它都承得起。

这棵参天大树一直活了近千年，至今还健在的一些老人，年轻的时候，都到树底下歇过凉、躲过雨哩。

讲述者：刘元发　男　60 岁　汉族　韩家矶渔业队渔民

搜集整理者：谢忠告

流传地区：嘉鱼县

搜集时间：1981 年

杨幺的传说

黄沙湾

在湖北省嘉鱼武昌交界的湖边有一个湾子，三面是滩，一面靠水，分头洲二洲三洲。这个地方跟当年农民起义军领袖杨幺有关。

那时候，杨幺为了操练水军，把队伍拉到这一带。当地人告诉他，说这里水深得打不到底，还常常有水妖作怪。杨幺说，管他么水妖山妖，有我杨幺，他们都要断腰。

这一天，杨幺站在船头传下命令，各个水寨船只摆开阵势。突然，一阵黑风刮起，湖面上翻起几丈高的浪头，船只七上八下，好多弟兄落进湖里。杨幺从贴身荷包里抓起一把神沙，对准黑风撒过去，只见金光一闪，风收了，浪平了，湖面长出了金黄金黄的沙滩。从此，杨幺的水军就在湾子里安营扎寨，操练起来。

这一带尽是黄沙，为了纪念杨幺，后人就叫它“黄沙湾”。

阉鸡尾

在黄沙湾的北面，有个地方叫阉鸡尾。传说这里原先是一个水妖住的热泉。每当杨幺的船队经过，泉口就冒出冲天的热气。水珠子落到手上，手上起泡，落到脸上，脸上苛皮（掉皮，受伤的意思）。闹得不好，就会连人带船卷进热气，卷上半天云。杨幺很伤脑筋，就派军师四处查访，看看有没有法子。当地一个白胡子老爹告诉杨幺，阉鸡公可以镇妖，杨幺马上派人弄来一只好几斤重的阉鸡公，把它用一把神沙打进泉口，顿时热气消了，水也不滚了。在原先泉口的地方长出了一座沙丘，那样子很像一只公鸡的尾巴，义军们就把这块地方取名叫阉鸡尾。

筲箕启

在黄沙湾东面七八里，有一个样子好像筲箕的水注，叫筲箕启。传说这里是当年杨幺的堂客淘米洗菜的地方。杨幺的堂客能文能武，还很关心义军兄弟姐妹。她每天帮助杨幺想办法出点子，一有空就跑到伙夫那里帮忙淘米，兄弟姐妹们劝不止，拉不住。

那天煞黑的时候，她又要下湖淘米，刚到湖边，一脚踩了个空，连人带米全掉进湖里。她爬上岸来，才晓得淘米的筲箕冇得了。想下去摸，黑漆漆又打不到底，只好等明天再来。

第二天，她约几个兄弟来摸，一出山嘴，都呆住了，原来掉筲箕的地方长出一圈子水注，四围高，中间是水。义军说这是那口筲箕变的。以后，不管几多人，来这里淘米洗菜洗衣服都很方便。巧还巧在就是百日大旱，筲箕启里的水总也不干。

斧头山

斧头山下边原先是一个大湖。

传说杨幺有一把宣花大金斧，九九八十一斤，杨幺就用它来砍杀官兵。打了许多胜仗。一看到这把金斧头，官兵们腿子就打闪。

杨幺的水军被破之后，负了重伤，被官兵围在这个大湖里。官兵敢捉杨幺的不多，想得到这把斧头的人却不少。那天一伙官兵围住了杨幺，大喊交出斧头就留一条活命。杨幺一想，命都可以不要，还留这把斧头打鬼。他站在船头上，仰天大笑了一阵子，起手就把斧头丢下了湖。

当时，湖面像煮开了的水，鼓着泡泡，冒着热气。落斧头的地方长出一座山来，壁陡壁陡，远远望去就像一把插在湖里的斧头，后人就把这座山取名斧头山，山下面的湖叫斧头湖。

飞来钟

斧头山后面有一座凤凰山，这座山能得凤凰的名字，是因为当年杨幺的堂客在山上住过一阵子。

凤凰山上挂了一口大铜钟，当年杨幺用它来召集议事，发号施令。只要一敲大铜钟，几十里开外都听得见，六八四十八寨的头领都得到齐。

一天晚上，义军弟兄在大铜钟下议事，半天上刮来一阵怪风，打雷扯闪，又落起鸡蛋大的雨。第二天早上，那个大铜钟无影无踪了。后来有人到处查找，终于在洞庭湖君山的一棵古树上找到了，那个大铜钟的名字就叫“飞来钟”。

庙嘴

斧头山往南几里路有一个小山嘴，叫庙嘴。

庙嘴原先没有庙，只有一棵槐树。杨幺来了之后，看到父老乡亲深受水害，种田收不到谷，植棉捡不到花。就领着义军弟兄在山上修起一座寺庙，庙里供了四海龙王。每年涨水的时候，杨幺就领乡亲去求龙王保佑。从此，这一带不再有水害了。

杨幺走后，官兵比水害还厉害，乡亲们死的死，逃的逃。山上的龙王庙被官兵一把火烧了，至今也只能看到一棵孤零零的老槐树。

尸骨山

凤凰山边挨着一座山，叫尸骨山。说起尸骨山，那真是血成河，尸成山。

当年杨幺刚刚在凤凰山上住下，朝廷就派来大军围剿，一下子从三面围住了义军。杨幺指挥人马退到湖上，官兵也跟着屁股赶，驾起划子追下了湖。杨幺便使出撒豆成兵的法术，满湖都是杨幺的兵马，杀得官兵尸体堆成山。后来，义军就把这里叫作尸骨山，山下那片湖就叫尸骨澥。

挡鱼钩

杨幺扎水寨、练水军，为了抗御官军，还在水寨周围下了好多好多铁钩钩。官兵的水鬼十个就有十个被钩住。后来岳飞的大将牛皋从他师父那里求来一双草鞋，穿上它可以在水面上行走如飞，这才攻破了杨幺的水阵。其实，那一年天干，湖里水浅，杨幺的水军施展不开。

不晓得过了几久，有个打网的渔夫打上来一副铁钩钩，见上面还钩着不少鱼骨头，就学着那样子做起来，这就成了后来钓鱼的滚钩、拖钩、崩钩和各种各样的钩。

讲述者：蔡老爹（已故） 黄沙湾渔民

庞学臣 男 45 岁 汉族 黄沙湾渔场干部

搜集整理者：庞剑 余鸿 周承贵

流传地区：嘉鱼 咸宁 武昌交界处

搜集时间：1986 年

乌龟坳

嘉鱼县绿岭附近，有一座跑马岭。跑马岭的北面，有条山坳叫乌龟坳。传说乌龟坳与南宋时期的农民起义军首领杨幺有关。

那时，杨幺的起义军连续打了几仗，人困马乏，当天傍晚队伍开到那一带山里扎营住下，准备第二天夜里攻打嘉鱼县城。不料想，攻城的消息被驻守嘉鱼牛头山的岳飞知道了，岳飞派牛皋率领一支人马连夜赶往跑马岭，想给杨幺来个出其不意的攻击。

这边，杨幺的起义军正在梦里；那里，岳家军已是杀气腾腾。幸好，山上住着一位老人，当地百姓都称他龟老公。杨幺恰巧住在他的家里。龟老公听到动静，掐指一算，知道官兵打来了，就赶紧叫醒杨幺。这时，岳家军黑压压地杀了过来，来不及披挂的义军仓促抵抗，顿时，山上一片混乱。战鼓声、马蹄声、惨叫声、刀枪相碰声混杂在一起。只见尸体遍地，血流成河，双方伤亡十分惨重。杨幺的义军渐渐支持不住了，只得朝山里转移。突然，只听得“轰隆”一声巨响，在杨幺的义军与岳家军之间，出现了一条形似乌龟的大山坳。这条深七八丈宽十几丈的山坳，挡住了岳家军的去路。杨幺趁机率领剩余人马撤回了水寨。牛皋气得干瞪眼，只好收兵回营。

原来，是龟老公为营救杨幺的义军，施展仙术，开出了这条山坳。事后，岳家军知道了，就砍了龟老公的头。直到现在，山上还有一只没有头的石乌龟。传说他是龟老公变的。后人为了纪念杨幺，就把这个山坳叫作“乌龟坳”。

讲述者：周廷军　男　40 岁　汉族　官桥区干部

搜集整理：周继红

流传地区：嘉鱼　赤壁一带

搜集时间：1987 年

晒甲山

嘉鱼县马鞍山附近有个小土包，叫晒甲山。是什么人在这里晒过头盔、铠甲呢？说来话长。

宋代末年，朝廷腐败，民不聊生，各地农民纷纷揭竿而起。洞庭湖有一支起义军，领袖叫杨幺，是贫苦农民出身，杨幺有胆有谋，领导这支队伍打了许多胜仗。这一下，皇帝发了慌，赶忙抽回正在抗金的岳飞。岳飞接到令牌，和将士们日夜兼程往回赶，来到杨幺驻扎的马鞍山脚下，摆下阵势，准备夹攻杨幺。突然，老天爷发了威，降下一场大雨，岳飞和他的将士们被浇得昏头昏脑，人困马乏，头上的头盔，身上的铠甲都湿透了，穿戴在身上像有千斤重，哪还有气力同杨幺作战？只好卸下来晒干。趁这时机，杨幺已带着人马冲出岳飞布下的天罗地网，进西粱湖，出韩家矶，绕道长江，回洞庭湖去了。

后来，人们都夸杨幺有板眼，会利用有利时机打仗。还说杨幺有天助，引下了一场“及时雨”，帮了起义军的大忙。为了纪念杨幺，就把这座无名小山取名晒甲山，晒甲山下的村子叫晒甲村。

讲述者： 曾荣启　男　40 岁　汉族　官桥镇粮管所干部

搜集整理者： 曾玲利

流传地区： 新街镇一带

搜集时间： 1988 年

透脱港

南宋时候，金兵打过了长江，朝廷只晓得求和，向他们进贡金银财宝。那时，嘉鱼县跟洞庭湖水域连在一起，统称“八百里洞庭湖”。湖区一带的老百姓实在忍受不了啦！种田的、打鱼的，纷纷跟随“大圣天王”杨幺扯旗造反了！朝廷对金兵怕得要死，对杨幺义军倒恨得要命，传下圣旨，把正在抗金的“岳家军”调来，剿杀杨幺义军。

岳飞来这里的第一天，就把杨幺义军围困在蜀湖里。杨幺向岳飞递信说：“只要朝廷不再搜刮老百姓血汗向金国进贡，我们情愿上前线抗金。”岳飞对皇帝死忠，不敢违拗圣旨，非要把杨幺义军斩尽杀绝不可。

第二天，岳飞派出的探子，看到蜀湖西南的一个山岭上，扯起了“大圣天王”的大旗，杨幺的人马摆成长龙阵，擂鼓呐喊，“啊嗬”喧天。看样子像是要挖一条大港，通向长江。探子飞报岳飞。岳飞登上嘉鱼城里的岳公楼，远远望去，果见义军将士们都手挖肩挑，忙个不停，料定他们是要打通水路突围。他赶紧调集全部岳家军，把守住江边一带。

夜晚，杨幺义军的阵地上灯火通明，火光中，隐隐约约看见杨幺身穿金甲，站立在一个山头上，亲自督阵开港。岳飞就派牛皋带领一队弓箭手，远远地对着灯光、铠甲放箭，并且嘱咐他：“我军初来乍到，不熟悉地形，夜战不可近敌，恐怕中了埋伏。只等天明，就一齐出动，将他们一网打尽。”

哪晓得，过了一夜。探子飞报：“杨幺军全部冲出蜀湖，远走高飞了！”

岳飞急忙打马到湖边察看。哟！昨夜看到杨幺站立的那个山头上，竖的是一个穿着铠甲的草人。原来，他们摆开阵势挖港，不过是做做样子。等到黑夜里，又反过身去，改在蜀湖的东北方，把原有的一条小港挖成大港。义军从这里出蜀湖，进西粱湖，又回到“洞庭湖”里去了！

后人把杨幺义军扯旗的山岭叫作“扯旗岭”，竖穿甲草人的山岭叫“甲山”；把他们白天装样子挖的港叫“杨家洪”，黑夜挖开，靠着它突围脱身的港叫“透脱港”。

讲述者：张平云　男　55 岁　汉族　县志办公室干部

搜集整理者：金辉　熊运赐

流传地区：嘉鱼县

搜集时间：1982 年

水战牛皋

传说杨幺扯旗造反以前，在嘉鱼白云山下的一个湾子里教过书。他的学生听说先生在这一带作战，就请他去做客。学生们捉到了一条丈把长、水桶粗的鳝鱼，谁也不敢吃，怕是精怪。杨幺不管三七二十一，一刀把鳝鱼脑壳剁下丢了，把身子煮熟下酒，吃完了，倒头就睡。

牛皋听说杨幺到了白云山下，就要去捉拿。岳飞说，“杨幺惯会水战，你不可轻敌！”牛皋大叫“我有鲍方老祖送的草鞋‘水上漂’，定叫他跑不了！”岳飞见牛皋求战心切，就派他去了。

杨幺醉得迷迷棚糊的，觉得身子在发胀，骨架在撑大。听说牛皋追来，他翻身起床，跳过后墙跑了。

牛皋借着星光，看见一个大汉，身高丈把，腰身有水桶粗，想必是杨幺。他就眼在屁股后头紧紧追赶。追到湖边，杨幺冇得路走了，只好“扑通”一声跳下水去。他以前凫迷泅（潜水）隔一阵总要伸出头来换气。这次在水里凫了老半天，进气出气都蛮顺畅，还不兴用手划、用脚蹬，把身子一扭，就冲出老远。原来是因为他吃下那条大鳝鱼，成了鳝鱼精啦！

杨幺沉在水里朝上一瞄，见一个黑大汉，穿双草鞋，踏水面如平地，手拿一对铁锏，鼓起眼睛盯着湖面上，只等水里人一露头，就要劈头盖脑打下来。杨幺晓得他是蛮将牛皋，不觉暗暗好笑。他游到牛皋脚下，掐住他的螺丝拐儿，想拉下水来捂死他，哪晓得那双草鞋总是在水上漂，拉不沉。牛皋的脑壳栽进水里，像一只倒吊的浮筒，咕哝咕哝直呛水，呛得白眼珠子直翻，用铁锏在水里瞎扫瞎打。杨幺一时也不好近他的身。

这时，岳家军的接应兵，划着几条船来了。杨幺孤身一人，不便久战。怎么脱身呢？他一个猛子扎下水底……奇怪！湖底的烂泥都被他拱开了，泥里现出一条路！他神不知鬼不觉地回到了自己的水寨。

牛皋不管怎么样挣扎，总是转不过头来。等到船上的援兵赶到，把“倒吊浮筒”扯起来，已经淹得差不多了。

讲述者：熊普官　男　48 岁　汉族　港东村农民

搜集整理者：金辉　熊运赐

流传地区：嘉鱼县

搜集时间：1982 年

死人地

杨幺跟岳飞打仗那年，大旱几个月，冇下一滴雨，八百里洞庭湖区，大湖水浅了，小湖水干了。水军战船施展不开，杨幺的最后一支人马被岳家军包围了。义军将士有的被捉，有的被杀，独剩杨幺一个人。他杀出条血路，跑到西粱湖边，一看：湖底干硬了壳！只有个小湖汊，被山挡住，水退得慢，还有点烂泥。杨幺就变作鳝鱼，往烂泥里拱。

岳飞跟在后面追赶，一眨眼不见了杨幺。他摇身一变，变作大鹏鸟，在天上飞着车转转，过细搜查。他看到湖汊里新翻动的烂泥，估摸杨幺在里面，就歇在山头上盯着。

可惜杨幺在白云山下吃那条大鳞鱼冇吃脑壳，所以，变成鳝鱼以后，只能拱烂泥，却拱不动硬泥巴。他守在烂泥里，又出气不赢，要伸出头来换气。大鹏一眼看见，扑下来啄住了鳝鱼。鳝鱼连忙一缩，拖得大鹏鸟一身糊满了烂泥，再也飞不动了，可他还是不松口。鳝鱼把身子一弹，箍住了大鹏鸟。两个扭作一团，打得烂泥飞起老高老高，溅得老远老远。湖汊也变成干地了。两个谁也不让谁，最后扳得晕过去，都现了人身，瘫在一起。

岳家军的大队人马追来，救醒岳飞。岳飞派人上报朝廷，朝廷叫把杨幺就地杀死。

杨幺和他手下的头领们被杀了头。可他们的身子却站立不倒，直挺挺的，纹丝不动。鲜血冲上了半天云，落下来变成倾盆大雨。转眼间，雨水又涨满了大湖小汊；同时，义军首领的身子也变成了一个平顶的土洲，在白浪滔滔的湖水里越长越高，总也淹不没。

后来，老百姓把杨幺被捉的湖汊叫“杨守湖”，把那个平顶土洲叫“死人地”。每年春风一吹，“死人地”上的湖草最先发青。

讲述者：曾五爹　男　70岁　汉族　新街镇农民

搜集整理者：金辉　熊运赐

流传地区：嘉鱼县

搜集时间：1982年

神画师张克东的传说

古嘉鱼城南，有个画师名叫张克东，他的画能通神，感天动地。在嘉鱼、赤壁一带流传着他的故事。

太阳神火

大崖湖的荷叶嘴渡口，有个摆渡的艄公，无儿无女，是个孤老。他年过七十，身子还能挡一点风寒，喜欢喝酒，也喜欢和好酒的老汉交朋友。他和张克东常来往。

老画师张克东，常到大崖山去看风景，总要经过荷叶嘴渡口，和老艄公喝上几杯。一次，张克东住在渡口上，一连下了七天雨，路烂泥滑走不了。画师看这青山绿水，雨打荷叶，满湖雾气蒙蒙，也舍不得走，便想跟这好心肠的老头子留个宝。他叫艄公请过渡人上街买十两银朱，一丈白绫。又把银朱化水淘净，装进茶壶里。中午，天气晴朗，太阳当顶，正好画画，可是张克东酒兴正浓，喝忘了形，不觉把一壶纯净银朱咕隆咕隆喝进了肚里。“糟糕！”等心里明白过来，已经晚了。他想了想，运一下神，便张口往白绫上吞云吐雾直喷。

霎时，白绫上云霞满天，日光通红，成了一张画。张克东把这张宝画送给了艄公，就匆匆赶路去了。

艄公把画挂在破旧的渡棚里，天冷时，满棚热烘烘的；天黑时，满棚光闪闪的。他怕别人知道，想把这张宝画藏起来。不料财主早听说了，就出三百两白银向艄公强买恶要。艄公心想，胳膊扭不过大腿，三百两银子也够我吃到老了，就把画卖给了财主。

财主家的深宅大院，里三层外三层，不像破渡棚那么风凉。神画师画的太阳很热，中午起了火头，财主要用那火抽烟，一下子弄失了火，顿时大火冲天，把财主家烧个精光。随后那宝画又落到渡棚里了。

鲤鱼跳龙门

母女俩，住在鲤鱼汊的湖边上，打鱼为生。秋后，滩开水浅，捕鱼艰难，交不起渔税银子，生活过得很贫苦，餐餐喝稀粥。

两个催税的恶狠狠地上船收税。张克东正在这船上。叫小姑娘添两碗稀粥递给他们。这两个家伙嫌脏，连碗带粥丢到湖里去了，要夺渔网抵税。

张克东制止道："你们莫要蛮横无理！我是远方来客，都能喝稀粥。你们喝点稀粥，怎么不行？真是：

税官来催命，

逼迫穷渔民，

粮食泼水中，

绝情！"

税官发火，问道："你是什么人？"

"我是她外公。"

小姑娘很机灵，说："我外公是神画师张克东！"

"管你是神画师、鬼画师，克东、克西！要三十两纹银，一钱不少。"

张克东在船尾厨舱里，拿了一块抹布，从灶里取出几块柴炭，几笔就勾画了一条鲤鱼："拿去！"

税官一看："鱼是画得好，死的！折不了银子。"张克东口里念念有词：

"税官心太馋，

渔民遭灾难，

死鱼变活鱼，

请看。"

把手中的"死鱼"往湖里一抛，当时波浪直翻，莲花轻摇，一条三尺长的活鲤鱼跳到了船头舱里。税官这才相信他是一位神画师。立刻叫母女俩开船，请神画师到县衙去为官作画，张克东并不推辞。渔船离开湖汊，经过龙泉岩时，神画师默默念道：

"悠悠龙泉水，

滚滚白浪涛，

鲤鱼跳龙门，

快跳！"

鲤鱼一跃，扎进了龙泉。这两个家伙又惊又吓，再也不敢找张克东和渔民扯皮了。

百鸟朝凤

朝廷里听说嘉鱼有个神画师张克东，专门派两个差役来找他。不巧，画师游山玩水没有回，不知要等到什么时候，两人出了个懒主意：在县城里收买了两张雀鸟画，关在屋子里临摹、改装，拼凑一番，然后落上张克东的名字，盖上金石红印，拿到朝廷去交差。哪料想皇帝精通字画，一看就知道是假的，要杀这两个"懒虫"的头。两个差役连忙跪地求饶，说了实话。皇帝让他们又去找张克东。

差役遇到了神画师，下跪求救道："我们两人弄虚作假，触怒了皇帝。这一次再拿不到您老人家的雀鸟画进京，我们两人非死不可，望画师开恩！"

张克东拿出两个小砚台，两锭墨，叫他们把清水磨成浓汁装满三脚盆。两个"懒虫"磨了三天三夜。

画师又要他们买来九尺天蓝素绢挂在墙上，又买一箩筐发了芽的大蒜头，泡在脚盆墨汁里。两个差役心想："大蒜坨能救我们的命吗？"却见张克东在脚盆里选出大蒜坨，一个一个往绢上丢，共丢一百零一个。顿时九尺蓝绢上便有凤凰展翅，百鸟飞跃，它们还叫出了声音。

两人大喜，拿到朝廷交了差，免了死罪。

九龙奔江

张克东到龙潭寺去游玩，寺里一位长老和尚说：“庙前还要做一座九龙照壁。”找他化缘捐献。神画师提起大笔，在化缘薄上一挥：白银五百两。和尚见他是个穷书生，当时就跟他要现银。张克东说：“我先在照壁上画九条龙的身子，你替我出个告示，说我张克东惊蛰日画龙眼睛，来看的人，每人收白银一两。”

惊蛰那天，来庙门前看画龙眼睛的人挤得水泄不通，他们共丢了九百多两银子。这时候张克东忙脱去长袍，挽起衣袖揽来天空的云彩，装进墨桶里。他细笔粗笔蘸着云彩，在九条龙的头上点点染染，画好了眼睛。顿时，春雷震响，狂风大作，暴雨倾盆，九条龙活生生地冲出了照壁。同时张克东把手中的墨桶一甩，也乘风飘去，无影无踪了。

一会儿，雨过天晴，照壁已经坍塌，龙潭寺的东边出现了九条峰峦，就是那画上的龙变的。墨桶甩到了江边，变成了一座小山峰，长满枫树，像红闪闪的宝珠。九条龙似去争夺这颗宝珠。

讲述者：石正析　男　78 岁　汉族　鱼岳镇理发师

搜集整理者：杨振兴

流传地区：嘉鱼县

搜集时间：1982 年

年倒了

张克东一生贫穷，但很有文才，州里府里还蛮有名气。

有一年到了年关，家里一点年货都冇得，老伴急得直旋，恼倒脸（发怒的意思）问他怎样搞。张克东想了想，拿笔就写了一个倒“年”字又写了一个差一点的“我”字，然后把它封好，托人送到县衙门。

县官接到以后，拆开看了好一会，不晓得么意思。问师爷，师爷摆摆头，问衙役，衙役干瞪眼，还是县官的老婆聪明，点着字说：“这是年倒（到）了。”又指着我字说：“我冇得一点年货！”

县官恍然大悟，就派人给张克东送去满满一担鱼、肉、米，张克东一家过了一个好年。

讲述者：何耀焕　男　48 岁　汉族　合镇乡教师

搜集整理者：殷柞顺　孙轶雄

流传地区：嘉鱼县簰洲湾镇

搜集时间：1988 年

买 地

有一次，张克东从一家门口经过，见一妇人在搬酒弄肉，就随意问："您家是要接客吧？"这妇人十分好客，连忙答道："正是，请您进来喝两盅。"张克东先不肯去，妇人再三相请才进去。

原来这是个佃户，租种着财主几亩田，因年成不好欠了收，想请财主来喝酒，求他减点租。张克东明白后说："把这几亩田送给你好不好？"妇人只是苦笑，张克东拿出笔来，写了一张条子，要佃户送到县衙门。知县一看条子，知道是神画师写的，要找知县借银子，指明要买佃户租种的那几亩田。知县不敢得罪，只好派差役到财主家买地。财主不敢得罪知县，只好把田卖了。从此，佃户有了自己的田地，他们时刻不忘张克东的恩情。

讲述者：佚名

搜集整理者：尹澄清

流传地区：嘉鱼县

搜集时间：1984 年

巧戏乡绅

一次，几个乡绅在一起喝酒，花天酒地，神画师张克东一向看不惯这班人，想戏弄他们一番，便走了过去。

乡绅们并不认识张克东，但见他文质彬彬，就假意请他坐上席。张克东也不谦让。乡绅们大为不满，又不便发作，只是轻声议论，说这人不知礼仪。酒席间，乡绅们都炫耀自己一生中坐了几次上席。张克东淡淡一笑说："我一生只坐了三次上席。"乡绅们问哪三次。张克东说："我成亲的时候坐了一次。"一乡绅说："这是理所当然，那第二次呢？"张克东说："我外甥结婚时坐过一次。"又一乡绅说："娘亲舅大嘛，理所当然，那第三次呢？"张克东说："朝廷里比赛画画我坐了一次。"又一乡绅说："听说那次是神画师张克东坐的上席，你在吹牛吧！"

乡绅们都瞧不起这人，要他当面作画。他拿出神笔，一挥而就，成了一幅画：上面一个太阳挂在桑树上，一只大船停靠在小桥边，船上坐着个道人，桥上有只小公鸡。乡绅们不晓得其中意思，只好请他解释。张克东又是一挥而就，写下四句诗："日出扶桑万国低，大船暂泊小桥西，道人不是寻常客，小小公鸡莫乱啼。"其中一个聪明点的乡绅看出诗中另有所指，就催他签字，张克东刚写上自己的姓名，画上的一切都活了。乡绅们这才明白，纷纷跪下叩头："我们有眼不识泰山，言语冲撞，请神画师恕罪。"

讲述者：佚名

搜集整理者：尹澄清

流传地区：嘉鱼县

搜集时间：1984 年

方逢时的传说

断 案

明朝有个兵部尚书，是嘉鱼人，名叫方逢时，传说他当县官的时候，才十八岁。

方知县上任好多天了，人们都看不到知县，无人升堂理事。那些官宦人家和乡绅在私下嘀咕；那些地痞、流氓更是到处打听，都摸不清新任太爷是个什么脾性。

这一天，放告牌悬出来了，衙门口围满了人群。中间有两个赖皮，一个叫地头蛇，一个叫白眼狼，平日里把白的说成黑的，无理说成有理。前几任县官看见他们就头疼，因为他们背后有柱子撑腰，得罪不起，衙役们个个心里明白：这是黄鼠狼给鸡拜年——冇安好心。老爷年纪轻轻的，又是第一次当官，第一次断案，看来有点棘手！都替方知县捏一把汗。

县官升堂了，一阵堂威喊过，两个赖皮就争着抢着，撕着扭着，拥上公堂。一个说，你的牛挖了我的牛；一个说，你的牛挖了我的牛；声称：一头已经死了，一头已经负伤了，都喊着要赔牛，要老爷公断。吵吵嚷嚷，大堂上简直乱了套。

方逢时早已查过当地民情，心里明白其中的把戏，他喝了一声："跪下！"两个赖皮不说话了，都偷眼望着老爷，只等发落不当，就要大闹一通，闹得他无法下台。方逢时皱了皱眉头，提笔挥了十六个字，把帖子顺手朝堂下一甩。两个赖皮赶忙接住，一看，上写着：

“两牛挖角，

一强一弱，

生者同耕，

死者同钵。”

两个赖皮你瞄到我，我瞄到你，连个屁也放不出来。这时方逢时把惊堂木一拍，厉声喝道：“下次再来放刁，决不轻饶，下堂去吧！”两个人灰溜溜地下堂去了。

一传十，十传百，十八岁的县官上任，首次断案，公平合理，不愧为江南才子。

讲述者：王大顺　男　72 岁　汉族　鱼岳镇理发师

搜集整理者：谢忠告

流传地区：嘉鱼县

搜集时间：1980 年

【附记：方逢时，嘉鱼人。明嘉靖二十年进士，当过兵部尚书兼右副都御史。】

犀牛角

方逢时是嘉鱼方家庄人，他有个宝贝犀牛角是外国进贡来的。外国人为什么事向方尚书进贡呢？有这么一个传说。

古时候，处决犯人，多半是秋后。方逢时当时是兵部尚书，他下令，把全国要杀的犯人都送到京城，由他亲自处斩。其实到了冬至日，他把犯人都放到外国去了，犯人们非常感激他的不杀之恩。

方尚书有一次出访外国，外国人想试试他有没有福气，就叫他步行走过荷塘，不许沾湿鞋。塘里长有荷花和荷叶，从中国逃来的犯人为了帮方尚书的忙，在塘里钉了木桩，每个桩上插朵荷花遮盖着，然后暗地告诉尚书说："过塘时走荷花，不走荷叶。"外国人眼看方尚书像神仙驾云一样，不慌不忙地，一脚踩一朵荷花，平平稳稳地过了荷塘，都说他的福气大。

外国人又试他有没有才能，在一个洞里的石碑上刻了文字，要他晚上一会儿到洞里摸碑文，第二天一早要背出来。那些犯人知道了，就暗地里把松树油点灯放在洞里。方尚书就着灯光很快背熟了。第二天一大清早，倒背如流，一字不错，外国人说方尚书既有福气，又有才能，才把个尊贵的犀牛角进贡给他。

讲述者：孙枚雄　男　68 岁　汉族　八斗乡农民

搜集整理者：孙轶雄

流传地区：八斗角一带

搜集时间：1984 年

金声的传说

应　考

相传，明朝的时候，嘉鱼县陆溪口，出了个过目不忘，出口成章的十三岁的细伢，名叫金声。这一年，有位觉来大师云游四方，来到嘉鱼，把罗盘在凤凰山一摆，只觉得西北方紫气凌云，连声说这是一块宝地，必有贵人。道人恋脚不想走了，就在牛头山附近的一座古寺设馆教学。

凡是想进馆求学的人，都要过考。觉来大师首先要考的是学生的脾性，他把一口大锅扣在寺门口，看你来的人么样进门。

应考的人不少，他们见到门口的大锅，都是抬脚跨了过去。独有金声与众不同，偏偏双脚踏上，踩破铁锅，昂起脑壳走进寺门。大师心中暗想：此人性情暴烈，个性耿直。

考试开始，大师不要文字对答，点燃一根蜡烛插在香炉中，要学生以蜡烛为题答对。有人这般答，有人那样对，轮到金声时，金声张口就说："明其心不顾其身。"觉来大师更是佩服，认为金声有志有才，将来定能为国尽忠尽节。

鸣 屈

一晃三年，学生们学业都有长进，纷纷上京赴试。主考官出的题目是：“非其鬼而祭之谗也。”金声破题是：“祭非谗也祭非谗也。”

考试完毕，皇榜一贴出来，金声名列三甲，心中很是不服，就连夜用纸糊了一个灯笼，上写“三等金声”四个字，大白天打起灯笼在街上游来游去。一些考生觉得金声傲慢得很，人家头名状元才打马游街，你一个小小进士值得个么东西。有人便和他争吵起来。一传十，十传百，这件事很快传到皇帝耳朵里去了。皇帝也不知细情，便传旨招来了主考官和金声。主考官说金声不识抬举，给他个进士还是照顾他。金声不服气，说主考官不识千里马。主考官说：“考试的题目是‘非其鬼而祭之谗也’，你答的是‘祭非谗也祭非谗也’。”金声当着皇帝的面理直气壮地说：“我答的是‘祭非谗也 祭非谗也’。”原来过去写文章不兴用标点符号，金声这么一解释，主考官就明白是自己搞错了，当时成了哑巴。皇帝一听，指着主考官说：“你真是有眼无珠，不是金声当场说明，险些埋没了人才。”于是，要降主考官的职。金声赶忙向皇帝求情，说不能单单怪他，是文章没得标点符号的坏处。

尽　节

清军打到了南京，明朝剩下的半边江山也垮了台。文官武员们有的怕死投降了，有的上吊自尽了，有的出家当了和尚，还有的官员死也不是降也不是。清朝王爷出了个招降榜，在大殿上摆了两个案子，东边案上放的是一套大红的囚服，西边案上摆的是一套大清的官服，再把文武官员喊上殿来说："愿顺清的还当官，戴红翎子，不顺清的穿囚服，杀！"为了一动百动，清朝王爷派人去请金声。金声指挥过千军万马，抗击清军，作战勇敢，毕竟寡不敌众，连败直败。

大殿上，刀斧手排成两行，在一片鬼哭狼嚎声中，金声眼戴墨镜，脚穿木屐，打着一把雨伞进来了。王爷一声令下，刀出鞘，斧闪光，刀斧架成一座桥。金声从桥下一步一步走过，不慌不忙来到大殿。金声这时主意早已拿定，他向左一瞄，鼻子里哼了一声，再向右一看，哈哈大笑起来。王爷洋洋得意地要金声挑选服装。清兵将领问金声降是不降？金声一句话也冇说。王爷问金声为什么事大白天打伞上殿？金声昂首高声地答："国破有仇，不与胡儿戴天。"又问为什么戴墨镜？金声咬牙切齿地说："家亡有目，不与胡儿同视。"清兵将领问金声为什么事脚穿木屐？金声狠狠地吼道："吾虽被俘，不立胡儿之朝。"清朝王爷听后，两眼冒火，七窍生烟，命手下人把金声绑出去用锯刑。

在城门口围观的百姓，里三层外三层。刽子手用锯子死命地锯，怎么也锯不断金声的脖颈，都以为他命大不该死，吓得把锯子都甩了。这时候，金声一脸正气，告诉刽子手说："胡儿痴，胡儿痴，锯人还要板夹尸。"刽子手明白了，连忙用术板把金声夹住，然后开锯，硬是把金声锯成几截，还把他的头挂在城楼上示众。百姓们偷偷地滴眼泪，都说金声有骨气，宁死不降。

讲述者：孙宏才　男　40 岁　汉族　金盆村铁匠

搜集整理者：马道怀　屈明仙　谢忠告

流传地区：嘉鱼县陆溪镇

搜集时间：1988 年

神笔刘心源的传说

相传武汉的江汉关的题匾是嘉鱼人刘心源写的。刘心源出生在嘉鱼龙口（又叫溜子口），自幼聪明好学，尤其一笔字写得好，四乡八邻都称他是状元坯子。

历来考状元都像上刀山一样难，可刘心源在殿前当着皇帝对答如流。眼看状元的金冠就要到手，万万没想到皇帝问起他的住址。天哪，如若他答家住龙口，犯了皇上忌讳，岂不遭杀身之祸？如若犹豫不答，十年寒窗岂不白费？刘心源当即想出一个词能代替龙字，便回答说家住溜子口。

皇上一听很不高兴，龙即是蛇，蛇又可叫溜子。于是皇上对他说："好好的青龙溜坏了。"意思就是你本可以高中状元可惜被最后一句话害了。

刘心源虽然没考上状元，但他神笔的美名已经传出来了。后来，武汉正修建江汉关，有人来请刘心源题写"江汉关"三字，好话说了几箩筐，就是不能说动他。没几天，刘心源的一个孙子学着爷爷写字，起初，他写的“江”字丢得满屋都是。刘心源见了，把孙子叫拢来大声训斥“你写的鬼字，来！我写一个你看看。”写下了一个刚劲有力的“江”字。

事过不久，孙子又写得满屋都是汉字，刘心源又像上次一样写了一个汉字。又过几天，刘心源见孙子写的“关”字太不像话，二话不说便把孙子叫到面前狠狠地打了几巴掌，要孙子跪在地上看自己写“关”字。当他刚写完“门”字，刘心源如梦方醒，一扔笔，朝孙子骂道：“你这个败家子，把老子的神笔卖给人家了。”孙子不慌不忙地捡起地上的“门”字，偷偷地溜出了门，去找官府去了。

从此，汉口江汉关大楼上的“江汉关”三个大字便在日头下闪光。月夜里也闪光。可惜的是，人们在远处只能看清楚的是“江汉门”，门里的关字是刘心源的孙子添上去的。

讲述者：余振湖　男　55 岁　汉族　潘家湾镇农民

搜集整理者：余鸿

流传地区：潘家湾镇

搜集时间：1985 年

寇准教顽童

顽童李进宝，聪明又调皮，他父亲请来先生教他，他不服，便想个法子整治先生。

他写了个“井”字，在井字中间加一点，去问先生。先生不认得，李进宝当面讥笑："你没听见水井里落下一个石头发出'夸啦'一声吗？连这个字都不认得还想教我？"先生气得卷起铺盖走了。

半路上碰见回乡的宰相寇准，寇准问明这事，命人找来李进宝写了个肉字，加了个竹头，让他认。李进宝半天答不上来。寇准二话没说，命人打他四十板，教训说："上面是竹子，下面是肉身，竹板落下不是发出'咵啦'一声吗？这个字都认不得，就瞧不起先生！"进宝自知理亏，认了错，跟先生求学去了。

讲述者：鲁龙治　男　43岁　汉族　潘家湾镇农民

搜集整理者：余鸿

流传地区：嘉鱼县潘家湾镇

搜集时间：1984年

鲁班修庙

在簰洲合镇乡广福庵村，原先有一座庙，传说那个庙和鲁班有关。

以前的人蛮信菩萨，说菩萨能消灾引福。有几个和尚讨饭要钱来到这里，看中了那块地，就想化钱做一个庙，村里人见和尚为本地做好事，都愿意捐钱给他们。

和尚请来一些泥瓦木匠，不知做了几多日子，好不容易才上中梁。哪晓得短了一丁点，中梁走了尺码。没法呢，只有一根中梁。正当大伙着急的时候，来了一个白胡子老先生，老先生说"开个剪口，接上神头，不就行了？"一句话提醒了众人，大伙佩服老先生高见，再一过细打量，哈，原来是鲁班先师，大伙儿忙跪下磕头。鲁班一面扶起众人，一面对带班的和尚说："中间贴一张大红纸，上面写些吉祥话，今后别再出差错了。"等大伙起来看时，只见一朵彩云腾空而去，众人朝天上又拜了几拜。后来，庙的中梁做好了，写上"永恩鲁圣"四个大字。那就是说，永远感谢恩人鲁班。直到现在，簰洲这里还有个风俗习惯，谁家盖屋上梁，一定得在梁上挂大红纸，写上"紫微高照，富贵昌盛"等等吉祥话。

讲述者：王立案　男　55 岁　汉族　合镇乡农民

搜集整理者：王家军

流传地区：簰洲

搜集时间：1988 年

访欧阳修

北宋时候，有个年轻人，读了几本书，诌得几首诗，自以为才高八斗，举世无双。听人家说，欧阳修学问高深，他很不服气，想要会一会他，当面比试比试。

这天上午，他穿上绿绸衫，摇着洒金扇上了路。走着走着看到路边一棵枯树，诗兴大发，哼出两句诗来："一棵老枯树，两根大丫杈……"往下就没词儿了。正在摸后脑壳，忽听得后面有人续道："春来覃为叶，冬季雪作花。"年轻人回头一看，原来是个干瘦的老头儿，穿着布衣，像个乡巴佬。他不由得鼻子一哼，说："老头子看不出你还会作诗啊！"老头儿说："勉强与相公奉和吧！请问相公到哪里去？"年轻人把扇子一挥，得意扬扬地说："去访欧阳修呀！我要跟他吟诗作对，见个高低！"老头儿说："真巧，我也是去访欧阳修的，那我们就同行吧！"年轻人八字步儿一甩说："来，跟着我后头！"

两人来到小河边，河滩上一群鸭子被他们惊动了，跑下河去。年轻人见景生情，诗又来了："几只肥鸭婆，一齐跳下河……"刚念完两句，喉头又哽住了。老头儿接着念道："白浮涌绿水，红掌闹青波。"年轻人听了，心里一惊，可就是鸭子死了嘴壳子硬，说"我自会作诗，不用你多嘴！"老头儿冷笑一声，也不与他争辩。

要过河了，年轻人腿脚倒还蛮麻利，一步就跨上了船，老头儿手扒船头，好容易才上去。年轻人也不拉他一把，看着这个又老又笨的穷酸丁，要跟自己结伴去访欧阳修，他暗自好笑，想作诗嘲弄他一下，就念道："两人同上舟，去访欧阳修……""修"字拖了半天，搜肠刮肚也读不上来。老头儿看他那副窘相，心里闷着好笑，接过话头："修倒知道你，你却不知修〔羞〕！"话音刚落，艄公认出了老头儿，在船尾高喊："欧阳公从哪里来？"老头儿答道："今日下乡踏青，有幸结识了这位年幼才高的诗友！"

啊！原来他就是欧阳修！

讲述者：徐辉　男　38岁　汉族　县职业高中教师

搜集整理者：金辉

流传地区：潘家湾镇

搜集时间：1982年

神圣斗智

孔子来到西天如来佛那儿做客。一个圣人，一个神仙，免不了又想玩点新花样。如来提议："今天我们猜字。"孔子一想：我是天下圣人，什么书没读过，什么字没见过？就把头一点："可得！不过，我是客人，当由我先出题。"如来蛮有把握地一扬手："出吧，不过得定个规矩，谁输了让赢的弹一下脑门。"

孔子说声，"行！"就拿笔写了个"射"，问："这怎么念？"

"射箭的'射'字。"如来回答。

"不对，是个矮字。"孔子摆摆手。

如来不服，夺笔写了个斗大的"矮"字，说"这才是高矮的'矮'字。"

孔子说："这才是射字，你看左边的'矢'就是箭，右边的'委'是推的意思。这箭推出去了还不是射吗？再看我那字，左边是个身，右边是个寸，这身材一寸高，还不算矮吗？"直说得如来哑口无言。于是，孔子用劲在如来脑门眉心狠狠弹了一下。

如来心想：你个孔老二表面看得和善，冇想到这样狠心，等会儿找机会非报复不可。于是说："该我出题了。"孔子显出毫不在乎的样子："尽管出吧！"

如来挥笔写个"重"字，问："怎么念？"

孔子说："重叠的'重'字嘛！"

如来大笑："这回你可错了，是个'出'字"。

孔子不服地写个"出"字说："这才是进出的出字。"

如来说："圣人不对，你这字山上叠山，不是重吗？我那字上面是个千，下面是个里，到了千里之外，还不算出去了吗？"孔子也无言对答。

如来得意地眼一闭，手指慢慢弯曲，运起丹田气来，准备狠弹孔子。孔子见势不妙，慌忙逃下凡界。

现在我们见到如来的佛像，眉心间那个大红点，就是当年被孔子弹了的。

讲述者：梁爱和　男　50岁　汉族　大沙湖农场工人

搜集整理者：舒爱民

流传地区：嘉鱼县　洪湖县

搜集时间：1985年

盘古之死

盘古虽说喜欢吹牛，还是做了蛮多好事的，他的死就是怪祸害，是祸害连累了他。

祸害活了一千年，尽做些逗人怨的事。有人把该办好的事办坏了，别人就说："你真是祸害一千年啰！"

阎王知道了这事，拿出生死簿来看，这一看戳了拐，不但祸害该死，盘古阳寿也到了，原来祸害和盘古的名字、生庚八字在同一页纸上。于是，阎王便派了两个小鬼去勾他们的魂魄。祸害和盘古都是仙体凡胎，阎王那边的事晓得一些，盘古便埋怨祸害连累了他。祸害也觉得对不起盘古，就约盘古出去游玩，躲避躲避，盘古一听就答应了。

两个小鬼几次来到盘古和祸害的屋里，都冇碰到他们两个，离开了他们的家，又不认得他两个的相貌，所以次次扑空。回到阴曹地府，被阎王卯起来吼了一顿，并限期勾回二人的魂魄。

两个小鬼挨了训，冇得法，只好再去找祸害和盘古。这时天气冷了，两个小鬼变成破衣烂衫的叫花子，在一座山边用石头烧火，边烤火边商量办法。恰巧祸害和盘古游玩到这里来了，盘古见两个叫花子用石头烧火，觉得蛮稀奇，一时高兴，又吹起牛来："我盘古活了八百八，冇看到石头烧火'札'（方言：烤火之意）……"。祸害也高兴地吹起来了："我祸害活了一千年，冇看到石头烧得燃。"两个小鬼一听来的人是祸害和盘古，连忙现出本相，勾起他俩的魂魄就走了。

人们对盘古的死蛮难过，以后只要是善良的人死了，人们就叹惜地说，"好人不长命，祸害一千年。"这句话一直流传到现在。

讲述者：马胡子　男　63 岁　汉族　庄屋村农民

搜集整理者：马道怀

流传地区：簰洲湾镇

搜集时间：1988 年

·地名传说·

南有嘉鱼

传说古时候有一位皇帝，乘御舟路过嘉鱼，船正在江心行驶时遇到风暴，忽然狂风大作，白浪滔天，篷帆撕裂，桅杆折断，舵失灵，船摇摆，御舟顷刻有翻沉的危险。这时，江底顿时腾起两条黄龙，把这只即将沉没的御舟稳稳地从江心驾到岸边，保全皇帝一行人平安无事。当地老百姓立刻传开啦："还是皇帝有福分呵，皇帝是龙体，当然有神龙保驾。"从此，皇帝钦定此地为"驾御口"的民间故事也流传开了。

后来，唐明皇游江南，看够了苏杭的秀丽景色后，就沿长江向上游览，领略江南各口岸的水乡风光。御舟行到嘉鱼一带，发现这里江流、湖泊相连，一脉水天福地，又听说驾御口黄龙保驾的吉祥故事，心情十分快乐，不觉甩了两句文："洞庭之滨，何其美哉！"诗意兴起，酒兴即来，正想畅饮几杯，默默自语道："这里水多鱼多，联想此地鲜鱼必然别有风味。"话音刚落，只见一条银光闪闪的鱼跳到唐明皇面前，他便叫侍臣赶快捡起来看了又看，高兴地说："福承天应运，所想必至。"侍臣们更是佳言相捧："皇上洪福齐天，此鱼自献，必有吉祥。"马上叫随行厨师施出烹调巧技，献给皇上下酒。唐明皇吃了两口，觉得肉嫩味美，鲜甜可口，问道："此鱼何名？"那些读死书的侍臣回奏："臣未曾在书上见过。"厨师也说："自我当厨师以来，未曾见过这样好的鱼。"左右随员站了半天也回答不了这鱼的品名，好在唐明皇是个又开明又有学问的皇帝，说道："凡鱼必有名，既然你们都不知名书上又无记载，朕给它赐个名字吧！”明皇想到古称“驾御口”的吉祥故事；又看到这鱼跃波浴浪、银鳞耀日的可爱；又回顾《诗经》上有“南有嘉鱼”的美称，如是金口玉言畅开：“嘉者，美好也。就叫嘉鱼吧。”因此，这个御封名词就流传至今。

讲述者：张平云　男　55 岁　县志办公室

搜集整理者：张平云　杨振兴

流传地区：嘉鱼县

搜集时间：1982 年

白云山传奇

相传武昌的黄鹤楼和嘉鱼的白云山，有一段精彩的历史传奇。

秦始皇下令修筑万里长城，发动天下能工巧匠献计献策，号召老百姓为保边疆出力劳动，活路繁重艰苦，功效不蛮高。

一天，民工们正在“嘿唷嘿唷”地挑着土，忽然看见一个老婆婆手里拿着一咎花线，给每个人肩担上“搭”上三根。说来也巧，笨重的土担子一会儿变清爽了。人们都只认为她是个神婆婆，却不晓得就是大慈大悲的观音女神。从此民工们肩“搭”花线挑起土来跑步如飞，长城每天就要增高好几块平砖。

冇过两天，秦始皇听说这件事，心想：三根花线能“赶”动一担土，千根万根不就能“赶”动一座山吗？于是等长城修得差不多了，就把花线统统收起来，编成一条五彩花线的鞭子。秦始皇就天天带着几个侍臣，手执花线神鞭，天南海北去“赶”山驱岭。一天，秦始皇来到南方，选好几座山，挥动鞭子“啪啪”几响，这样山就顺着鞭子的方向向北移动起来。后来，秦始皇在长城脚下数点山头，唯独少了一座经常飘云的小山。秦始皇有些纳闷，就沿路找回来，结果发现那座小山停在长江南岸武昌府境内。秦始皇心想：大江南北的山岳都服我“赶”山鞭的调遣，你这点小山丘竟敢违令。接着“啪啪”两鞭，但山就像钉在那里一样，一丝都冇移动。把个秦始皇气得七窍生烟，就挽起袖子一连抽了十几鞭，直抽得尘土飞扬、碎石飞迸，而山还是一丝不动。秦始皇也抽累了，正好一阵清风过来，就俯在一块青石板上睡着了。梦见一个人乘着黄鹤翩翩而来，只见他把手一拱，说道：“秦皇兄，费某奉天命，骑黄鹤驾白云升往仙界，因这座山是祥云之源，仙家所用，所以我就把它留下来了。”这时，秦始皇只听得耳旁一阵风响，就看见一白发老翁骑着黄鹤、驾着白云，冉冉升天而去。秦始皇一觉醒来，这才知道白云黄鹤是仙家所用，满肚子的气顿时消得一干二净。后来秦始皇把这山御封为“白云山”，把山上的祠封为“仙人洞”，还下令在山顶上修了白云古寺、白云宝塔。这白云古寺和白云宝塔与黄鹤楼相隔百里，相映生辉，成了鄂南武昌府的名胜古迹。

讲述者：方金火　男　50 岁　汉族潘家湾镇农民

搜集整理者：余　鸿　李社明　杨振兴

流传地区：潘家湾一带

搜集时间：1982 年

白云山的传说

官桥镇西边，有一座很高的山，长年白云飘绕，山上出石灰，人们就都叫它白云山。

传说很久很久以前，这里冇得人烟，只是白茫茫的八百里洞庭湖。洞庭湖住着一个作恶多端的乌龟怪，它常常掀起大风大浪，把从这里经过的船只撞翻，把湖边的良田淹没，闹得周围的老百姓不得安宁。一天王母娘娘做寿，观音菩萨拜寿经过洞庭湖。她看到洞庭湖里的水清澈澈的，时而还有许多美丽的鱼儿游来游去，这人间的美景把她迷住了。于是，她就一只脚踩在一朵白莲花上，另一只脚踏在一朵红莲花上，这两朵莲花像两只小船一样载着观音在湖上游玩。当她兴致正浓，慢悠悠地欣赏时，让那乌龟怪手下的小乌龟看见了，很快就去禀告它的龟爷爷。乌龟怪听了，奸笑了两声对小乌龟们说："等我把她抓来。"说完，他就钻出水面，不知天高地厚地拦住了观音菩萨。观音菩萨叫他让开路，他不但不让路，还说出许多脏话。观音菩萨就板着脸说："你这畜生太无礼，在人间兴风作浪，祸害百姓，只配烧灰铺路。"说罢，观音菩萨就用手上的拂帚劈在乌龟背上，凶恶的乌龟怪立刻变成了一座石头山，观音菩萨就驾着祥云飘然而去了。

日久天长这座山在湖里越长越大，越长越高，就成了现在的白云山。

讲述者：李林珍　女　49 岁　汉族　官桥镇农民

搜集整理者：方晓燕

流传地区：官桥镇

搜集时间：1988 年

金银洞

嘉鱼有一座山叫白云山，白云山上有一个金银洞，洞里的宝贝可多哩。

传说山脚下有个白云山村，住着一个满头白发的老爹爹，无儿无女，靠种田度日，生活过得很清苦。有一天，他拿着斧头、扁担上山砍柴，寒风呼呼地钻进他单薄破旧的棉衣里，他一步一步艰难地向山上爬着，忽然，“哗”的一声巨响，路两旁的草丛分开了，陡壁石崖变成了宽敞的大路，天空也变得明亮起来，一阵轻柔的香风扑面而来，老爹爹非常惊奇，小心翼翼地往前走。他闭上眼睛，觉得自己变成了一个年轻的小伙子。等他站稳，睁眼一看，嗬！万花丛中有一个洞口，黑洞洞什么也看不清，洞边有一棵开花的大树。他很想进去看个明白，于是，将绳子一头系在树上，一头系在腰间，顺着光溜的石壁慢慢地滑进去。洞很深很黑，一会儿，渐渐地明亮了，摸近一看，呀！有好多好多的金银珠宝，还有很多很多的陶瓷玉器哩，真是乐坏了老爹爹，他脱下衣服包了一大包金银珠宝，拉紧绳子爬出了洞。一路上，他留下了好多标记，才回到了家里。

从此，白云山村所有的穷苦农民都过上了幸福的日子。据说洞里有挖不完的金银，人们都叫它金银洞。

现在白云山村的老人们还说，金银洞深处直通大海，无穷无尽。

讲述者：赵宗文　男　50 岁　汉族　白云山村农民

搜集整理者：寿冬英

流传地区：陆码头一带

搜集时间：1986 年

油盐坑

相传白云山顶上有座寺庙，庙里缺油少盐，主持和尚经常着急。

一天夜里，主持刚睡着，就见观音菩萨驾着祥云飞来说："我赐给你们两个宝坑，山北那个是油坑，山南那个是盐坑。要多少有多少，只准吃，不准卖。"说完不见了。主持一觉醒来，才晓得是个梦。

第二天一清早，主持到梦里指定的地方一看，奇迹出现了：一个坑里是雪白的盐，一个坑里是清亮的麻油。主持马上回到寺里，告诉和尚们，他们再也不缺油盐吃了。

过了很长一段时间，一个和尚起了贪心，灌了两瓶油到山下卖，结果坑里的油盐都不见了，变成了两坑水。如今还可以看见那两个"油盐坑"呢。

讲述者：陈夕洲　男　60 岁　汉族　潘家湾镇农民

搜集整理者：方江才

流传地区：潘家湾镇

搜集时间：1984 年

马令勘

传说在明朝成化年间，簰洲一带遭大旱，庄稼颗粒无收。隔长江三四里远的地方，有一个大荒湖，湖里有莲藕、菱角、蒿草。上半年，老百姓还能在湖里挖点藕，扯点菱角藤和篙笋填肚子。下半年，连湖水都干了，这些野东西也干死了。老百姓上天无路，入地无门，有的逃往外乡，有的逃到嘉鱼县城，找县官讨饭吃。

原来的县官对灾民不闻不问，也不上报灾情，只顾自己享清福。老百姓把他告翻了，赶跑了。下半年，新来了个县令，名叫马炳然。他听到灾民叫苦，就亲自下乡巡查。百姓们把他引到荒湖。马县令实地勘察，见湖底都干得裂了缝，晓得灾情严重，一面向上司武昌府报告灾情，一面打开县里的粮仓，救济灾民。后来，经过县令再三出面交涉请求，武昌府也发下救灾钱粮，让老百姓熬过了荒年。为了纪念这个体恤民间苦难的马县令，大家就把这个干湖取名叫马令勘。

讲述者：张平云　男　55 岁　汉族　县志办公室干部

搜集整理者：金辉

流传地区：嘉鱼县

搜集时间：1982 年

杨山的传说

嘉鱼县高铁岭镇，有座山叫杨山 。关于杨山的名字流传着一个美丽的故事：

从前，这里并没有山，也没有人家。在附近的地方，有个身壮力大的汉子叫杨三，开荒种地，养活年迈的母亲。那时天上有两个太阳，只有白天，冇得夜晚，大地晒裂了，不少人晒死了。一天中午，杨三的母亲给他送饭，由于年老体弱，走到半路上被活活地晒死。杨三呼天抢地，大哭一场，埋了老母，要跟太阳算账。他拔起一根千年古松，担起两座山，发誓要压住太阳。太阳见势不妙，就拼命地逃。杨三在后面死命地追，不知追了多长时间，也不知跑了多少路程。一个太阳跑不动了，杨三追上去，用一座山把它压住了。从此，那太阳变成月亮，也就出现了夜晚。

当时，杨三追得太累，口干舌燥，浑身无力地躺在山上一块大凹石上，昏睡过去了。忽然，一声鹿儿叫，杨三觉得浑身清爽。他醒来一看，自己睡在水里，一只花鹿衔来一大堆鲜草，正用蹄子踩出草汁，草汁灌满了大凹石槽，流进他口里，又香又甜。杨三有劲了，呼地爬起来，花鹿撒开四脚飞跑，杨三紧追，追到一个洞里，花鹿不见了，一个美貌的仙女笑着迎出来。仙女说自己是花鹿神，被太阳神许配给了那个毒辣的太阳，受尽了欺侮，今日幸遇大哥压住太阳，她才得救。杨三也感激花鹿仙女的救命之恩。自此两人结成夫妻，在洞里安家，男耕女织，繁衍着子子孙孙。

后来，人们把这座山叫“杨山”，把那个洞叫“鹿儿洞”，山下四周的人家都姓杨。特别有趣的是，直到如今，那个大凹石的槽子，既冇得洞眼，又冇得裂缝，却清泉长年不断。

讲述者：杨照翔　男　39 岁　汉族

搜集整理者：舒爱民

流传地区：高铁玲镇

搜集时间：1985 年

象山和狮子山

高铁岭有两座山，西边一座叫象山，东边一座叫狮子山。两山遥遥相对，雄奇壮观，相传它们是由天象和天狮变成的。

古时候，天象和天狮跟随玉皇大帝出征南巡。一天来到风景秀丽的高铁，它们被那青山绿水迷住了，不肯返回天庭，玉帝知道后，大发脾气，派了许多天兵天将下凡捉拿。天象和天狮不甘屈服，与天兵天将大战七天七夜不分胜败。玉帝只好亲自出马，与两神激战七七四十九天，还是不见高低，由于长期作战，天象和天狮疲劳过度，相对睡熟了，不幸被玉帝看见，用两把神剑直插它们的心脏。从此，天象和天狮不动了，变成今天的象山和狮子山。

讲述者：秦国华　男　47 岁　汉族　陆溪镇工人

搜集整理者：舒爱民

流传地区：陆溪镇

搜集时间：1985 年

金鸡山的传说

高铁岭有座金鸡山，山上有个金鸡洞，传说这洞里有一只救苦救难的金鸡。

很早时，山下住着一户姓张的农家，老两口都已五十多岁，有个儿子叫孝顺。孝顺十五岁时父亲去世了，母亲哭瞎了双眼。从此，孝顺靠打柴卖钱来奉养母亲。

有年大旱，庄稼全干死了，孝顺和乡亲们的生活十分困难。一天，孝顺背着半竹筒水上山打柴。他爬呀爬，谁知半山腰的柴都打光了，孝顺想到床上挨饿的老母，便咬牙往山顶上爬，喉咙干得像火烧，他连忙拿过竹筒准备喝水。这时隐约听到有人在哼“水呀，水……”孝顺四处张望，发现路口躺着个老和尚，张着干裂的嘴唇。孝顺忙把竹筒的水小心地倒进和尚口里，摇摇筒子冇得水了。孝顺难为情地说“老师父，您等着。我再去为您找水。”老和尚麻利爬起来，哈哈大笑地拦住他说:“小伙子，跟我来。”

孝顺湖里糊涂地跟老和尚走进一个大山洞。“小伙子，看你是个善良孝顺的人，以后不用打柴了，在家侍候你母亲，冇得米在这洞里搬。”老和尚边说边拍了三下石壁，里面传来“咯洛”的鸡叫声，接着雪白的大米从一个小眼里流出来。“这鸡叫金鸡，不用吃食，可屙出的是大米。”老和尚说完就不见了，孝顺高兴地背着米回家了。这以后，村里谁家冇得米，就到那洞里搬。

这事传到财主方贵耳里，他总想把洞里的金鸡偷回来，好发横财。

一天方贵命家丁带着大锤子上了山，找到那个洞。他在石壁上拍了三下，“咯咯”地传来鸡叫声，雪白的大米流了出来。方贵喜得眼睛眯成一条缝：“快砸开石壁捉金鸡。”家丁们举起大锤，“轰”地砸开石壁，“噗嚓”一声，金鸡一拍翅膀飞走了，流出的大米马上变成了鸡屎，直把个方贵当时就气死了。

从此，人们再也不见老和尚和金鸡了。可直到如今，还看得见洞里石壁上留着一双金鸡翅膀的印子呢！

讲述者：张自瑞　男　52岁　汉族　太平寺村农民

搜集整理者：舒爱民

流传地区：高铁岭镇

搜集时间：1985年

大牛山和石滚山

古时候有一年大旱，粮食几乎颗粒无收。舒桥畈一带水源差，干旱更加严重，农民真是遭罪。

一个夜晚，天气突变，风雨交加，接着从近处传来牛的叫声，还隐隐约约看到畈里有两个半大的伢儿在犁田，可是当人们走到近处的时候，两个伢儿眨眼不见了，却听到他俩的声音：“耕田插禾，明天来哟！”第二天还是这个时候，又传来了两个伢儿的声音：“耕田插禾，明天来哟！”仅两天，全畈翻耕了一遍。人们不晓得这两个伢儿是谁，就说成是主管这一带的天神，看到当地农民闹灾荒，就私自派手下的两个神童来帮农民种田。不久，王母娘娘晓得了，大发脾气，给两个神童加上违抗天规的罪名贬谪人间，压在舒桥畈上。从此，舒桥畈上就有了两座高山：一座叫大牛山，一座叫石滚山，就是那两个神童的化身。

讲述者：陈世觉　男　53 岁　汉族　大牛山村农民

搜集整理者：邵际景

流传地区：舒桥一带

搜集时间：1984 年

蜜泉湖的传说

嘉鱼县城南有个蜜泉湖，原先叫太平湖，湖边有个太平洲。说起这一湖一洲，流传着一个神奇的故事。

有一年天大旱，接连九十九天冇落雨，连太平湖也干了底。方圆百里的老百姓抬着供品，敲锣打鼓到龙王庙求雨，只是有求不应。

一个闷热的夜晚，干裂的太平湖上，忽然传来了一阵接一阵的鼓乐声。正在乘凉的人们朝湖里看去，只见碗大的一个火球，放射出一圈圈五颜六色的光环，百姓们好不稀奇！等到拢去一看，又冇得么东西。有几个胆大的后生扛了锄头就去挖，一直挖到天快亮，一下子挖出了个人把高的大钟。钟上雕着八个活生生的大龙头，二十四个小龙头，还有奇文怪画。突然，不晓得是哪个冒失鬼举起锄头把那口大钟撞了一下，只听得“嗡”的一声巨响。随着洪亮的钟声，清凉的泉水从三十二个大小龙口里同时喷了出来。

百姓们喜欢得不得了，又接着敲了第二下，一眨眼睛干裂的太平湖上一下子冒出三十二个大小泉眼，那泉水“咕、咕、咕”直往上翻。旱苦了的人们抢着用手捧起水就喝，那水像蜜糖一样甜。此后，人们每敲一下钟，水就涨三寸，等到天亮，太阳出来了，干裂的太平湖已是满湖泉水了。但是，那宝钟和人站的地方却怎么也淹不到，水涨多高，它也凸起多高，一刻工夫，隈成了好大好大的洲子。

这件事传到了县官耳朵里，为了升官发财，他派人去抢夺宝钟，要献给皇帝，衙役们刚走到湖边，只见那宝钟“唰”地喷出一道金光，就无影无踪了。

宝钟不见了，而那八个大泉眼，二十四个小泉眼的水却长流不息，清亮亮的，甜滋滋的。人们就把太平湖改名叫为“蜜泉湖”，又把挖出宝钟的地方叫“太平洲”。从此，湖周围的百姓们捕鱼捞虾、春种秋收，过着太平的日子。

讲述者：佚名

搜集整理者：佳文

流传地区：嘉鱼县

搜集时间：1985 年

花子荡的传说

蜜泉湖西南边有个村庄叫“花子荡”，盛产菱藕。“花子荡”的来由有着一个有趣的传说。

早先这个村里住着三十多户人家，他们以采菱挖藕为生，村民们过着和睦平安的日子。每到夏季，满湖绿叶红荷，十分可爱。到了傍晚，男女老少相伴来到荷塘边，有说有笑。

有一日，从外地来了两个叫花子，一老一少，衣服破烂，头发蓬松。老的有六十多岁，少的才上十岁，操着南方口音。他们进到村来，边走边看，不知不觉被眼前的景色迷住了。当时正是六月天，到了下午天气十分燥热，这一老一少也转累了，就绕到荷塘边躲荫乘凉。突然乌云密布，雷声隆隆，眼看就要走暴。两个叫花子既冇带雨伞，又无处避雨，急得团团转。不一会儿，倾盆大雨劈头盖脸地向他们打来，两个叫花子顿时被琳得像落汤鸡。他们拔腿就跑，跑来跑去，仍然在荷塘边绕圈。实在冇得法子，每人只好摘下一片荷叶遮雨。说来也怪，这荷叶一到他们头上就变成两把雨伞。不多时，雨过天晴，只见荷塘里花儿更艳，叶儿更绿了，路人都十分惊奇。这消息很快传遍全村，他们都说两个叫花子是福星，是送好运的神，要留他们在这里住下来，两个叫花子也高兴地答应了。从此，村民们和两个叫花子在一起辛勤劳动，共同耕作，日子过得更快活了。

后人为了纪念两个叫花子带来的福运，就把这个村庄叫作“花子荡”。

讲述者：李妈　女　50 岁　汉族　鱼岳镇居民

搜集整理者：金云

流传地区：嘉鱼县

搜集时间：1987 年

西梁湖的荷莲

西梁湖西岸有个年轻的渔民，老实、勤快，撒得一手好网。老渔民们亲眼看见这个孤儿在湖西岸长大的，所以叫他西娃。

有一天，西娃下湖撒网。他撒了一网又一网，网网不见鱼，一直到了日头偏西，还是不开张。他憋着气撒下最后一网，一拉起来，还是没有鱼，却有个五光十色的蚌壳。他觉得很好看，就带着它回家去，放到水缸里。

第二天，西娃一觉醒来，闻到菜香饭香。他把眼皮揉了两下，清清楚楚看到灶头上摆着两碗饭、两碗菜。走上去一尝，味道很好。他感到很奇怪，这是怎么回事呢？后来一连几天，天天如此。

西娃想看个究竟。这天夜里，他睡在床上，闭着眼睛，一声不响。三更后，水缸里光闪闪的，只见一个姑娘从水缸里走了出来，笔直向锅灶走去。西娃连忙下床，从水缸里拿起蚌壳，紧紧捏在手里。这姑娘躲闪不及，又回不了蚌壳，就说："你把蚌壳给我吧。"西娃说："不，给你就跑啦。"姑娘笑着说："我叫梁子，是特地来的。"说完接过蚌壳在手中一掠闪，就变成了一副甲衣，不大不小地套在自己的身上。西娃说："看来你是个兵家子弟。"梁子说："我妈本来就是梁红玉手下的一员女将，因抗金牺牲在湖里，后来化成了水神……"两人很谈得来，梁子更不想走了。西娃心想要是结为夫妻多好哇！

这件事让湖霸知道了，湖霸想霸占美貌的梁子，就心生毒计；要西娃在两天之内交三十条两斤重的红嘴鲤鱼。西娃知道是故意刁难他，急得团团转。梁子说："你不必犯愁。"说完从口里吐出一颗珍珠，只在水缸里转了一圈，一条条红嘴鲤鱼活蹦乱跳，西娃高兴得跳了起来，就拿去交了差。

湖霸一计不成又生二计。要西娃在两天内交三根杆面棍大的鲢鱼须。梁子听说后，又用珍珠变出了三根鲢鱼须让西娃拿去交。西娃说："梁子，我就是把这鱼须交了，湖霸还是不会放过我的。你这颗珍珠既有这么大的神通，何不变它几把飞刀杀了湖霸。"梁子说："这颗珍珠，是我多年炼成，只能保身，不能伤人，一旦伤人就会散化成水，我也不能活命了。"说完两人悲叹不已。

且说西娃来到湖霸家递交鱼须，湖霸一看鱼须，眼看毒计又要落空，把鬼眼珠子一转，就喝道："你竟敢拿杆面棍来假充鲢鱼须。来人！把他绑起来。"

梁子听说西娃被绑，赶紧来到湖霸家要人。湖霸就嬉皮笑脸地调戏梁子，还要立她为九夫人。梁子怒不可遏，劈头一巴掌打得湖霸眼冒金花。湖霸恼羞成怒，吩咐绑了梁子，架出西娃，喝令家丁举起大刀，威逼梁子，要是梁子再不答应，就把西娃剁成肉酱。梁子看到西娃就要死在湖霸刀下，眼泪就像珍珠连串洒了下来。她愤怒地叫了声："狗恶霸，看珠！"只见一颗金闪闪的珍珠脱口而出，直射恶霸，湖霸被打成了肉散子。珍珠像一条金龙在屋里飞舞，把湖霸一家打得血肉横飞。紧接着听到一声巨响，珍珠炸开了，只见一股股汹涌的湖水漫地而来，冲毁了湖霸家那罪恶的屋宇房舍。湖水陡然涨了几尺，湖面也陡然扩大许多。过了一会儿，风平浪静，只见湖面冒出了朵朵美丽的荷花和一片碧绿的荷叶。这是梁子和西娃死后变成的红花绿叶。后来，这花和叶越长越多，越长越美。人们为了纪念西娃和梁子，就把这个湖定名为西梁湖。

讲述者：杨秋龙 男 50岁 汉族 烟墩乡农民

搜集整理者：周承贵 鲁校

流传地区：嘉鱼 赤壁一带

搜集时间：1982年

港口闸

在“透脱港”通蜀湖的港口，有一座麻石修成的大闸。莫说如今看起来没多大了不起，可是它已有上百年的历史，当时为了修这座港口闸，还打过一场大官司，出了个远近闻名、很了不起的人物哩！

那还是清朝后期，蜀湖以西住的是明代“李半朝”那些大人物的后代，还有几个在外做官的，每年要回来摆威风。一队队官船从长江进透脱港，到蜀湖，不许有丝毫阻隔。可是，蜀湖以东、港口一带一百零八村的老百姓几多想在港口建个闸哟！没得这座闸，湖水控制不住，每到涨水季节，透脱港两边的农田都要淹没，庄稼颗粒无收。

这样年复一年，一百零八村的老百姓实在忍受不了，就联合起来，在港口下脚建闸了！

动工不久，又有李家的官船回来耀武扬威，派人拆了闸基。湖东一百零八村的百姓，以“熊伯怡”湾子为头，告了湖西李家的状。可惜那时候是“八字衙门朝南开，有理无钱莫进来。”李家有权有势又有钱，官司打到武昌府，批了六个字“永不修建此闸”。这六个字就像绝命符一样，压得一百零八村的穷百姓抬不起头来。

这时，“熊伯怡”湾子里有个出外谋生的熊炳善，带着妻子回来了，听说这事，愤愤不平。他闯荡江湖多年，见过世面，有胆有识，专爱打抱不平。虽然家里只有祖传的五升秧田角（五分水田），他自己从小也没读过书；可是他这人侠肝义胆，心直口快，脑子灵，嘴巴活。他铁了心要为一百零八村的穷百姓伸腰出气，就请人写了状子，从嘉鱼县告起，一直告到武昌府，告到京城的刑部。不管他怎样条条有理地诉说一百零八村的苦处，当官的还是受了李家的拉拢，每过一次堂，就叫他跪一次铁菱角，把两只髁膝头跪得皮开肉烂见骨头，伤疤痂子结了一层又一层，都叫他妻子撕下来收藏着。经过了千万苦楚，熊炳善还是不回头，不罢休。

有一年秋天，他在京城遇见了家在嘉鱼龙口的困京翰林刘心源，这人深深敬佩熊炳善为民请命的英雄气概，也同情一百零八村的百姓，就告诉他一个告状的办法，说：“八月十五日慈禧太后要到香山佛庙里去烧香还愿，她自称‘老佛爷’，为了收买民心，这一天总要行行善发发慈悲的，你就乘此机会拦轿告状。”熊炳善一听，这个办法好！当时请刘心源把状子重新写过，避开李家官船的事儿不谈，专写建闸对百姓的好处。

到了中秋，熊炳善果然拦轿告御状，把一百零八村穷苦百姓要说的话都说了出来，慈禧太后随即批了四个字：“此闸可建。”

李家的人听说熊炳善有了御批也不敢阻挡，只好让一百零八村百姓把闸建了起来。

港口闸给这一带穷百姓带来了好处，乡亲们尊称熊炳善为“炳善二爹”，说他真是田坎脚下出来的大人才，为种田人争了气！

炳善二爹死后，一百零八村的人都来给他戴孝送葬。他的老妻还经常把二爹跪铁菱角的伤痂皮子拿出来晒。“熊伯怡”湾子里好多老年人都亲眼看见过那伤痂皮子，平摆着铺满一小簸箕！

讲述者：熊成享　男　56 岁　汉族　新街镇农民

搜集整理者：金辉

流传地区：新街镇

搜集时间：1985 年

思姑台

嘉鱼县西梁湖边，有一个山嘴叫“思姑台”，它的来历还不平常哩！

古时候，这山嘴上有个庵堂，里面住着个年轻的尼姑，长得眉清目秀，却被佛门清规箍得严严的，不能和外人接触，心里很痛苦。天天夜晚，她都好像看见经堂的蒲团上长出了并蒂莲花，醒来一看，仍旧是孤灯一盏，独守冷庵。

有一天，一个书生路过这里，进经堂拜佛。尼姑偷偷地瞄他，见他身材魁梧，风度可爱，而且和自己年龄差不多，不由得想起梦里的并蒂莲花，动了真情。尼姑设法和书生接近，谈了一阵话，晓得这书生是上京赶考，很佩服他。书生见尼姑年轻美貌，又热情，又善良，也很喜欢她。就这样，两人私订了终身。书生立下山盟海誓，说这次进京，不管考中考不中，一回来就来娶她。

尼姑送走了书生，在庵里度日如年，日思夜想，吃饭不香，睡觉不着，只盼情郎早早回乡。

再说，书生上京，得中头名状元，许多高官、老臣都想招他为东床快婿，他一口回绝，说自己已有妻室。只等那套迎进送出的礼节一完，就收拾行装，乘一只快船，从运河入长江，进西梁湖，回乡接尼姑去。

那天，尼姑倚门远望，看见一只满蓬高挂的大官船，船上的状元旗号，慢慢也看得清楚了。她晓得是自己的情郎高中还乡，心里太高兴啰！可是，官船驶过山嘴时，却没有靠岸，顺风顺水去了！尼姑心如刀割，心想："自古以来有好多风流才子，做了高官就不认前妻；何况我又是出家的尼姑，他也许怕玷辱了名声，耽误了前程，嫌弃我，变了心。我在这世上还有什么活头呢？"想到这里，就悬梁自尽了。

那书生为什么没叫船停靠山嘴呢？原来，书生回乡前，日日夜夜思念尼姑，总没有睡好觉，精神恍惚，迷迷糊糊的。船进西梁湖，阵阵清风，吹得他打瞌睡，一觉睡过了头。等他醒来时船已驶出老远老远。他急忙叫船工返回，又是逆风逆水，花了好长时间才回到山嘴。上岸到庵堂一看，尼姑已自尽身亡。书生自知己成大错，悔恨不已，痛哭不止。他把船上带来的锦绣衣裳亲自给尼姑穿上，把她安葬在庵堂后面。自己也放弃官禄，在庙里出家做了和尚，终身不娶，日日夜夜思念着尼姑。后人就把这个山嘴取名叫"思姑台"。

讲述者：戴理　男　30 岁　汉族　新街镇农民

搜集整理者：张志奇

流传地区：新街镇

搜集时间：1982 年

静宝寺的传说

西梁湖由金水河通往长江，湖水入河的地方，有个山嘴，叫静宝嘴。山上松柏常青，河湖绿水长流。在这绿水边、青山上，有一座古寺，来历可不同寻常哩！

传说元朝时候，蒙古人统治中国，残酷、野蛮，逼得人们无法活下去了。那时，西梁湖边有个年轻的郎中，名叫张绍忠，四方行医，随身带着一只黑狗。这只狗脑壳上长过癞子，有一块红皮不生毛 。它格外灵性，隔老远就能闻到药香味，辨别药性，常常引着郎中寻到急需的草药，给当地百姓诊病治伤。张郎中对癞狗爱如珍宝，相依为命。

那时，嘉鱼县县官是蒙古人，最喜欢声色犬马。他三月三日出来游春，看西梁湖的湖光山色，还听说张郎中有一只灵狗，就派衙役来强要。张郎中不依，衙役们就不管三七二十一上前一齐动手，推的推张郎中，打的打狗，棍棒齐下，直弄得人伤狗死。

张郎中忍着伤痛，把癞狗驮上山嘴，挖土埋了。他想到这世道黑暗，难以熬煎，便打算投湖寻短见。一个人慢慢摸到湖边，正要跳水，忽然听见一个打鱼人高喊："张先生救我老娘一命吧！"原来，他母亲得了急病，只好荡条小船来求医。张郎中想："我死了不要紧，这一带乡亲们的病哪个来治呢？为了乡亲们我要活下去！"小船靠了岸，张郎中进舱诊脉。要治好这老太婆的病，急需新鲜的牡丹花瓣做药引子。可是牡丹要到夏初才开花，三月三日到哪里去找呢？张郎中不由得想起癞狗，要是它在，自己也不会束手无策呀！一边想着，不由得回头向埋葬癞狗的山嘴望去。说也奇怪，那小坟堆上已经长出一蔸牡丹，青枝绿叶，杆高齐腰，叶大如扇，抖开卷着的紫黑色花苞。张郎中好高兴啊，急忙上山摘来花瓣，叫打鱼人煎水喂他母亲，老太婆的病立刻好了。

张郎中越加疼惜癞狗,铁了心要和这灵物相守一世,就在坟边修了小庙，出家为僧，自称“癞狗和尚”。每天清早，他就舀来清清的西粱湖水，浇灌牡丹。白天四处行医，夜晚就住进小庙，梦里和他心爱的癞狗相会。

这样过了一天又一天，过了一月又一月，第二年三月三日，天还不亮，癞狗和尚又去舀水浇花。清清的湖水一滴一滴地浸进花根，牡月花苞也一点一点绽开。太阳出圆时，牡丹花也全开了，它的颜色不同往常，和太阳一样鲜红鲜红。癞狗和尚心里明白，这红花是癞狗头上的红皮变的，更加珍爱它了。

黑牡丹变成红牡丹的消息，传到了县官耳朵里，县官为了讨好，上报了皇帝。皇帝叫县官把花蔸挖来，移到御花园。县官接过圣旨，叫衙役们驾条大船，亲自去挖花。他们打听得癞狗和尚白天行医，不在庙里，就跑上山嘴，七手八脚把牡丹花挖走，用船装着上京进宝去了。

这牡丹栽在御花园里，杆子矮了，叶子也缩了，到第三年三月三，一朵花苞也没有。皇帝气得要死，要把花挖了。侍从们劝他等一等，说是花伤了元气，等到夏初，也许会跟平常的牡丹一同开花。春去夏来，御花园里别的牡丹都开了花，这蔸牡丹还是不开花。皇帝说：“这哪里是什么进宝？分明是个贱宝！”吩咐左右把它毁了。

再说，癞狗和尚行医回来，见牡丹被挖走，顿脚捶胸，伤心流泪，在土坑里过细寻找，好容易找到几根小须根。他在老地方把根栽好，天天在花根旁边念记癞狗，常常痛哭。他的泪水，把花根润活了，慢慢长出枝叶。第四年三月三日，蔸蔸牡丹都开出紫黑、鲜红两样花来。

后来，癞狗和尚用这几蔸牡丹花的须根一再移栽。庙前庙后，庙左庙右，长出成片的两色牡丹。他用这些珍贵的花瓣做药，不晓得救活过几多危急的病人。这一片牡丹还有一种灵性，看看它开的花朵数的多少，就可以预知丰年还是灾年。灾年，老百姓缺吃少穿，更容易得病，花就开得多，能治好所有的病人。当地老百姓对癞狗和尚格外尊敬，对两色牡丹格外喜爱。

后来癞狗和尚在庙里坐化了，当地老百姓尊称他为“癞狗祖师”，集钱修了一座大庙，就叫“贱宝寺”。一个乡学先生说：“乡亲们！我们不能把自己看贱了，要给癞狗祖师争点光，按佛门规矩，就叫‘静宝寺’吧！”因为当地“贱”和“静”音同字不同，乡亲们就依了他，让他把“静宝寺”三个大字题在庙门上。

讲述者：杨永祥　张平云　男　汉族　县志办公室干部

搜集整理者：金辉

流传地区：嘉鱼县

搜集时间：1982 年

渡普口

嘉鱼县城的东边，有一条从西梁湖通往长江的小河，叫金水河，河西岸有个集镇叫渡普口。说起渡普口这个名字，有一个不平凡的来历。

很早以前，金水河两岸都是荒滩，长满芦苇蒿草，只有一条小路通长江边。河边路口上，住着外乡来的两口子。他们靠打豆腐营生，冇得儿女，听人家说，到南海去朝拜观音菩萨就可以生儿育女，两口子一商量，打算叫男的去朝拜南海求菩萨。女的跟他准备好行李包裹，已经深夜，就睡下了。说来也巧，夫妻两个都做了一个梦，梦见观音菩萨对他俩说："有心求子何必朝拜南海，普度众生自然灵。"两个人醒来，说起梦里听到的话竟然一字不差，完全相同。过细一想，这是菩萨叫他们不消去朝拜南海，只要诚心诚意普度众生就行了。说起普度众生，只有神仙才做得到，凡人么样做得到呢？男的一想说："有了，我们在河上摆渡，不也是普度众生吗？"女的一听连声说："对呀！对呀！"。

就这样，他们一边打豆腐卖，一边为来往的行人摆渡，不收过河钱。他们用金水河的清水打豆腐，出的豆腐多，味道又好，来往的人都喜欢吃。他们摆渡，不论晴天雨天，白天黑夜，随叫随到，从不耽误。日复一日，年复一年，总是这样。

后来，到这一带定居、开荒种地的越来越多，慢慢成了一个小集镇。夫妻俩的豆腐生意也越做越好，来往过渡的也越来越勤。夫妻俩年纪老了，虽然没有生儿育女，附近的乡邻都把他们当父母一样敬重，不让他们操心费力打豆腐了，专门划出三十亩田地，公共种、公共收，打下的粮食供老两口吃，多余的卖钱，用来油船修船，奉养两老。两老到了七十岁，乡邻们连渡船都不让他们荡了，共同供养两老，比亲儿女还要亲。老两口死的时候，附近的乡邻念记他们的好处，都来披麻戴孝，安葬他们。把这地方取名为"渡普口"，或者叫"豆腐口"。

讲述者：黄甫仁　男　68 岁　汉族　潘家湾镇农民

搜集整理者：金辉

流传地区：渡普镇、潘家湾镇

搜集时间：1982 年

苍梧岭的传说

潘家湾镇苍梧岭村，原来是一座光秃秃的村庄，看不到一棵树，冬天江风吹死人，夏天日头晒死人。

当时，天上有一位仙翁得罪了玉皇大帝，玉帝就把他打下凡尘。他知道自己活不长了，就想跟家乡人做点好事。

他变成一位云游道士，来到这里，只见家家的门户都关着，路上不见行人。他感到很稀奇，就来到一间茅屋前，轻轻地敲门，没有人答应。一会，隐约听到里面传来呻吟声，他更加好奇，便推开虚掩的门，走了进去，只见地上躺着两个身穿破衣，又黄又瘦的小伢。仙翁上前用手一摸，已经冇得气了。他赶忙从葫芦里拿出两粒仙丹给他们服下，一眨眼睛，两个小伢苏醒过来。这时，躺在床上的老婆婆睁开了眼睛，见是一位白发老人站在床前，和颜悦色地拿出一粒仙丹叫她吞下。老婆婆疑惑地看着仙翁。仙翁说："我是专来为乡亲救苦救难的，你就放心吞下吧。"老婆婆见他说得恳切，就把仙丹吞了。一碗茶的功夫，老婆婆的脸色由白转红了，可以坐起来说话，可以下床走动了。

老婆婆忙拜倒在地，连连喊着活神仙。仙翁扶起老婆婆问道："这里怎么不见一个行人？家家的门都关着？"老婆婆长叹了一口气说："前不久，我们这里流行瘟病，人染上了就卧床不起，郎中救了这个，顾不了那个，连郎中也病倒了，不少人都逃到外地去了。"接着，仙翁到各家各户去给病人诊病，不几天他治好了家乡的病人。

一天，人们到仙翁住处来感谢他，仙翁当着大伙的面，这才说出他的真实身份。人们知道仙翁要死了，都急得哭了起来。有人提出烧香拜佛，希望能感动玉帝，饶了仙翁。仙翁说："那是冇得法的，我看你们这里穷，连做房子都冇得木，我死后，就变作一片森林吧。"

从此以后，这里就长出了许多许多梧桐树，还引来了凤凰。人们为了纪念这位仙翁，就把这里起名为"苍梧岭"。

讲述者：邓喜　男　53岁　汉族　潘家湾镇农民

搜集整理者：邓喜

流传地区：潘家湾镇

搜集时间：1988年

亲嘴石

先前，嘉鱼县漆家山下的村子里，有个叫花子的男伢，从小就死了娘。他爹娶了后娘，又生下一个儿子。后娘一心想让自己亲生儿子独得家产，处处虐待花子。他七、八岁时，后娘就叫他挑水、砍柴，样样事都做。他爹怕后娘，事事由她。

后来，花子在砍柴的漆家山上，认识了山那边李财主家的丫头梅香。每次上山时，花子把带来的麦麸粑省下来给梅香姑娘吃。梅香不肯吃，就掰成两半分着吃。花子的衣服破了，梅香就带些布角、针线帮他补。真是穷丫头爱穷小伙，遭罪人疼遭罪人。

时间一久，后娘看出些形迹来。一天下午，她偷偷上山，蹲在一窝柴篷里瞄见花子和梅香坐在一起，说说笑笑。这婆娘跑回去告诉丈夫，从中添油加醋，说了花子几箩筐坏话。

当晚，花子的爹把儿子揪着跪下，不问青红皂白，举起火钳就打。后娘站在旁边还火上浇油："这畜生辱门败户，害得我们都没得脸见人，这号东西养着还有什么用？"花子爹被这婆娘一激，越打越凶。最后把儿子打脱了臼，赶出了门。

花子一寸一寸地爬，爬上漆家山，看见梅香也遍体鳞伤、血肉模糊。原来是后娘舌头长，到李财主家告了一状，财主把梅香打得这样惨。一对青年男女抱头痛哭，喊天天不应，入地地无门！双双抱在一起，跳下了山崖……

后来，花子和梅香跳崖的地方，长起了两块青石，嘴对嘴地挨在一起，活像一对男女在亲嘴。人们就把这两块青石取名为"亲嘴石"。

讲述者：漆昌富　男　37 岁　汉族　官桥镇农民

搜集整理者：陈仁诚

流传地区：官桥镇

搜集时间：1982 年

官桥的来历

很久以前，官桥这个地方是一个港，既不能摆渡，也没架桥。一到涨水的季节，港两边的人们就不能来往了。

有一年，港那边方家庄有一个人想了个主意，就找港这边姓周的和姓蔡的两家人商量，搭伙修一座木桥，他们有的出石料，有的出木料，有的出劳力，不久就要完工了。当地百姓，听到这消息，都十分高兴。

桥修成这天，方圆几十里的人们纷纷赶来庆贺。正在热闹的时候，人群中不晓得那个说了一句："这么阔气的桥，该叫个什么名儿呢？"这一下，人们都喳喳开了，搭伙修桥的三家人也没得主意了。过了一会儿，只见姓周的站出来说："我们周姓在当地最多，就叫'周家桥'吧。"姓方的一想：叫周家桥，那不把我姓方的贬低了？修桥还是我出的主劳力呢。于是他说桥该姓方。姓蔡的一听，气鼓鼓地说："架桥的木料是我的，就该姓蔡！"三个人互不相让，看热闹的人也越来越多。

"嘡、嘡、嘡！"一阵锣声由远而近，只见十几个差役拥着一辆轿子来到跟前。原来是县官打这里路过。差役们看到前边围着一大堆人，吵吵闹闹，挡住了路，就吆喝着叫人们让开。县官探头一看，就叫差役放下轿子，去打听是怎么回事。周姓、蔡姓、方姓三人一看县官来了，都争着向他讲自己取名的理由，县官听完后，掀开轿帘，轻轻地跨下轿来，背着手，故作考虑地在桥上慢慢地走了几步，然后转过身来高声说道："本官是此地的父母官，今天打这里经过，这桥就叫'官桥'，你们看好不好。"周、蔡、方姓三人听了都不敢作声。

从此，这个地方就叫官桥，一直流传到今天。

讲述者：周绍池　男　71岁　汉族　官桥村农民

搜集整理者：蔡小明　屈明仙

流传地区：官桥一带

搜集时间：1988年

舒桥的由来

蜜泉湖边的畈上有条小河，河边有位姓舒的员外，家有良田千亩，就是五十好几还没有儿子，有五个女儿也都出嫁了。

有年端午节，五个女儿都回了娘家。正好河里划龙船，热闹得很，五姊妹心花了，雇了一只彩船划到河心去看个仔细。陡然起了一阵风，把河水吹起三尺多高的浪，不多时彩船就沉水了。

老两口听到信，跌跌撞撞来到河边，只看到一片白水，哪有女儿的影子？止不住一阵号啕大哭，十分伤心。

后来，老两口想到女儿死在河里，就因为没有桥才雇船去看龙船的。要是长久这样下去，还不晓得要丢几多人命。于是老两口卖掉千亩良田，求人在河的上游、中游、下游修了三座桥。桥刚修成，老两口先后过世了。

从此，这条河再也难不倒两边人了。每当人们走在桥上，没有不感谢修桥人的，说他积了大德。为了纪念舒老员外，人们给此桥取名为“舒桥”，那块田畈也就叫作“舒桥畈”。

讲述者：章仕杰　男　59 岁　汉族　米埠村农民

搜集整理者：舒爱民　吕洁

流传地区：舒桥镇

搜集时间：1985 年

簰洲南酒

簰洲南酒在长江中游就很有名气。此酒倒在杯中，酒花起堆，细珠放亮，清澈透明，醇香扑鼻。如此名酒，必有一段神奇的来历。

自古长江向东流，三十里西流过簰洲。很早以前，簰洲这个地方并没有“洲”，江水从这里流过，江南一片平原风景迷人。

一天，有两兄弟放木排路过此地，被这美丽的景色迷住了。于是将排靠在江边，上岸闲游风景，兄弟俩走着走着，只见杨柳林中鸟声如歌，江水环绕，碧波荡漾。好像走进仙境一般。不一会儿，兄弟俩便来到了林荫深处，只见两位白发苍苍的老汉在下棋。双方的棋艺超人，胜败难分。兄弟俩对这精彩的对弈看得入了迷。看着，看着，两位老汉不知怎么停了下来，笑着对他们说：“年轻人，今天你俩架着木排来到此地观赏棋艺，老汉送你一个酒葫芦作礼物，你快到江边去看看木排吧……”说着，只见酒葫芦自动地来到了兄弟俩的面前，这时俩老汉把手一扬，刹那间，云雾四起，向天上飘去。这时兄弟俩才明白，原来这下棋的老汉是两位神仙。

“洞中方七日，世上几千年。”兄弟俩在那里看棋不到半个时辰，世上已经过了几百年，他俩拿着酒葫芦来了江边，只见原来停靠木排的地方，已经变成了一个葫芦形的沙洲。于是兄弟俩沿着葫芦形的沙洲走了一圈，发现过去直往东流的长江水，已由东向西绕洲而过。在围洲九十里的江流中，就有三十里是西流水，兄弟俩手捧西流水中的漩涡浪花，如饥似渴地狂饮。这水清甜爽口，于是兄弟俩商量在洲上安家，把这漩涡浪花水装满了酒葫芦带回家中。说也奇怪，过了一晚，便成了一壶香气扑鼻的好酒。从此，兄弟俩利用这三十里西流中的漩涡浪花水酿酒为生，奇妙的浪花变成了醉人的酒花名扬江南，号称南酒。不到一年时间，长江一带成百上千的官船和民船路过簰洲这个地方，都要靠岸品尝南酒，成为当时长江酒商的交易中心。

目前的"簰洲小曲"就是照当年的酿酒方法制成的，仍然是长江中游一带的名酒。

讲述者：杨振兴　男　63 岁　汉族　县文化馆干部

搜集整理者：金玉树

流传地区：簰洲

搜集时间：1982 年

螺蛳桥

相传很久以前，螺蛳桥并不叫这个名字，那时是一棵树搭成的独木桥。

在桥附近的一个村子里住着一个寡妇和她的崽，母子俩相依为命。后来崽长大了，娶了媳妇，养了孙子，日子总算过得和和睦睦的。

谁知祸从天降，一天她的崽过独木桥，掉到河里淹死了，一家人哭得死去活来。寡妇不但没哭，反倒忙开了。她为了不再让人掉到河里淹死，求爷爷告奶奶，把家里的积蓄都拿出来，开始动工修桥。不久，一座用青石砌成的桥建起来了，乡亲们和过往的行人能平安地过河了。

桥修成功的那天，许多人都来庆祝。他们站在桥上，一眼看到在清亮见底的河水中，有不少螺蛳拼命往上爬，可它们总是爬不出水面。有人说，这寡妇是螺蛳精变的，是神仙派下来修桥的，就给桥起了个名字叫螺蛳桥。直到如今，桥下都有蛮多螺蛳。

讲述者：罗爹　男　63 岁　汉族　螺丝桥村农民

搜集整理者：胡玖　程宏奇

流传池区：潘家湾镇　渡普镇

搜集时间：1987 年

佐金山的传说

从前，有两弟兄，哥哥叫佐金，体弱多病；弟弟叫佐银，身强力壮。虽是弟兄，心肠却不同。

有一年，邻村的人陡然得了急病，一下子病倒了蛮多人。有个郎中说，有一种叫金樱子的草药能治得好，还告诉人们这种草药长在佐金佐银住的屋旁边。

这消息很决让佐金佐银晓得了，佐银就守在房前屋后，等人拿银子来买金樱子。荒年荒月的有几家拿得出钱来？眼看这些人病得快死了，佐金急得不得了，劝佐银发发善心，救人要紧。冇等他把话说完，佐银就把哥哥打了一顿。鼓起眼睛说："再那样说我就打死你！"佐金挨打后，再也不敢劝了。第二天，他瞅到佐银去打个岔，就偷了一把金樱子，分送到病人家里。病人服了金樱子，病很快就好了。佐银晓得是佐金搞的，真的把亲哥哥打死了。

后来，佐金的坟墓变成了一座大山。人们为了纪念他。就把这座山叫作“佐金山”。

讲述者：李雪梅 男 30岁 汉族 佐金山村农民

搜集整理者：李雪梅

流传地区：高铁岭镇一带

搜集时间：1985年

灯笼精

传说官桥镇白湖寺村，村前有个白湖，白湖边有个土地墩，墩上有两棵树，一棵是冬青树，一棵是凿刺树，这两棵树比脸盆还要粗。每到晚上，树上出现两盏灯笼，在湖边闪闪发亮。

那时村里有个财主，他独占了白湖。湖里的鱼儿又多又肥，财主就雇了好多长工给他打鱼。长工们又苦又累，一天忙到晚，夜里还要摸黑干。一天晚上，长工们惊奇地发现，在土地墩上亮着两盏灯笼。

说来也奇怪，那两盏灯笼在这两棵树间穿来穿去，一会儿停在这棵树上，一会儿又跳到那棵树上，有时还一上一下地晃动，狂风吹不熄大雨淋不灭。就这样，长工们黑夜就能在灯光下打鱼了。俗话说：好景不长。有天晚上，财主出来想看看长工们打了多少鱼，他远远地看见土地墩有灯亮，等他走得跟前，又不见了。财主以为是自己眼花了，没在意。

第二天晚上，财主又带着一群家丁来到湖边，看见远处好像有两盏灯笼，很亮很亮。他想晓得是哪个点的，可没等他走近，灯笼又无影无踪了。等他们离开，灯笼又出现了。财主当即喊几名长工过去看看，长工们离灯笼越来越近，灯笼发出的光也越来越亮，像是很高兴地迎接他们似的。财主气歪了嘴，他立即叫家丁回家拿来锯子，把这两棵大树锯倒了。从此以后，灯笼再也没出现过。

后来，老人们说，那两盏灯笼是冬青树和凿刺树变成的精怪，树锯倒了，灯笼精当然也没得了。

讲述者：李德树　男　60 岁　汉族　白湖寺村农民

搜集整理者：李瑞华

流传地区：官桥镇

搜集时间：1988 年

黑鱼潭

在嘉鱼跑马岭的南面，有一座山，山腰上有一个水潭，潭里的水清凉甜津，一眼望去，水却是黑色的。不管是天旱，还是发水，潭里的水也不增多，也不减少，总是满满的，人们都叫它“黑潭”，也有人叫它“七女潭”。在这潭中有一条好看的金黄色的鱼，关于这鱼还有一个美丽的传说哩。

相传在很久以前，这黑潭山脚下，有一个村庄，村里有七个已到了婚嫁年龄的女子，个个是相貌俊美，心灵手巧。她们本已经有相好的了，可父母硬逼着她们嫁给那些有钱有势的人家，她们个个执意不从。后来七个女子一起跳进潭里去了。这件事感动了天上的一位仙女，她决定将七个女子救起来，便偷偷来到人间。由于这黑潭很深很深，她便变成了一条黄色的鱼跳入潭中，将那七个女子救了起来。那七个女子谢过仙女后，都找自己心爱的人去了。然而这位好心的仙女却因私自逃出天庭而受到玉帝的惩罚，永远不能上天，只能独自在水中游来游去。后来，东海龙王的小儿子很同情这位好心的仙女，就把潭底与东海连通，还经常请这位仙女去东海做客。

讲述者：李英　女　73 岁　汉族　跑马岭村农民

搜集整理者：程静

流传地区：官桥镇

搜集时间：1988 年

·动植物传说·

猴子的屁股为什么是红的

从前，有个傻姑娘上洲去锄草，不晓得怎样回家。她的妈妈就沿路撒石灰，让她跟着石灰印走。这事被一只老猴子看到了，它把石灰拣了起来，一路撒到自己的洞口。傍晚，傻姑娘跟着石灰印走进了猴子洞。老猴子让几只小猴儿守看，不让她出去。

傻姑娘的妈妈找不到女儿，天天坐在门口哭。这天，飞来了一只喜鹊，在树上喳喳地叫。傻姑娘的妈妈边哭边对喜鹊说："你是报喜的雀子，莫非晓得我女儿的下落？"喜鹊听了飞到她的跟前，又叫了三声。傻姑娘的妈妈忙把一条红布系在喜鹊的脚上，叫它在前面带路。

傻姑娘的妈妈随喜鹊来到猴子洞，果然看到女儿坐在洞里，她拉起傻姑娘就往外走。那几只小猴儿连忙上来围住傻姑娘。傻姑娘的妈妈气得抓起一把盐，朝小猴的眼睛撒去，小猴儿们被辣得在地上乱滚，边叫边用爪子乱抓。傻姑娘母女俩趁机逃了出去。

老猴子回洞后，不见傻姑娘，就带着小猴儿摸黑追到傻姑娘的家，傻姑娘的妈妈连忙把门插上。猴子们就坐在傻姑娘家门前的石滚上哭喊起来："傻姑娘，好狠的心，撒把盐儿辣眼睛，丢下猴儿难活命。"从那以后，猴子们一连几晚都来哭闹。

傻姑娘的妈妈很恼火，这天，她趁猴子还没来，把石磙烧得烫烫的。到了晚上，猴子们像往常一样坐到石磙上，"哧"的一声冒出了青烟，猴子的屁股被烫红了。从那以后，猴子的脸、眼睛变成红的，屁股也是红的。

讲述者：蔡桃英　女　50 岁　汉族　晒甲山村农民

搜集整理者：熊运华

流传地区：鱼岳镇　新街镇

搜集时间：1988 年

鸡冠和鹅头

王母娘娘喂了很多鸡和鹅，为了传种，要挑选最大的蛋抱儿。她对鸡、鹅说："我这里有两顶红帽子，一大一小。谁生的蛋大，我就把这大帽子给谁戴；生小蛋的就戴小帽子。"

母鸡听了，心想："鹅的蛋比我大，要不来点幌子，大帽子一定戴不到我头上来。"于是，它等母鹅生下蛋刚走开，就把鹅蛋拿到王母娘娘那里表功，边走边唱："我大，我大……"

王母娘娘接到大蛋，很高兴，就把大红帽给母鸡戴上了，这个蛋抱不了多久，出了个小鹅儿。王母娘娘晓得是母鸡撒谎，马上把母鸡叫来，拿起剪刀，在它帽子上剪了个缺口，还说："要让别人看了都晓得，你的帽子有缺陷；一老一实的鹅，帽子却是完美无缺的。"

讲述者：张妈　女　70 岁　新街镇农民

搜集整理者：熊运赐

流传地区：嘉鱼县

搜集时间：1985 年

公鸡啼鸣

从前，公鸡和龙在凡间生活。公鸡头上不仅有冠子，还有角，龙只有冠子。

一天，龙对公鸡说："公鸡弟弟，我想到玉帝那里去封个神，你能不能把头上的角借我用一用？"公鸡想了想，就对龙说："龙哥哥，你封了神后，就把角还给我。""当然。"龙马上答应了。就这么，公鸡把角借给了龙。哪个晓得，龙封了神后，不守信用，有意留在天上，不愿意把角还给公鸡。公鸡十分生气，但又没得法子，只好每天天不亮就起来，朝着天上喊："龙哥哥，还（了）我……"一直叫到今天还在叫喊。

讲述者：何伟　男　40 岁　汉族　新街镇农民

搜集整理者：刘祥

流行地区：新街镇

搜集时间：1987 年

蚂蟥的来历

很久以前，水里是没得蚂蟥的。有一年栽晚谷，天气蛮热，田里的水被太阳晒得滚烫，一些懒汉懒婆娘以歪就歪，躺在田埂上歇火，还笑那些老实人栽田。眼看季节快过了，水里还是一片白。这事传到王母娘娘耳朵里，王母大发雷霆，非要治治那些好吃懒做的人。

王母走到天池旁，对天池里的蚂蟥说："你们都到人间的水田沟里去，我派天兵在天上打鼓，你们听到鼓响，就去咬那些懒东西。"就这样，田里，沟里，到处都是蚂蟥。

后来，蚂蟥记错了王母的话，把"鼓"响记成是水响，在田里一听到水响，就爬出来咬人，直到现在，只要人们在水里干活，蚂蟥就拢来咬人。因此，有一句俗话："蚂蟥听不得水响。"

讲述者：陈启兰　女　50 岁　汉族　潘家湾镇农民

搜集整理者：胡绪娥

流传地区：潘家湾镇

搜集时间：1987 年

牛下巴肉瘤的来历

很久很久以前，耕牛都是会说话的。有一天，一个种地的跟牛商量说："今天你耕五亩地，行吗？"牛一听，不耐烦地说："我能耕三亩就三亩，能耕四亩就四亩，你不知道这犁有多重，天气又这么热，叫我耕五亩，我奈得何么？"种田的没法。俗话说：人误地一时，地误人一年。眼看着季节不等人，大片大片的土地荒着，把个种田的急得整天唉声叹气。这事很快传到管猪、马、牛、羊的神仙耳朵里，于是，神仙想：要不让牛和钉子来到人间，把牛的嘴给"钉"起来，不让他说话。牛说："不让我说话可以，以后叫我吃什么，喝什么呢？"神仙答应它："往后吃甜（田）草，喝糖（塘）

水！”牛很高兴地让神仙把嘴钉上了。

原来牛听错了神仙的话，每天做完事后，吃的只是田里长的草，喝的只是塘里的水，说话的本事也没有了，牛的下巴上还长出一个肉瘤来，传说就是当年钉的那颗钉子。

讲述者：胡道珊　男　43 岁　汉族　潘家湾镇干部

搜集整理者：胡绪娥

流传地区：嘉鱼　武昌

搜集时间：1986 年

报季鸟的传说

我们这里到了四月，快割麦栽早稻秧的时候，有一种鸟整天在人家屋顶上叫：“阿公阿婆，割麦插禾，阿公阿婆，割麦插禾。”因此，当地的人们把它叫作报季鸟。关于报季鸟的来历，还有一段伤心的故事呢！

传说，我们村后的大山脚下住着一户人家，家里有一对年轻的夫妇，男的叫大良，女的叫包继，有年老的婆婆和公公。大良和包继相处得很好，从来冇红过脸，对婆婆和公公也很孝顺。可婆婆和公公就是不喜欢媳妇，见到包继就瞅眼闭眼，但又不敢苛刻包继，因为儿子对媳妇蛮好。

谁知好景不长。一天，大良上山砍柴，掉到山旮旯里摔死了。从此，包继成了寡妇，公公婆婆更加讨厌她，说她是灾星。往后，家里的烧火、喂猪、放牛什么事都归她干，干不好还要挨打挨骂。几个月的工夫，包继就被磨得骨瘦如柴。

四月来了，麦都黄了，秧也要插，婆婆要包继去割麦。她每天天不亮下地干活，中饭也是婆婆送到地里去吃，割少了还挨婆婆的骂。这一天，天蛮热，包继由于身体虚弱，发痧死了。她死后，就变成一只鸟，飞到她家门口喊："阿公阿婆，割麦播禾！"原来别人都叫这种鸟为包继鸟，后来日久天长，叫别了，就叫成报季鸟。

讲述者：邓海品　男　38 岁　汉族　官桥文化站

搜集整理者：李菊香

流传地区：官桥镇

搜集时间：1988 年

蚯蚓身上的白箍

蚯蚓身上为什么事有一道白箍呢？传说与如来佛有关。

如来佛出家时，在一个庙里当住持和尚。有一次，他出外云游去了，小和尚在佛堂里跪在蒲团上念经，念着念着，忽听得蒲团下面有"咕咕咕"的叫声，蒲团也像在轻轻拱动。小和尚觉得奇怪，揭开蒲团一看，只见土被拱松了，土里有条拃把长的蚯蚓。原来，这条蚯蚓在如来佛堂里修炼，想沾点佛光，以便早点成仙，小和尚不晓得底细，搬过师父的禅杖，用那月牙铲把蚯蚓铲做两截。这时如来佛恰好回来，见此情形，连忙指责小和尚不该杀生，并用一条白布把蚯蚓的两截身子箍在一起，救活了它。

从此，蚯蚓身上长成了一道自箍。为了报答如来佛的救命之恩，蚯蚓像行善人一样，专做好事，不辞辛苦地松土、拱地。

讲述者：张玉领　男　50 岁　汉族　簰洲湾镇工人

搜集整理者：金　辉

流传地区：嘉鱼县

搜集时间：1984 年

虾子借眼睛的传说

从前，蚯蚓和虾子同住在河边，他们是要好的邻居。蚯蚓长着一双明亮的眼睛。虾子没长眼睛，很伤心。蚯蚓为虾子感到难过，时常跟虾子引路，把自己看到的都说给虾子听。

一天，蚯蚓又在给虾子讲外面的景色，虾子听得入了神，想亲眼看看，就对蚯蚓说："蚯蚓哥哥，你把眼睛借给我用一下好不？我只要看一眼这世界就心满意足了。"蚯蚓看它怪可怜的，就大方地借给了它。虾子没得眼孔，就把眼睛敷在脑壳上。他看到了美丽的山，看到了鲜艳的花和碧绿的草……虾子心里高兴极了。看了一会儿，虾子又感到伤心起来，他想：我要是把眼睛还给了蚯蚓，就再也看不到这些了。于是虾子"扑通"一声跳到河里，拼命地跑了起来，心里一害怕，碰到东西就怀疑是蚯蚓追来了，就蹦过来蹦过去。

所以，虾子的眼睛鼓鼓的，走路也一蹦一蹦的。

讲述者：章集孝　男　60 岁　汉族　渡普镇农民

搜集整理者：章雨金

流传地区：渡普镇

搜集时间：1987 年

“回头青”

很久以前，庄稼只薅一次草就只等收了。一年夏季，天热得发狂，太阳刚一出来，地上就像一盆火，一点风也没得。在地里薅草的姑嫂二人热得汗直滴。忽然，前头来了一个面黄肌瘦，嘴唇发裂的老婆婆，她走到两姑嫂面前说：“请你们发发慈悲，给点水我喝吧。”两姑嫂斜倒眼睛，膘了老婆婆一眼：“走开，没得水。”老婆婆指了指那地边的茶包壶说：“那不是有水吗？怎么说没得水呢？”两姑嫂根本不理她，只顾薅草。老婆婆苦苦哀求，她们还是不答应，还连吼直吼，要她走开。这时只听老婆婆轻声念道：“前面薅草，后面青，薅死两个小妖精。”说完，老太婆就不见了。

原来，这婆婆是观音菩萨变的，她看见两姑嫂在太阳底下薅草，蛮同情，想用她的法术使庄稼不长草，就变成一个老婆婆来试探两姑嫂。没想到她们拐得很。从此以后，有一种草真像老婆婆说的那样前面薅，后面青。人们都称这草叫“回头青”。

讲述者：陈启兰　女　50 岁　汉族　潘家湾镇农民

搜集整理者：胡绪娥

流传地区：潘家湾镇

搜集时间：1987 年

女儿藤

嘉鱼是很早就出产苧麻的地方，每到剥麻季节，麻秆上总是缠着一种青藤，传说，这藤子是一个女儿的化身。

从前，有母女俩靠租种麻地过日子。那时苧麻一年只能剥一回，麻又不值钱。女儿就起早摸黑上山砍柴，换点油盐钱度日。

一天，财主的公子游春来到山上，看见麻地里的女子长得蛮好看，就要抢人。女儿力小体弱，怕受凌辱，便用柴刀把自己砍死了。

女儿的娘得到凶讯，跑上山来，不见女儿的尸体，只有一把镰刀和一堆柴火在麻地里。有人说，只见一股青烟扑散麻地。再一看，根根麻秆上都缠满细小的青藤。想扯，扯不掉，想拉，拉不脱。如果一用力，就爆得满手白浆，迎风又由白变黑，这黑浆粘在手上，半天都洗不脱。老人们说，这浆是女儿血，这藤是“女儿藤”。从那以后，苧麻有了女儿藤的保护，年年都剥三回。

讲述者：邓海品　男　38 岁　汉族　官桥文化站

搜集整理者：雷秋英

流传地区：官桥一带

搜集时间：1985 年

桑树和椿树的传说

传说，明朝皇帝朱洪武小时候，屋里蛮遭孽，爹死得早，撇下母子二人，靠砍柴过日子，一年到头，老是吃了上餐愁下顿。

朱洪武家门前，有两棵树，一棵是桑树，一棵是椿树。桑树年年结满红彤彤的桑枣，树干都压弯了。朱洪武卖了桑枣，换回粮食，母子也可以度度饥荒。

一天，朱洪武对桑树说："你是我母子二人的救命树，有朝一日，我要是能金口玉言，就封你为树中之王。"后来，朱洪武打下了江山，真个当了皇帝。在他回老家来接他母亲进京的那天，匆匆忙忙地走到两棵树边，错把椿树当桑树，手指椿树封为树中之王。当时椿树喜得要命，桑树气得要死。打那以后，桑树蔸上总是有一条长长的裂印，都说是给朱洪武气炸了的。而椿树的每个节都像笑得合不拢的嘴。农村的人做屋打船都愿出高价钱买椿树做屋梁、做船桅杆，图的是沾皇帝的光，既吉利，又能压邪。

讲述者：佚名

搜集整理者：邓海品

流传地区：官桥一带

搜集时间：1987 年。

荷花的来历

很久很久以前，人间闹瘟疫，死了蛮多人。这种病只有天上的珍珠星能治，但谁要是偷珍珠星被发现，就会受到严厉的惩罚。

有一个姑娘叫荷花，长得很美丽，她不顾自己的安危，在仙子的帮助下，终于登上天空，取得了珍珠星。当她离开时，惊醒了天将而被抓住，荷花急忙把珍珠星撒在人间，凡人得救了，荷花却变成了植物。

从此，荷花就世代相传下来，越长越多，越长越美丽。

讲述者：邓喜男　58 岁　汉族　潘家湾镇苍梧岭村农民

谈搜集整理者：程宏奇

流传地区：潘家湾一带

搜集时间：1988 年

·民间工艺传说·

簰洲芦席的传说

长江万里向东流，西流三十过簰洲。为什么长江到簰洲出现三十里西流？这里有个传说。

很早的时候，这里的江流还是笔直向东去。后来出了两个精怪，一个是团鱼精，住在江南；一个是水鬼，住在江北，为了争地盘，他们兴妖作法侵占对方的土地。团鱼精看到从四川下来一个大竹排停在那里，便作法稳住了竹排。排客见竹排无缘无故不动了，知道有鬼作怪，怕惹事，只好弃排而走。久而久之，竹排拦住泥沙，淤积成洲，就叫“簰洲”。洲上长满芦苇，慢慢有人来居住，以打芦席为生，簰洲就以盛产芦席而远近闻名了。

簰洲一形成，江流折转向西冲刷北岸，使水鬼塌失了许多土地。团鱼精占了上风。水鬼不服气，也作起法来。他把一床芦席放在水里，今天拆片篾，明天拆片篾，只见簰洲的江岸今天崩十尺，明天塌一丈。团鱼精晓得这是水鬼作法，就把一床芦席四周用竹篾绞边，放在水里，用四根竹签钉住芦席四角。所以到现在，簰洲出售的芦席都是要绞边的。到了汛期，簰洲人用芦席铺在堤坡防江浪，总是在四周钉上竹签。

讲述者：夏祖述　男　52 岁　汉族　簰洲湾镇

搜集整理者：夏祖文

流传地区：簰洲湾镇

搜集时间：1984 年

·风俗传说·

玩龙灯

药王菩萨一生行善，经常到人间查病施药。有一天，他来看见沙滩上睡着一个怪物：马的脸、牛的眼、鹿的角、鹰的爪、鱼的尾巴、蟒的身子。

药王菩萨从来没有见过这种怪物，走拢去过细一瞄，不瞄则已，一瞄吓了一跳，原来这是一头活东西。再一看，不好，它身上爬满了刺角丝（蜈蚣），刺角丝是有毒的东西。

菩萨慈悲心大发，拿出草药，杀死了那怪物身上的刺角丝。又熬了几副补药，调治了好久，那怪物方才缓过气来。

怪物慢慢睁开眼睛，顿时金光四射，爪子一划，乌云滚滚。它对菩萨点了几下头，就腾云起雾，在沙滩上空来回地跳起舞来，边舞边喊："隆，隆，隆！"

药王菩萨看得入了神，他取过纸笔，将怪物跳舞的姿势画了下来，一连画了好多好多。为了感谢药王菩萨，那怪物后来就跟随恩人云游四方。碰上天干水涝，它就呼风唤雨，救灾救难。人们一听天上"隆隆"声响，就喊着"隆"来了，点燃香火，磕头作揖。后来，那个吉祥的东西就有了个名字，叫"龙"。

菩萨见民间有了龙的保佑，风调雨顺，就将那些龙图给了众人，告诉大家：这就是龙。人们学着画上的样子扎起龙灯，每到过年，就玩起了龙灯。

讲述者：邓盛贤　男　50岁　汉族　潘家湾镇农民

搜集整理者：余鸿　昌鹰

流传地区：渡普镇

搜集时间：1987 年

采莲船

在湖北农村，每逢春节，都要划采莲船。这采莲船不能下水，只能在陆地上划。它用竹子和纸扎成，色彩非常鲜艳，四周有莲花衬托，船舱里是位姑娘扶船舞蹈，旁边是位艄公撑着竹篙领唱，大人小孩随声而和。若要问这采莲船的来由，其中有一段动人的故事。

古时候，我们这里有条河，河里常常发怪水，起邪风，不晓得淹死了几多人。百姓们都盼着在这里修一座桥。

河边有个摆渡的老艄公，经历了几十年的风险，不是仗着水性好早就见了龙王。老艄公立志修桥，可是，那年头一个荡船的穷老头不要说修桥，就是买石头也买不起啊！于是，老艄公到那些有钱的人家去求情，要大家为百姓做点好事。那些富贵人家，吃喝嫖赌，挥金如土，就是不肯出钱修桥。

有一年正月初一，天气晴朗，和风荡漾。从河上游忽然传来一阵美妙动人的歌声。歌中唱道

“小小船儿（哟哟），
两头尖哪（呀嗬嘿），
我跟乡亲们（呀喂子哟），
来拜年哪（划着）。”

这一唱不要紧，引来了好些人，有黎民百姓，有公子王孙，河两岸挤得满满的。随着歌声，人们见到一只小船划过来。那船就像嵌在粉红色的莲花之中，硬是好看。在船头站着一位美如天仙的姑娘，穿着彩衣裙，手拿一根长篙。船到河中间，就不动了。忽然人丛中有人喊："姑娘再唱一段罢。"还有一个怪声怪气在叫："小丫头，上岸来陪我们玩罢，我们给你钱。"老艄公和众乡亲见此情景，心想这姑娘戳了拐，遇上这些乌龟王八不好办啦！谁知道那姑娘微微一笑开了口："好呀！唱也可以，玩也可以，得先立个规矩，哪个用银砣砣打中了我，我就唱一段；哪个用金砣砣打中了我，我就陪他玩。"这一说不要紧，那帮有钱的公子哥儿都动了邪心，一边喊一边就朝姑娘身上扔金子银子。哪晓得，金子银子就像长了眼睛一样，直往船舱里落，就是不拢身。公子们气得要死，老百姓个个高兴。公子王孙们忙叫家人跑回去搬金子，非要打中姑娘不可。这时，金子就像雨点子飞向小船。只见姑娘用竹篙左挑右拨，前推后挡，金砣砣纷纷落进船舱。这时姑娘开口唱道：

"多谢金啰（哟哟），
多谢银啰（呀嗬嘿），
修座大桥（呀喂子哟），
为百姓啰（划着）。"

刚一落音，姑娘就朝老艄公招手，老艄公和几个穷苦百姓，赶快荡渡船靠过去。姑娘笑着说："你们快把金银元宝都搬去，在这河上修一座大桥吧！"

老艄公他们欢喜得不得了，刚刚搬完，正要问这位姑娘的姓名，突然岸上吆喝起来"给我动手抢人！"原来公子王孙们知道上了当，恼羞成怒，要下毒手了。说着说着，只见那位姑娘一挥袖子，小船马上变成一朵莲花，姑娘坐在花心，慢慢腾空而起，四周涌起五彩祥云，托着莲花冉冉上升。这时，天空传来悦耳动听的歌声：

“风再大啰（哟哟），
浪再高啰（呀嗬嘿），
齐心协力（呀喂子哟），
修好桥啰（划着）。”

歌声渐渐远了，两岸的人看呆了。只听得老艄公一声喊：“这是救苦救难的观音菩萨！”

桥很快修好了，来往行人再不担心害怕了。后来，一到过年，人们就扎起采莲船，唱起彩船调，来祝贺新年，歌唱丰收。几百年来，已经成了习惯。

讲述者：刘元发　男　60 岁　汉族　韩家矶渔业队渔民

搜集整理者：谢忠告　邓海品　熊运赐

流传地区：渡普镇　新街镇

整理时间：1982 年

王爷会

自从宋朝皇帝御笔亲封丁奉为靖江王以后，每年六月十九丁奉的生日，陆溪口上下两百里的长江水面上，就风平浪静。驾船的都很感激靖江王爷保佑平安，纷纷来到陆溪口、嘉鱼口、簰洲湾一带，真是人山人海，年复一年，慢慢形成了“王爷会”。

“王爷会”上，最有趣的活动是“扛王爷菩萨”。原来，当地的每一座靖江王庙都有两个王爷塑像，一个固定在庙里，一个由附近的村子轮流抢回去供奉。“扛王爷菩萨”就是这种群众性的争抢活动。

每年六月十九清晨，上一年“扛”赢了的村庄，就把丁王爷从庙里抬到村子当中，男女老少一齐动手，给他揩去灰尘，露出金身；头戴英雄冠，身披金鳞甲，胸嵌护心宝镜，脚踏龟蛇二将，端坐在宝座上；左手按一柄“斩妖剑”，右手持两颗“定风珠”。宝座靠背雕出双凤朝阳，两边扶手刻成二龙出水，宝座下有四根抽木长杠穿过去，绑扎得稳稳当当，好像是一乘小轿。王爷菩萨后面，还另有四个人，各举一块写着“靖江王爷”金字的长方牌子。再后边是一面四人抬的大鼓，还有米筛大的一面铜锣，一对大钹，一支六尺长的喇叭和一对唢呐。村里年纪最老的人点燃了万字鞭以后，这大队人马便吹吹打打，前呼后拥，把王爷菩萨送到庙会上去。

周围各个村同样挑选出自己的八名好小伙子，同样打扮得非常神气，也是锣鼓齐全，鸣鞭放炮，赶到庙会上来准备比赛。人们从四面八方都到齐了，庙里的老和尚出来主持祭奠。各村争着摆上鱼、羊、猪头三牲，献上一坛新谷酿酒。中间放一个大簸箕，各村都把带来的盐茶卤鸡蛋放在里头。据说那是象征“定风珠”，要靖江王爷经常用它平息风浪为民造福。随后献上一条五尺长的红绸，扎在宝座和杠子上。

祭奠完了，卤鸡蛋由小伙子们分着吃，顿时便个个精神抖擞，更加神气武扬了。这时，老和尚点燃一炷香，宣布“扛菩萨”开始！于是锣鼓震天，鞭炮直轰。上年得胜的小伙子们先过去抬起菩萨，随即有另一个村庄的八名小伙子上来“扛”。他们一个对一个，凭力气，凭技巧来争夺长杠。锣鼓越敲越紧，唢呐越吹越急，八对小将，你拉过来，我推过去，争得不可开交。周围看热闹的人，也随着左右奔跑，为同村的人鼓劲，或叫好，或惋惜，吵吵嚷嚷，笑语喧哗，非常热闹。同时也很有秩序，不耍蛮，不能在王爷面前失礼。丁王爷自始至终都坐在宝座上，看小伙子比力气，比能干，给人们赐福。

一炷香燃过，老和尚喊声“停”！这时，哪村的小伙子控制了杠子，就得胜了。他们把宝座和杠子上扎着的红绸解下来，斜佩在自己的身上，威风凛凛，抬起王爷菩萨，同村的人也夺过随着菩萨走的牌子和锣鼓家业，高高兴兴把“靖江王爷”接回自己村里，恭恭敬敬供奉一年。

讲述者：杨振兴　男　57 岁　汉族　文化馆干部

搜集整理者：金辉

流传地区：陆溪镇　簰洲湾镇

搜集时间：1982 年

祭　梁

嘉鱼人盖房子，有祭梁的风俗习惯。房子做到两边山背煞尖后，选定天气好的早晨上梁祭梁。

上梁前，由木工和泥瓦工合作三百六十句祭词。开头，掌作的木匠抱拳施礼念道：“伏以——天开黄道日，吉日上梁时。栋梁栋梁，你听我言说：你生在何处，长在何方？你生在昆仑山上，长在八宝殿前。何人所见？鲁班得见？何人所知？鲁班得知。鲁班打马林中过，只望一根沉香木。青叶妥妥，小叶成双；双双成对，对对成双。鲁班请张良砍倒：第一斧，半边月；第二斧，月半边；第三斧，月团圆。鲁班用尺来量，天长地久，不长不短，三丈六尺长。头一筒，金銮宝殿；尾一筒，金玉一字弯弯，主家做梁，请十八位礼生，轻吹细打抬到木场。木马一对，好似鸳鸯；锯子一露，白雪如霜，放出毫光。墨斗曲尺，好似乌龙过江。主家送我一个瓶，千两黄金万两银，上顶雪花盖顶，下底黄金落九层；酒是何人造？杜康师傅造！张良也不吃，鲁班也不尝，留给主家祭栋梁。”

再由木匠中两个口才好的接着说：

“祭梁东，子子孙孙在朝中。”

“祭梁西，子子孙孙在朝里。”

“祭梁末，主家什么都不缺！”

掌师傅接着又念：

“主家赐我一只鸡，头又高来尾又低；头高担起千担粮，尾低担起万担米；这不是一只平常的鸡，王母娘娘的报晓鸡。”

说着把鸡递给梁东，四方行礼，又念：

“我为主家祭栋梁；祭梁东，子子孙孙在朝中；祭梁西，子子孙孙在朝里；祭梁末，万里江山一起得！”

瓦匠掌作师傅接过雄鸡，接着念：

“金鸡飞过梁啦——东边起的高，头戴乌纱帽；西边起的低，子子孙孙在朝里。主梁坐位，万代富贵，脚踏天梯，步步高升，手抱仙树摘仙桃。左手摘桃八百个，右手摘桃八百双。九月耕田十月苗，经过风雨经过霜。正二三月麦返青，三月四月麦交黄。叉角黄牯一对，白玉石磙一双，随风打来随风扬。北京请厨师，南京请磨坊，做一对蒸粑祭栋梁。”

说到这里，东家把事先准备好了的蒸粑端出来，泥瓦匠接过来，念得更有劲了：

“主家赐我一对粑，我赐主家五子登科；主家赐我几条烟，我赐主家万代富贵。”

说着，把接到屋顶的烟拆散，和糖、饼子一起向地下撒，许多人在下面接着吃，师傅边撒边念：“一撒一子成龙，二撒二朵金花，三撒三元及第，四撒四季发财，五撒五子登科，六撒六合同春，七撒七星望月，八撒八面威风，九撒九九长寿，十撒事事如意，百事大吉，万代富贵！”

师傅们一齐喝彩，喝彩声中把梁平平稳稳地放在屋脊上。

讲述者：张石中等

搜集整理者：张志奇

流传地区：新街镇鱼岳镇一带

搜集时间：1984 年

故　事

·幻想故事·

绿袍小将

元朝统治的时候，老百姓的日子真像黄连拌苦胆。

长江边住着老两口，自己没有地，跟财主做长工，五十岁了，还没有儿女。五十一岁那年，大娘忽然怀了孕，大爹却病死了。大娘怀孕一年零两个月，还没生下来。她很痛苦，默默地念着，“儿呀，你是男是女早点下地吧！再不出来，做娘的就要听别个的闲话了！”这时候，肚子里响起了小孩子的声音：“娘！我本来要怀三年零六个月的，你定要我出来，我就出来吧！”大娘一听，吓昏了。等她慢慢醒来，只听得喊：“娘啊，娘！我在这里咧！”却没看见伢儿。低头过细一瞄，床底下一只绿蛤蟆，口一张一张地正在对她说话。大娘伤心地问：“难道你就是我的儿吗？”“是的啊！”蛤蟆说着，一下蹦到大娘手掌上。“啊！吓死人，吓死人了！”大娘喊叫着，要把他丢掉，蛤蟆说：“莫丢莫丢，我是你的好儿子，长大会报答你的。”自己的血肉自己疼，大娘还是把他养活了。

蛤蟆慢慢长大了，能帮助大娘拖柴火，做杂事，到了蛤蟆十七岁生日那天，大娘又伤心地哭了，对他说：“别人家儿子十七八岁都要成亲，只我遭孽呀！眨眼就七十岁了，你又不能成亲。我冷天睡觉连个偎脚的都冇得！”蛤蟆说：“娘，我去找个姑娘来跟你偎脚，我们两口子养活你。你千万莫哭了！”大娘只当他是说得宽心的，抹抹眼泪苦笑了。蛤蟆安排好娘的柴米油盐，就出门讨亲去了。

听人家说，江那边一家员外，在蒙古人手下做官，他有三个女儿，都长得蛮漂亮。蛤蟆去求婚。他一个迷泅（潜水）凫过江，找到员外家，已经深夜了。他用劲敲门，卯起来喊："开门，开门啦！"守门的开门一看，一只大绿蛤蟆蹦进屋来，吓得大叫："妖怪，妖怪！"蛤蟆说，"不是妖来不是怪，快请你家员外来！"守门的吓不过，只好请员外出来。

蛤蟆向员外说明来意。员外说："我的女儿都是千金小姐，么样肯配你这丑蛤蟆呢？"蛤蟆说："我也不会亏待你的女儿，只要她好生招呼我的老娘，尽一份孝心就行了！"员外说什么也不答应。蛤蟆说："你不答应，我就哭的哪！"说完，就"哇哇"地哭起来。他哭一声，江水就涨一尺，看到淹上了员外的屋基，员外吓不过，只好答应把大姑娘给他。

大姑娘听说新郎是个蛤蟆，不肯出嫁。员外说："眼看屋要淹了，我这万贯家财，就要泡汤，你去哄他一下吧！"大姑娘按照员外的吩咐，骑上一匹白马，马背上驮一扇大石磨，用红绸子盖住。她叫蛤蟆在前面走，自己在后面跟。蛤蟆刚一起步，水就退了。没走出半里路，大姑娘把石磨推下去，想把蛤蟆压死。哪晓得蛤蟆一蹦，从磨子眼里蹦出来了。

蛤蟆回到员外家，说："你那大姑娘起心不良，我不要了。另把一个吧！"员外不肯。蛤蟆说："你不肯，我就笑的哪！"说完就"哈哈"大笑起来。他笑一声，员外的房子就颤一颤。眼看墙都开裂了，员外吓得要命，只好让二姑娘出嫁。

二姑娘被员外扶上了马，在红绸子下面藏着石头碓窝。她想："这一罩下去，就是砸不死你，也没得眼让你蹦出来，饿都要饿死你！"走出门不到一里路，二姑娘就把碓窝推下去，正好罩住了蛤蟆，她得意扬扬地打马回家去。

再说蛤蟆会打洞，用脚扒，用脑壳拱，几下子就从地洞钻出来。二姑娘还没到屋，蛤蟆先到了，对着员外高喊："二姑娘心肠狠毒，我不要她，快打发三姑娘出来吧！"三姑娘是姊妹里头最漂亮、最聪明、最贤惠的一个。员外更加不愿意把。蛤蟆说："你不愿意，我就跳的哪！"说完"呱呱"地叫着一跳三尺高，员外的房子倒了头，人也头顶地倒立着。蛤蟆说："你不答应，我就让你倒一生！"三姑娘见蛤蟆本事这么大，娶亲又是为了孝敬老娘，就对员外说："爹，你答应他，我愿意去！"员外无可奈何，只好答应了。蛤蟆高兴得一蹦，员外连人带屋又还原了。

蛤蟆带着三姑娘，欢欢喜喜地回家来。娘对媳妇再好不过了，教她纺纱，教她绣花。蛤蟆上山拖柴，摘最好看的花儿把三姑娘戴。下河背水，捉最好吃的鱼儿把三姑娘吃。三姑娘夜夜跟娘偎脚，体贴敬重老人家。一家三口，和和顺顺，日子过得蛮舒心。

这一带乡里风俗，每年中秋节前一天，要赛马比箭，许多后生、姑娘成双成对地去看热闹。三姑娘想约蛤蟆同去，蛤蟆说："你那么美，我这样丑，两人同去，人家会笑话，更惹得你伤心，我不去了。"三姑娘说："你不去，我也不去算了！"蛤蟆说："一年只这一天最热闹，你还是去玩一玩吧！"再三劝说，三姑娘只好一个人去了。

比赛场上，一群小伙子跨马带箭，齐崭崭地站成一排。一声令下，眨眼间马队就跑出里把路远。这时，一个身穿绿袍，长得威武体面的小伙子才从起跑的地方出发，只一歇儿，他就超过了所有的小伙子，一马当先。天上飞来一群雀子，绿袍小将顺手一箭，射中领头的那只，捡起带箭的雀子，飞快跑到终点。一群姑娘争着向他献花，他却马不停蹄，一下子跑得不见影了。三姑娘看完比赛回来，蛤蟆问热不热闹。三姑娘说："你不同去嘛，我不告诉你。"蛤蟆说："你是不是看到后来追上去的那个绿袍小将得了头名，想起自己男人不在，有点伤心呢？"三姑娘吃惊地问："你么样晓得他后跑得了头名的？"蛤蟆笑着说："有人告诉我呗！你不要伤心，我日后比今日的绿袍小将本事还要大！"三姑娘晓得蛤蟆是宽她的心，也就笑了。

第二年八月十四日，蛤蟆又劝三姑娘去看比赛，三姑娘看到那个绿袍小将又是后起跑得头名，回来告诉蛤蟆。蛤蟆说："我晓得，今年跟去年一样，只不过他是用反手翻身射的雀儿！"三姑娘起了疑心，默默地想："我一看完比赛就回了，就是别人告诉他，也没有这么快呀，这绿袍小将，莫非是……"

第三年五月间，蛤蟆的娘死了。到了八月十四，蛤蟆又叫三姑娘去看比赛，三姑娘因婆婆死后不久，本来没有心思去，想起前两年存的疑心，就答应去看。她出门转了一圈，根本没到比赛场去，就回家来。她看见床边放着一块绿色的蛤蟆皮，用手一摸，还有热气哩！三姑娘屋前屋后寻蛤蟆，也没见影子。她明白了："他是蜕了皮，变成绿袍小将比赛去了！这个狠心的人啦，长得那么漂亮，却不在我面前现身，叫我跟老娘睡了三年，我要烧掉你这块皮，让你不再变蛤蟆，永远是那个威武体面的绿袍小将……"想到这里她就点火烧了那块皮。

正当她满心高兴等丈夫回的时候，绿袍小将果然骑马回来了，一下马，进屋就找蛤蟆皮。三姑娘说："被我烧了！我要的是绿袍小将，不是穿着绿皮的蛤蟆！"绿袍小将气得浑身发抖，说："我本是天公地母的儿子，投胎下凡来杀恶人。如果我娘怀胎足了三年六个月，我本可以变成人身。可惜爹死早了，娘受不了怀胎的苦，我才提早出生，变成蛤蟆。自从你到我家三年，我也不是不晓得男女间的欢情，只是要苦练本领，完成杀恶人的大事，才能重新做人。哪晓得你今日太性急了，烧了我的皮。我现在还不能真正做人，蜕下皮超过一个对时（一日一夜）就会死……"

三姑娘听了这番话，万分悔恨，眼泪像断了线的珠子直往下落。她说："我要在一日一夜之间，骑着你那匹宝马，走遍天下，叫大家都来杀恶人，让你重新做人！"说完，她飞身上马从一个村子跑到另一个村子，从江这边飞越到江那边，鼓动老百姓："要求生，莫等死，八月十五杀恶人！"

再说，三姑娘的爹听说这件事，担心老百姓起来杀了恶人，自己也会倾家荡产，陪着送死。趁三姑娘到村里来时，他派家将把她围住，用绳索把她套下马来，硬拖回来。一家人又是眼泪又是鼻涕，劝三姑娘不要为一个死蛤蟆卖命，要她回家做千金小姐。三姑娘一心要救丈夫，拼命要跑，却挣扎不脱。眼看要天亮了，一个对时已到，绿袍小将死在屋里。

后来，三姑娘跑到江边，放声大哭。员外一家追来，死拉活拽，随怎么样拉也拽不动。原来，三姑娘已变成一个石人。

讲述者：陈柏林　男　54 岁　汉族　新街镇农民

搜集整理者：金辉

流传地区：嘉鱼一带

搜集时间：1982 年

翠鸟衣

古时候，有个姓赵的种田汉，生得膀阔腰圆，威威武武，可惜小时候长过刺痢，落了诨号"赵痢子"。俗话说："痢子痢十八，过了十八长头发。"这小伙子到了二十岁，满头黑发青黝了的，反倒比一般的伢们漂亮三分。只是诨名被别个叫惯了，老改不过来。赵痢子心灵手巧，种田是行家，打猎是好手，还会做泥瓦匠。只因爹爹死得早，他孝敬老娘过日子。

春天里雨水多，湾里马员外的瓦屋有点漏。一开天，马员外就接赵痢子捡屋。小伙子从捡开的瓦路子往底下一瞄，员外家的小姐翠姑正在闺房绣花。翠姑生得眉清目秀，为人聪明伶俐，只因员外想把女儿许配高门，翠姑二九一十八岁还冇说亲，正当这万物逢春的时节，不由得春心拱动，在绫罗手巾上绣出并蒂莲花，结对翠鸟。赵痢子看到这里，故意撩她一下，朝那花绷子上吐了口涎。翠姑抬头看见房上一个年轻美貌的小伙子，望着自己笑，不由自主地飞了一个媚眼。赵痢子心里一痒，脸上笑出了一朵花。翠姑扯下衣襟上的手巾正要揩涎，忽然灵机一动，张开樱桃小口，用舌头把涎舔得一干二净，一边低着脑壳绣花，一边翻起眼珠子往上头瞅。赵痢子心里快活，手脚更麻利了，一天工夫半天做完，把翠姑的绣房盖得严丝合缝。回到屋里，他连忙把这事告诉姆妈，催姆妈去提亲事，赵妈听了，先是一喜，后是一声长叹："唉，儿啊！虽然小姐对你有意，那员外怎样瞧得起你这种田汉啰！"赵痢子说："那七仙女还下凡配董永哩，何况翠姑她看中了我！妈，你家去试试看，去吵，去吵！"赵妈被他缠不过，只好答应。

第二日，赵妈找到员外，吞吞吐吐地说："员外，我想跟你家说、说个事……""哦，春忙了，事多得很。你要做临工是吧？那就去舂米。"马员外说完，头也不回就走了。煞黑，赵妈回家跟儿子说："人家没得眼睛角儿看我们，还发派我舂了一天米。"赵痢子说："妈，有着啊，我看亲事有三分把握！"赵妈丈二和尚摸不着头脑："有么把握呢？"赵痢子说："舂米要用碓，碓嘴碓窝对相会！这是好兆头，你家明天再去说，再去说！"

赵妈听儿子说得有点道理，第三天又去了。她老实巴结的，见了员外，把想好了的话都忘了，只好说："我，我还是来跟你说个事……"员外嫌她啰唆，就说："跟我去磨面！"话音刚落，一甩袖子就走了。赵妈又白做了一天，霉头搭脑回到家里，儿子问起亲事，赵妈把怄气的事跟他讲了。赵痢子一听，摸摸后脑壳，嘻嘻笑了，对妈说："今天哪，硬有七分把握了！"赵妈莫名其妙，儿子解释给她听："下扇不转上扇转，上下两扇磨团圆。这不是有七分了吗？妈，你家明天再去说。"

第四日，赵妈壮起胆子，直截了当地把儿子的婚事提出来，还把翠姑如何有情有义，油筒倒菜籽一一说了出来。马员外一听，火冒三丈。明晓得赵家里穷，却要说出几宗事来卡他们："赵妈，不是我好高，癞蛤蟆想吃天鹅肉，就要飞上九霄云。你儿子要办得出四样珍宝，我就把姑娘许他！"赵妈问是哪四样，马员外说："要三斗三升蚊子骨，四丈四尺蚂蟥筋，犁辕大的虾子脚，簸箕大的鲤鱼鳞。三天之后，用铁车子推着，撞断我家铁门坎，送进来！"赵妈听了，吓得筛筛神，回去告诉儿子，儿子也愁眉苦脸。

再说，员外听到女儿与赵痢子有私情，就把她臭骂一通，毒打一顿，锁在闺房里不许出门。翠姑哭哭啼啼，恨爹爹恨得咬牙切齿，想情哥想得坐卧不宁。她拿出那天绣的花手巾，望着花儿、鸟儿出神，轻声念道："翠鸟出世穿绿衣，成双作对好夫妻，你若有心成全我，永生永世报答你。"念着念着，慢慢睡着了。

无巧不巧，那对翠鸟拍拍翅膀，扫了一下翠姑的脸，把她逗醒来，就从窗格子里飞出去，一直飞到赵痢子草房的窗口，脆滴滴地叫："龙王有宝，龙王有宝！"赵痢子被点破了窍，提起戽鱼的戽斗就往海边跑。

他身大力不亏，三下五除二就在海边筑起个小围子，把围子里的水往大海里戽，边戽边念："一下戽一尺，十下戽一丈，要把海龙王戽到高山上！"转眼间，海上乌风黑暗，大浪翻天，翻得海底龙宫直筛，龙王立脚不稳，忙派虾兵蟹将去探来。虾兵蟹将看见个小伙子在戽水，急忙喊："莫戽了，莫戽了，有什么事好商量！”赵痢子把与马小姐定亲，员外要宝的事说了一遍，虾兵蟹将要他住手，回到龙宫，禀报了海龙王，海龙王无奈何，只好给赵痢子一个回信，叫他第二天早晨来捡宝。

第二日，清早，赵痢子来到海边，果然看见一乘铁车里装着那几宗宝贝，他把车子一径推到员外门前，看那铁门坎，又高又结实。他朝手心吐了口涎，双手一搓，把车子退到左边一点，鼓起吃奶的力气，卯起来一撞，把铁门坎撞弯了，就是不得断。赵痢子歇了劲，坐在车把手上直喘气。忽然，听见翠鸟在叫：“铁无反性，铁无反性！”嘿，他明白了！这回车子退到右边一点，又死命一撞，铁门坎被撞断了。员外看到宝贝办齐，又想了个卡人的鬼点子，对赵痢子说：“女儿是许得你，还有一宗要依我。”赵喇子说：“只要许了婚，就是依你一百宗也不难。”马员外说：“八月十五你来接亲，我摆一百顶花轿，你要单单点中小姐坐的那顶，小姐就是你的；点不中，叫你空喜一场！”

日子过得真快，转眼到了中秋。赵痢子穿上妈妈跟他做的新衣服，兴冲冲地到马家接亲。马家堂屋里一排十顶，十排一百，顶顶花轿遮得严严实实，硬像一个模子里倒出来的。赵痢子看得眼睛都花了，到哪里去认翠姑坐的那顶呢？正在为难的时候，翠鸟飞进来，在中间那顶轿子上绕了三个圈，连声叫唤：“并蒂莲花！并蒂莲花！”赵痢子想起与翠姑第一次见面时小姐绣的那朵并蒂莲花，准准地一下点中了，同来帮忙的穷伙计们，抬起轿子飞跑。原来，翠姑一心要嫁赵痢子，只怕情哥点不中花轿，自己坐在轿里又不敢作声，听到翠鸟叫，急忙把手巾从轿杠眼里伸出来，让赵痢子认准，翠鸟终于成全了一对美貌夫妻。

小夫妻相亲相爱，形影不离，孝敬姆妈，一家和顺。赵痢子不去打猎了，也不去做泥瓦工了，一心在家种田。春耕时节，翠姑下田给丈夫送饭。赵瘌子吃着妻子做的饭菜，心里甜津津的；翠姑掐一朵田埂上的野花插在头上，更加显得娇嫩嫩的。赵瘌子心都醉了，舍不得让妻子走，要她站在田埂上，他犁一个转身，就看她一眼。翠姑说："你待我好，我当然喜欢；可是，我们种田人不能一个人做的活路耽误两个人啊！"赵瘌子说："我望你一眼，就加一份劲，一个人当得两个人。"小姐说："我要捂饭吃，总不能要几十岁的娘做得我们吃现成的呀！"赵瘌子憨笑着无话可说了。翠姑又不忍心，就想了个办法，对着镜子把自己的容貌画下来，把这美人图插在田埂上，赵瘌子耕田时，面对画像的那一趟就有劲、耕得好；背着画像那一趟就蔫了火，拖不起脚，田耕得乱七八糟。翠姑看见，又画了一张，两头都插上，赵瘌子的活路做得又快又好。可是，老天常下雨，不能让图像淋湿啊！赵瘌子骂天，要天莫下雨。真的干了一个多月，田里的禾苗都晒蔫了。赵瘌子又着急了，心想，要是专门夜晚下雨就好了。果然那天夜里下了场透雨，禾苗蹦起来长。赵瘌子真是百事如意，翠鸟在头上边飞边唱："赵瘌子管乾坤，夜里落雨日里晴！"那一年真是风调雨顺，种田人都收了个百年难逢的金盘斗，粮食堆满了仓口。

有一天，赵瘌子正在地里干活。突然，起了一阵狂风，把画像卷上半天云，恰巧飞到京城，落在御花园里。皇帝看见了，惊得眼睛鼓起像铜铃："哎呀呀！我坐江山几十年，从没见过这样的美女，真是天上难找、地下无双。我怎么不派人去找来做妃子，享乐晚年呢？"他发下一道圣旨，按着风向到各州各府查访。

八月十五那天，衙役闯到赵家，看见翠姑与图上画的一模一样，就强行抢人。赵瘌子如万箭穿胸，翠姑如钢刀割心。夫妻难舍难分，哭作一团。翠鸟又飞来了，声声叫唤："鸟衣换龙袍！鸟衣换龙袍！"翠姑听出了鸟儿的意思，对丈夫说："我虽身子离了你，一颗心永远跟你在一起。进宫后为你守节三年，三年不笑。你专门去打猎，做件翠鸟衣，三年后进京来找我。”

三年来，赵痢子天天到藕塘边去打鸟，翠鸟只一滴儿大，哪年哪月做得起一件衣哟！翠鸟为了帮他们夫妻团圆，舍得天天把自己的子孙派到藕塘去。赵痢子心痛翠鸟，不忍心打，可是为了妻子，又不得不打。不过他有个定准，每天只打十只就收手。三年打了上万只，做成一件像宝石一样绿光闪闪的翠乌衣，穿着上京去了。

再说，翠姑自从进宫，天天愁眉苦脸，任凭皇上么样讨她欢心，她也从没笑过。这年又是八月十五，一清早，皇上朝也不上，又来逗她笑。翠姑说："我昨晚做了个梦，梦见有人来进宝，进上一件几好看的翠鸟衣哟！皇上穿了长生不老，返老还童，我喜欢得卯起来笑，就笑醒了！"皇帝一听，屁眼里都是劲，忙下令访这件宝衣。只一歇儿，太监把一个身穿翠鸟衣的后生伢引进了皇宫。皇帝要用百两黄金收买，那人一百个不答应，说是祖传的宝衣，脱不得，一脱就要冷断骨头。皇帝哪里肯信，叫人把衣剥下来。翠姑止住说："我这人心最慈，看见你抢人家衣服哪里还笑得起来？"黄帝说："那么办呢？"

翠姑说："你把身上的龙袍跟他一换，以宝换宝，不是两全其美吗？"皇帝只想看妃子的笑容，就依她的换了。赵痢子穿上龙袍，皇帝穿上翠鸟衣，还撒脚舞手逗翠姑："妃子，你笑啊，笑啊！"翠姑大骂："哪来的妖人，敢在皇上面前现丑！武士，给我斩了他！斩！斩！斩！！！"武士们急忙赶来，一时慌乱，认衣不认人，三刀两斧把皇帝劈成八块。

赵痢子和翠姑回到家乡仍旧男耕女织，一家人过得蛮舒心。那小小巧巧的翠鸟，一对对地飞来，脆滴滴地叫，向他们贺喜哩！

讲述者：熊明金　男　42岁　汉族　新街镇农民

搜集整理者：金辉　熊运赐

流传地区：嘉鱼县一带

搜集时间：1982 年

金不换

“金不换”是味名贵的草药，又叫“金耳环”。说起这名字，还有一段故事哩。

古时候，无名山下住着一位年轻的采药行家。他采的药只给穷人治病，不给富人治，哪怕是给他金银也不干。因此，人们叫他“金不换”。

有一天，金不换上山采药，大风大雨来了，他忙向一个小山洞跑去。突然，跑来一只脚上带伤的老虎，站在洞外望着金不换直流眼泪。金不换见它可怜，就从洞里走出来，让老虎进洞躲雨养伤。

风雨停后，金不换想起父亲生前说过，高山顶上有一种仙草，能治百病。可惜山太高，太陡，上不去，只好望着山顶叹气。

“好心的小伙子，为什么叹气呀？”金不换忽然听到背后有人问他，回头一看，是老虎在说话！它又开口了：“金山银山万宝山，山上宝贝样样全。你要金还是银？”金不换说：“不要金，不要银，只要仙草救病人。”老虎一听，张口吐出一颗红豆豆，对金不换说：“你把它种在山坡上，等它长了藤，你就攀藤上山顶去采仙草！”说完，就不见了。

金不换把豆儿种在山下，豆儿藤果然牵上了山顶。他攀藤上去，采到了一株满身金黄、开着金花的仙草，下山来了。

他回家一看，好怪呀！热饭热菜在桌上了！这是谁做的呢？第二天，他很早就出来，躲在一棵大树上，想把这件怪事看清楚。不多久，一片茅草里走出个漂亮的姑娘来。

金不换溜下树，悄悄地跟着姑娘进了自家门，红着脸问道："凤凰为何落草房？"姑娘惊喜地笑道："爱你人穷志气高。"金不换说："我家什么都没有，你不怕日后受艰难？"姑娘说："日子艰难我不怕，石头缝里开鲜花。"

原来，这姑娘是那只老虎变的，她叫"金耳环"，和金不换成了亲。

小夫妻俩相亲相爱，一起救活了不知多少病人。一传十，十传百。金耳环的美貌让皇上晓得了，就派了两个官，带着一群人马围住草房。他们拿出金银对金不换说："黄金白银各万，来换你的金耳环。"金不换气愤地说："金银难买穷人的心，你们快快给我滚！"

两个当官的吩咐手下的兵进房去抢。可是找遍了草房角角落落，也没金耳环的影子。他们就把金不换推进草房，一把火点燃了，突然间，火苗尖吐出了两朵耀眼的金花，并蒂相连升到了空中。花心里，站着金不换和金耳环。他们飘到山顶上，突然不动了，两朵花越变越小。

当官的不死心，带兵去掐花。他们拉着那根豆儿藤拼命往上爬。突然，藤断了，把这些家伙摔死在山下，变成了牛不闻马不吃的蛇心草。

后来，有个放牛伢被蛇心草刺伤了，乡亲们采来山顶的金花仙草，把他治好了。他们说这草就是金不换和金耳环变的。

讲述者：任海清　男　36 岁　汉族

搜集整理者：游道平

流传地区：潘家湾镇

搜集时间：1982 年

纸船进宝

古时候，白云山上住着母子俩。母亲双目不见，儿子叫万一福，每天砍柴，换来吃的，孝敬母亲。

有一天，万一福出外打柴，直到半夜过身才回家。母亲问起原因，万一福告诉她："我挑柴回家，听见树林子里有人喊救命。寻声去找，看到一个老头子，脚上长了蛮多脓疮，走路不稳，滚下山来。老头说：过几天，这里要发大水，我送一只纸船你。只要上船之前，朝无名山拜三拜，纸船就可以搭救你母子。不过，在度难的时候，不能救外人。要是有动物求救，倒是可以救的。"

第二天，突然下起了暴雨，连下几日不停，平地一片汪洋，连白云山都淹了。万一福按老头的嘱咐，背母亲登上纸船，逃水荒去。一路上，他们救了一条大蟒蛇、一窝蚂蚁和一窝黄蜂。在快到高山时，水面上有个人喊"救命"。

万一福本不想救他，只因母亲心善，叫他救人要紧，他才听娘的话，救起那人同上高山安家。

被救的年轻人，本是员外的公子，叫李忘恩。万一福可怜他一家都淹死了，无依无靠，就和他结拜为兄弟，处处关照他，一家三口苦度时光。

这一年，朝廷发下榜文，征集天下宝物，进宝状元可以得到高官厚禄。万一福说："我们既然是兄弟，就不分彼此。你拿着纸船去进宝吧！我在家奉养母亲，等候你的消息。只要你得了官莫忘记我们就行！”李忘恩嘴上假客气，心里却求之不得。

李忘恩把纸船献给皇帝，果然成了进宝状元，官封西台御史。他还贪心不足，想与公主成婚，以便成为皇亲国戚，官运长久。可是，他对救了他、养了他的万一福母子，却忘得一干二净。

再说，万一福见李忘恩一去杳无音讯，就上京来打听打听。刚进城门，看见前面来了一队人扶轿马。旗子上写着“西台御史李忘恩”字样，就拦轿高喊：“兄弟，你大哥万一福来了！”李忘恩从轿帘缝里瞄了他一眼，立刻吼道：“哪来的穷叫花子？竟敢冒充我的大哥！来人啦，将他乱棍打死！”手下棍棒齐下，把万一福打得遍体鳞伤，气也没了，丢在路边。

夜里，万一福觉得有一只手在摸他的伤口，睁眼一看，是他救过的那条大蟒蛇，口含灵芝仙草给他洗伤。万一福觉得全身舒舒服服，棍伤全好了。大蟒蛇朝他点了三下头，走了。

万一福爬起来正要走，忽然听见一个姑娘的声音：“我是你救过的黄蜂姑娘。为了报答你的恩情，我把公主的奶子咬了口，没人能治好。你把我这粒仙丹带去，治好了她，自然会得到好处的。”说完，黄蜂把一粒丸子放在万一福手心里，飞走了。

第二天一早，万一福就看见城门上高挂榜文，说是谁人诊得公主的病，就招为驸马，见官高一级。万一福上前揭了榜，进宫去，用仙丹把公主诊好了。这下子轰动了京城，大小官吏都来祝贺他选为驸马。

独有西台御史李忘恩向皇帝奏一本，说天下名医都诊不好公主，万一福这个叫花子倒诊好了，一定是有邪术，不是真功夫。要把一箩芝麻跟一箩白米混合，叫他一夜之间把两样东西分开，看是不是真功夫。皇帝听信了他的话，把万一福关在一间黑屋里，叫他分芝麻和白米。万一福正在为难的时候，他搭救的那窝妈蚁都来了，帮他把芝麻、白米分成两堆。

李忘恩再也无计可施了。万一福和公主成了亲。新婚之夜，他把自己怎样救李忘恩、李忘恩又怎样忘恩负义、借刀杀人的事，一五一十地告诉了公主。公主跟他爹讲了，皇帝这才明白过来，下令将李忘恩斩首，把进宝状元和西台御史的官位俸禄全部给万一福。万一福把瞎子老母接到京城，过上了安乐日子。

讲述者： 万昌镇　男　54 岁　汉族　鱼岳镇方家庄村医生

　　　　徐天保　男　60 岁　汉族　鱼岳镇方家庄村农民

搜集整理者： 徐金海

流传地区： 嘉鱼县

搜集时间： 1982 年

逼供圈与开山斧

从前，一个大村子里有两个土地庙。村东的土地庙成天香烟缭绕，供果、祭品堆积如山；村西的土地庙老是冷火秋烟。村西土地菩萨穷得叮当响，饿得咕咕叫，就去向村东土地菩萨求教生财之道。村东土地告诉他：“我有两个祖传的‘逼供圈’，有人从庙前经过，就用圈子套住他的脑壳，叫他头痛脑晕，一病不起。然后，他自然会想到：起病在庙前，肯定是得罪了菩萨，就会来上供，直到供得我心满意足，才取下圈子，另套别个。”村西土地听了，眼热得很，向他求情：“仙兄发发慈悲，把神圈借我用一用吧！”说了几箩筐好话，村东土地才答应借给他试试。

村西土地手拿逼供圈，守在自己庙前。好容易守到天黑，才有一个木匠收工回家，从这里经过。他忙把圈子照准木匠头上一甩，套个正着。霎时间，木匠就抱着脑壳喊痛。咳！还真有蛮灵哩！村西土地喜眯了，缩缩鼻子，好像闻到了供果的香味，那木匠痛得咬牙切齿，大声骂道："是什么瘟神箍了我的脑壳，老子拼着不要这九斤半，砍开它倒看是个什么鬼！"一边说，一边扬起手上的斧头就要朝脑壳上砍。村西土地暗暗叫苦："戳了拐，我这圈子还是借来的，砍破了赔都赔不起！"连忙把圈子偷偷取走。木匠马上头不痛了，吐了口涎："呸！到底还是恶狗子服粗棍！"

第二天，村西土地去还圈子，把昨晚的经过讲了一遍。村东土地说："老弟呀，你套圈子么样不看个主儿呢？只有那霉头搭脑、疑神疑鬼的人，你套上他，他才来敬神吵！像那样手拿开山斧，打得死老虎的木匠，你套上他，想他来敬奉你，只怕是做秋梦啰！"

讲述者：黄甫仁　男　68 岁　汉族　潘家湾镇农民

搜集整理者：金辉

流传地区：嘉鱼县

搜集时间：1982 年

春风夏雨

人活在世上，免不了有为难的日子。在为难的时候，你帮我，我帮你。就是俗话说的："你有春风，我有夏雨。"

你晓得这句话的来历吗？

古时候，有个后生伢，名叫春风。他爹死得早，家里很穷，娘把他辛辛苦苦地哺养大，春风每天砍山柴到街上卖，换点吃的养活老娘。

有一天，春风卖柴去了。一个少年公子来到他家，向老太太行礼，说是上山打猎，口干了，想弄点茶喝。老太太客客气气地给公子筛茶。俗话说："渴时一滴如甘露"，公子感谢老太太，还问起她的家境，老人家一一做了回答，反过来又问了公子。公子说："我叫夏雨，爹爹经商，家资百万。他把我关在屋里读书，我闲不住，独自出外来打猎……"正说着话，春风回来了，一大担山柴换回了一小袋荞麦粉，两个年轻人一见面，很谈得来，论起年庚，还是同年哩！春风比夏雨大三个月，两人结拜为同庚兄弟。夏雨问春风："你这样打柴为生，难得糊住嘴，怎么不种庄稼呢？"春风说："我一没得田，二没得牛，三没得本钱，怎么种庄稼啊？"夏雨说："我家有良田千顷。我借你一庄田，一头牛，十两银子做本，跟我一起下山种庄稼吧！"春风和娘见夏雨这样热心肠，就答应了。

春风和他娘一里一外，勤扒苦做，栽下的禾苗长得绿油油的。可是天不顺人意，这一年遭大旱，庄稼颗粒无收。春风垂头丧气，对夏雨说："我害你贴了本，一年没得收成，我还是去砍柴，日后再想法子还你本钱。"夏雨说："既是兄弟，就不说两家话，明年我再借给你两庄田、两头牛、二十两银子，一年夺回两年的收成。"

春风被夏雨鼓起了劲，第二年又接着干。正当禾苗抽穗的时候，突然下了几天几夜暴雨，平地水流成河，禾苗都淹死了。春风蔫头耷脑，又要回山砍柴。夏雨说："事不过三。明年我再借给你三庄田，三头牛，三十两银子，夺回三年的收成！"春风只好鼓起勇气，再干一年。

这一年，禾苗长得格外好，风调雨顺，不干不淹，眼看着稻谷抽穗、扬花、勾头、散籽，只要再过半个月，就能收割了，两老庚都喜滋滋的。没料到，一夜之间，飞来了黑压压大群蚱蜢，落在春风种的三庄田里，把刚刚灌浆的稻谷吃得精光。

春风真是又气又恨，立意要回山砍柴去，夏雨苦苦挽留，好话说了几箩筐，春风再也听不进去了。他说："交朋结友拜兄弟，有你这个样子就最了不起了，我不能再叫你倾家荡产。欠你三年的债，今生还不起的话，来世做牛做马也要还！你让我走吧！"夏雨送银钱，春风不要；送衣料，春风不受。最后夏雨只好送他娘俩一百个荞麦粑，他说："三年前，我在你家吃过荞麦粑，味好得很，如今还记得；现在送一百个给你们路上吃，这该要收下吧！"春风勉强收下了，和娘一起回山去。

走着走着，一条河挡住了去路。河上没得桥，也没得专门的渡船，只好等来往的渔船顺便渡河。母子俩等得肚子饿了拿出夏雨送的荞麦粑来吃。掰开一看，粑里夹着大元宝，一百个荞麦粑，个个都夹了！娘儿俩感动得流下泪来。春风说："我连累他贴了那些本，又送这么多元宝，叫我怎么过得意？一定要送回去！"娘拉住他说："既然夏雨想这巧法子送给你，要是再送回去，他不光只不肯收，还会发脾气！"春风说："平白无故地受人怜悯，我哪里还有一点志气啊？这元宝万万不能要！"娘说："你硬是不肯要，那就用元宝在河上修座桥吧！一来方便了父老乡亲，二来我们也问心无愧。"春风连声称赞娘的主意好，就在河边临时住下，雇工备料，很快修起一座高大结实的石拱桥，在桥头石上刻下"夏雨捐宝，修建此桥"八个大字。然后，母子俩回山去了。

春风砍柴，每天用东山上的小石块磨刀，平常总是磨过就丢了。有一回，凑巧把一块磨刀石塞在柴捆里，挑柴上了街，碰到一个做珠宝生意的老板，问他的宝石卖不卖？春风不晓得哪来的："什么宝石啊？"老板指了指春风的柴捆，春风拿出磨刀石问他："你是说这个吧？""是啊！我出十两银子买它好吗？”“可得！”春风把宝石卖了，买回一大担货，挑回家去。他把这事告诉娘，还说：“东山上到处都有这样的石头！”母子俩匆匆吃过饭，同到山上捡宝石。娘帮忙捡，春风往家里挑，家里聚了个宝石堆。

春风把这些宝石慢慢卖掉，发了大财，不再在山上住了，搬到街上，做了栋好房子，还把大笔的银钱周济穷人。他娘七十岁那年，春风为了让老人家安个心，打算跟她做七七四十九天生斋。

生斋做到半个月，附近一带来赶斋讨饭的越来越多，每天打发赶斋的都要排队轮号。有个红光满面的叫花子，第一天排队排在东边尾上。“都管”先生叫人从西边打发起，轮到他刚好没得了。这个叫花子也不争低着头走了。第二天，他早早地排在西边的第一位，可是这天是从东边打发起的，轮到他面前又没得了。“都管”先生叫他等一等，他也不作声不做气地走了。第三天，他排在中间，心想：“这回该有吧！”无巧不巧，“都管”见前两天两头总有人没打发到，就叫人先从两头打发起，轮到中间又没有了。那个叫花子再也忍不住了，大发雷霆：“你们就是这样欺负人的么？”“都管”先生连忙赔不是，那人听不进去，质问道：“你们的老板姓甚名谁？”“都管”说：“你连我们春风大哥的大名都不晓得，还跑江湖赶什么斋，叫什么化？”那人气鼓鼓地说：“我又不是大叫化出身，哪管这一套！既然是春风屋里做斋，叫他出来见我！”“都管”先生也火了，吼道：“你这个穷叫花子，哪来这么大威风啊！”吵闹声惊动了屋里的春风，他出来一看，这个叫花子好面熟啊！正在仔细打量，那叫花子喊道：“春风哥！不认得我了么？”春风惊叫一声：“啊！是夏雨老弟！得罪，得罪，我来赔礼！”说着，双膝齐跪。夏雨连忙扯起，两人手挽手进屋去了。把满屋看热闹的人搞得目瞪口呆！

春风请夏雨一同喝酒，问起分别后的情况。夏雨告诉他：“我爹就在那年死了，田庄都卖了办丧事，房子遭火灾，烧得一点不剩。妻子儿女住在乡亲们帮忙搭的小棚里，算是守住那个屋基。自己只好出来讨饭，讨得多的米，送回去一家糊口，想起来好凄惨啊！”春风也把卖宝石和搬家的事讲了一遍，他安慰老弟说：“到了我这里。就跟自己家里一样。我给妈做生斋，还有一个月，请你帮我主持一下，我出外去办点事。”夏雨口里答应了心里还有点不痛快。心想：“我一个人在这里倒是吃穿不愁。屋里老婆孩子你怎么提都不提要周济一下呀！”转念一想：人家留我吃得一个月饱饭也算尽了一份心吧！将就着过下去再说。

转眼一个月过去了，春风从外面回来，夏雨也把老太太的生斋做熨帖了，要回家去。春风母子也不挽留，只是好言相劝，叫他不要心焦，好好理家，日子会慢慢好过的。为了他一路方便，春风还派了个老仆人照顾夏雨的食宿。

一路上，夏雨跟老仆人边走边谈，说起自己从前对春风如何尽心尽力，临走还把一百个元宝藏在荞麦粑里送给他。可如今，春风倒叫他空手打转身，真是人心隔肚皮，饭甑隔木皮，不是亲兄弟，到底隔一层…… 说着说着，不觉来到河边，走上石桥，看到刻字，夏雨伤心地说：“人家这个夏雨，能捐宝修桥；我这个夏雨，连老婆孩子都养不活，还有什么脸见人罗！”说着就要跳河，仆人连忙扯住，说：“这修桥的元宝，本是你送给我家主人的啊！”夏雨听了仆人讲的，对春风为人的看法也改变了一半。

又走了九岭十八坡，离家不远了，夏雨望见自己的屋基上盖起了一座高楼，禁不住又痛哭流泪，长叹一声说：“出去这么久，屋里人吃没得吃，穿没得穿，把老屋基都卖了，我还真应了句古话：‘上无片瓦，下无立锥之地’啊！”仆人再三劝慰，也止不住他伤心流泪。好容易一步一步挨到自己屋墩上，突然，听见一双儿女高声喊叫：“爹爹回来了！爹爹回来了！”

拉着他们的娘，跑出来迎接。个个穿着崭新的衣裳，满面春风喜色。娘儿三个争着告诉他：“一月前，春风伯伯来帮我们重新做屋，把卖出去的田庄都赎回来了！”仆人也把藏在心里的话说了出来：我家主人怕你受难的时候，得人礼物会伤心，会不要，就背地里这样做了。他在我们临走前还讲：“兄弟心里有我春风，我心里也有他夏雨。一礼还一拜，也算了了我多年的心愿！”一切都明白了！夏雨对春风的为人，真是赞叹不已！

从那以后，两家世世代代结为兄弟，互相帮助，周济穷人。春风和夏雨的传说一直流传下来。

讲述者：林华农　男　70岁　汉族　新街镇兽医

搜集整理者：金辉

流传地区：新街镇

搜集时间：1982年

公平交易

从前，做生意的人用的秤和斗，上面都刻着“公平交易”四个字，你晓得这四个字的来历吗？

古时候，有个姓秦叫公平的种田人，家里很穷，为人却很正直，从没一点歪心眼。有一天，秦公平挖菜地挖出了一块金子，黄灿灿的，上面刻着“公平交易”四个字。秦公平想：“金子上面有两个人的名字，我公平只能得一半，不能独吞。一定要找到那个叫“交易”的人跟他平半分。”

到了农闲的时候，他就带着这块金子，出外去找“交易”。一日三，三日九，寻了九九八十一天，走过几百个村庄，还是没找到。他带的盘缠钱早用完了，宁愿讨米叫花，也不把金子拿出来用。

这天，来到一个大庄园，秦公平想进去要点吃的，问守门的人，才晓得主人姓傅叫交易。秦公平高兴得不得了，请守门人通报，说有急事要见傅庄主。不一会儿，守门人回来把秦公平引到客厅，见到傅交易，说明了来意。傅交易听了，十分敬重他，说："难得你一片真心诚意，世上像你这样的好人真是太少了！不过，你的心意我领了，我家的金子银子多得很，这块金子你就一个人用了它吧！"秦公平说："我人穷志不穷，要是想一个人独吞的话，还千里迢迢来找你做什么事呢？说什么也要对半分。"

两个人把那块金子在桌面上推来让去，不留神金子掉到地上，忽然不见了，不管什么样找也找不到。傅交易说："不见就算了，你在我这里住几天，我给你做套好衣服，客客气气送你回去。"

秦公平不肯罢休，非要用锄头挖地三尺找到金子平分不可。傅交易拗不过他，只好和他一起挖，挖到三四尺深，眼前突然一亮，啊嘿！里面好多金子块块！捡起来足有一箩筐，每块金子上都刻着"公平交易"四个字。他们两个平半分了，都发了大财，做起生意买卖来。

就这样一代一代往下传，做生意买卖的人都在秤和斗上刻着"公平交易"四个字，表明自己像祖先那样公平、正直。

讲述者：贺小初　男　50岁　汉族　官垱村农民

搜集整理者：金辉

流传地区：金水河一带

搜集时间：1984年

歪 塔

很久以前，歪塔这地方本来是一片积水湖，湖里的水呀，成年没得法子流动，闹得远村近邻的人都知道这儿有个臭水沟。当地的人为了填平臭水沟，东家出个劳力，西家凑几个钱，你担一些土，我挑一些砖，花了七七四十九天，不知是什么原因，总也填不平。

正在人们为难的时候，不晓得从哪儿来了一个老太婆，她说非得从东西南北四个方向找来四只金鸭子，成“口”形赶入湖中，怕它们不老实，还要修一座塔压在上面，说完就不见了。人们不管三七二十一，想试一试。巧得很，还真邀回四只清一色的、黄得刺眼的鸭子，跟一个模子倒出来的没得二样。大家把鸭子赶下去，照着老太婆的法子，修起了一座塔。

后来，一个来这地方做生意的人折了本，他就打起那塔下金鸭子的主意，他把眼睛一瞪，心一横，拼命也要弄到只把金鸭子，便用花言巧语从一个老实巴交的老头子口中套出话把儿！非得每年的七月七这一天，织女姑娘赶织一个缎网，五个年头满才能用这网捞尽金鸭子。

生意人想：管他呢，抓到一只是一只，他使劲一掀，鸭子倒是出来了，不巧得很，由于他用力太蛮，一个倒栽葱，栽进塔底，代替了那只鸭子，唉，报应呀，这个歪心歪肝歪身子的歪人，就是没得力气将塔顶正。造孽呀，这个好生生的塔，就再也正不起来了，一直到如今。

讲述者：郑老人　男　70岁　汉族　潘家湾镇农民

搜集整理者：陈望喜

流传地区：潘家湾镇

搜集时间：1987 年

青石板

从前，有个叫梅花的姑娘，九岁死了爹，十二岁死了娘，从此，她就孤苦伶仃的一人过日子。

村里有个地主叫曹虎，他见梅花长得好，过不了几年就可以赚得一大笔钱，就起心不良。有一天，曹虎找到了梅花，拿出假借据对她说："你爹娘在世时借了我二百两银子，他们死了，父债子还吧。"梅花望着借据只是伤心地哭，地主装作蛮同情地对她说："我看你可怜，没得钱还算了，你就在我家做事，有你吃，有你穿。"梅花无可奈何，被这地主连哄带骗，骗到了他的家里。

梅花到了地主家，累死累活，稍不如意就挨打挨骂。

有一年冬季，地主要梅花到山上去割一篓青草给牛吃，梅花背着箩筐走在山坡上，山坡光秃秃的，哪里有青草？回家又会挨打。不由急得哭了，哭得蛮伤心。

眼泪流到地上，突然长出了一大片草，又绿又嫩，她高兴极了。抹了泪珠，用镰刀割了满满的一箩筐，背了回去。

曹虎感到惊奇，冬天哪来这嫩的青草？第二天他又叫梅花去割草。梅花来到老地方，一看，昨天割去的草又长起来了。她割满了一筐草，好奇地用镰刀挖开土巴， 想看个究竟。土巴下面有一块青石板，梅花就把青石板带回了自己住的小草棚里。

梅花饿不过,跑到厨房里偷了两个糯米汤圆拿到小草棚,放到青石板上，奇怪，她刚拿起两个汤圆，青右板上又冒出了两个汤圆。她吃饱了，吃不完的就喊同伴来吃。一连几天，地主见梅花没来吃饭，以为她死了，来到小草棚一瞄，哦！她在吃糍粑呢。地主走进草棚里，一把从青石板上抓起糍粑，青石板上又出现了糍粑，地主顿时怔住了。他眼珠子一转，便恶狠狠地说梅花把他家的传世宝偷来了，忙命人把青石板抬到自己屋里去了。地主婆听说这青石板是宝贝，喜得不得了，生怕别人偷了去，半夜也起来看几回。有一次，不小心，一下子绊在这块青石板上，就呜呼哀哉了。

地主老婆死了，丧事办得蛮热闹。在出葬的那天，装棺的人拉起一个地主婆，又出现了一个地主婆，一连拉了几次，就出现了几个地主婆，这下子把地主搞慌了，忙要人把青石板砸碎了，然后把老婆和碎石一起埋了。

春去夏来，地主婆的坟上长出了一棵柿子树，柿子树被秋霜染过，好看极了。

再说梅花从此又过上挨饿的生活，有一次，她提着篮子去挖野莱，路过地主婆的坟边，无意瞄了瞄那根柿子树。树上突然落下不少白花花的银子。她偷偷地把银子捡回了家。这事又被地主发现了，他派了家丁，挑着箩筐，跑到老婆的坟前，抱住柿子树拼命地摇。“哗哗哗”，树上落下了鸡蛋大的石头，把他们的脑壳打起了包，气得他把树砍了。

梅花见树被砍了，抱着树大哭一场。然后她拣一些树枝拿回家，编了一个雀笼挂在茅屋檐下。第二天，来了不少好看的鸟，在雀笼里下满了蛋。

地主看着飞来飞去的鸟好奇怪，过细一瞄，原来是在茅屋那个雀笼里下蛋，忙命人把梅花的雀笼抢到自家的屋檐下挂着。他眼睛眨都不眨地望着天上，口里不住地念："可爱的鸟儿，快来吧，把我的雀笼下满。"鸟真的来了不少，它们没下蛋，屙了满满一雀笼臭屎。

讲述者：涂四爹　男　70 岁　汉族　庄屋村农民

搜集整理者：涂开祥

流传地区：合镇乡

搜集时间：1982 年

神篾刀

传说嘉鱼有个叫张民的篾匠，他有一把篾刀是一把宝刀，劈竹篾要几细有几细，编的篾货要么花色有么花色。要鱼儿活，鱼儿就蹦；要鸟儿跳，鸟儿就飞。一传十，十传百，传到皇帝的耳朵里了，于是降下圣旨，召张民带刀进宫，张民来到皇宫。

皇帝对张民说："听说你是神篾匠，你跟我编一床篾席，篾席上要有九龙图，龙要活的，限期三天，编好了封你做篾刀状元。"

第一天张民在劈竹子。第二天，张民还在劈细篾，你急他不急。到了第三天，张民把一床不晓得是几时编好的篾席铺在皇帝面前。皇帝一看，九条龙体金光闪闪，喜欢得不得了，文武官员都讨好说皇上洪福，这是天赐的宝席，又得了一个篾匠状元，皇帝听了，心里蛮失悔，当时不该说封他的，想着法子要赖掉。皇帝突然把脸一沉说："张民，你知罪吗？"张民不慌不忙地问："小民何罪之有？"皇帝说："我要的是活龙，你竟敢欺骗皇上？"张民早晓得皇帝会有这么一手，就说："你还没点我状元呢？"

皇帝叫张民把龙搞活了才能点他状元。张民只好先叫龙活了再说，便把口里的涎水往席上一吐，叫声："活！"，那九条龙顿时在席上翻腾起来。皇帝喜欢死了，只好点他为状元，封他一个外号叫"神篾刀"，留在宫中听用。张民心想：这那里是点我状元，明明是叫我当佣人。心里气愤不过，天天闷闷不乐。原来想当状元就能劝皇帝发善心，普救百姓，看来是没得指望了。

第二天，张民来到皇帝面前，说宝席上还有一样东西没编上去。皇帝命人拿来宝席，对张民说："你就添上吧，如果欺君，推出斩首。"张民一听这话，更恨皇帝是个抹面无情的人，就在宝席上加了海，然后把中指咬破，把血洒在宝席上，顿时九条龙在海里闹起来，海水涨到了金銮宝殿，把个皇宫闹得天翻地覆。文武大臣吓得乱撞，碰得头破血流，皇帝也吓得像个痴呆，张民趁此混乱的机会，把神篾刀拿在手里一晃，变成了一把好大好大的伞，离开了皇宫，飞回了家乡，不当状元还是做他的篾匠去了。

讲述者：张平云　男　56 岁　汉族　县志办公室干部

搜集整理着：张平云

流传地区：嘉鱼县

搜集时间：1984 年

·动植物的故事·

狗的故事

带谷过江

古时候,长江以南的风景特别好,美中不足的是整个江南找不到一粒谷。江南人只好靠吃杂粮度日。在江北的一个偏僻地方却有很多谷，玉皇大帝派一只狗到江北去驮谷。狗把一袋谷驮到江边，难住了。这么重的谷怎么驮得过去呢？它在岸边急得团团转。

说来也巧，江中正好有个渔夫划着竹筏打鱼，它忙喊渔夫帮忙。这渔夫把竹筏划过来，就是不肯送它过江，它好说歹说，渔夫总算答应把谷送过去，可狗还得自己游过去。

过江后，渔夫问这谷有么用，狗也不哄他，说这谷是种着吃的，并告诉他怎么种，怎么煮法，还说这谷比别的东西好吃。没想到，这渔夫贪财赖骗，硬不肯给谷它。狗急坏了，乘渔夫没注意，拼命扑上去，在他脚上咬下一块肉来。渔夫又痛又气，顺手拿起竹篙向狗扫来，打断了狗的一只脚，狗痛得下水跑了。

狗的脚断了，它还没忘记玉皇大帝交给它的任务，又游过江去弄谷。这回它不再用袋子装，用身子在谷堆打几个滚，浑身站满了谷，嘴里还包了一口谷，再游过江。一只脚断了，就用三只脚划水，身子在水中左一歪，右一晃，等到过了江，身上一粒谷都没得了，只剩下口里几粒带到了江南。

打这以后，江南才慢慢地种上了谷，吃上了米。

抬腿撒尿

狗拼死拼活地把谷送到江南，只有几粒谷，自己觉得太少，不敢去找玉皇大帝报功，独自躲进山洞中受苦。它的那断脚烂掉后，只好用泥巴捏了一个假脚接在上面。这样，每当它屙尿时，不得不把那只脚抬起来，怕被自己的尿打湿了。

玉皇大帝见狗做事还没回来，觉得奇怪，就派哪吒到人间去找，又将狗带到天上。

狗吓破了胆，结结巴巴地把驮谷的经过讲了一遍，玉皇大帝很痛心，又派哪吒去取那渔夫的性命，并把渔夫的一只脚带上天。经过神医疹治，又使狗的四只脚完整无缺。后来玉皇大帝安排十二属相，当然没有忘记狗。

狗以前抬腿撒尿搞习惯了，后来每次屙尿时，总是习惯地抬起一只后腿。

狗吃人屎

狗立了功，并选中属相，高兴得不得了，下凡后，到处游荡，什么事也不干，每天还有好吃的、好喝的。

有一天，狗在江南游玩，走到一家茅棚里要饭吃。这家人蛮穷，每餐三人分吃一碗饭，舍不得把饭给狗吃。狗硬要吃，说这谷都是它带来的。

没得法，这家人只好给它一点，狗又嫌少，这家人就把一碗饭都给狗吃了，自己只好饿肚子。

这事很快被玉皇大帝晓得了，他很恼火，把狗唤上天，训了一顿，然后命令它从今以后只吃别人多下的。它听错了，以为是玉皇大帝罚它吃人家屙下来的。从此，狗只有吃人屙的屎。

讲述者：彭明英　女　50 岁　汉族　梅山村农民

搜集整理者：黄显忠

流传地区：嘉鱼 赤壁

搜集时间：1987 年

喳镰雀儿报恩

在我们这一带，有种五六寸长，梭子形的黑色小鸟，叫“喳镰雀儿”。每年割谷插秧两头忙的季节，它不等鸡叫就叫起来：“早出磨镰，早出磨镰！”它的叫声喊醒了村里的人，家家起来磨镰、做饭，准备下地割麦。平常农闲时，又没听到它叫了。碴镰雀儿为什么事农忙时叫得那么早？传说是为了报雄鸡的恩。

有一回，喳镰雀儿在牛栏屋门口低倒脑壳啄食，不料被一头牛屙堆牛屎压住了。得亏雄鸡跑来，用它长长的爪子扒几扒，扒开牛屎救出了它。从此，一到农忙，喳镰雀儿就代替雄鸡叫，催人早起割麦，让雄鸡多睡一会觉。

有时，雄鸡的后代小鸡娃被兀鹰叼着，喳镰雀儿不怕兀鹰大自己上十倍，从树上一窜，翅膀一夹一夹地仰着飞，直冲上天，用爪子在兀鹰的肚皮上连抓直抓，直到它放下小鸡为止。我们这里流传着一句俗语："秤砣虽小压千斤，喳镰雀儿小啄秃鹰。"

讲述者：熊妈　女　62岁　汉族　新街镇农民

搜集整理者：金辉

流传地区：嘉鱼县

搜集时间：1984年

鹅为什么不吃鱼虾

鹅只吃青草，不吃鱼虾，说起来还有一个故事哩。

从前有一户人家蛮穷。有一天，这家来了一位远方客人，没得好招待，准备杀掉自己养的那只母鹅来待客。母鹅听到主人要杀它，十分伤心，含着泪对小鹅说："你们听到了么，主人要杀我，我再也不能照顾你们啦，以后你们自己到河里去捕捉鱼虾要过点细哟。"小鹅急得哭着说："不行啊，不行，我们还没长大呢！"母鹅听了，呜呜大哭，说这是主人的事，自己也没得法子呀。

它们的对话被客人听到了，心里实在过意不去，就对主人说："杀了这只鹅蛮可怜，你看还有几只小鹅没长大呢！"主人为难地说，"不杀鹅，搞什么招待你呢，"客人说："算了算了，在河边捞些鱼虾不也是一碗荤菜吗？"

主人和客人的话母鹅也听到了，它就对小鹅说："你们听见吗？鱼虾当了我们的替死鬼，以后我们再也别去捕捉鱼虾吃啦。"从此，鹅再也不吃鱼虾了。

讲述者：邵运煌　男　44 岁　汉族　舒桥镇农民

搜集整理者：邵际景

流传地区：舒桥一带。

搜集时间：1986 年

·武林故事·

赵天植的故事

智斗黑鬼

俗话说："簰洲一条堤，家家打芦席。"编好的芦席要用木船运往江夏（汉口）去卖，就是每次到江夏总被一个绰号叫黑鬼的家伙敲诈勒索，要是谁敢不从，不但丢本，还要丢命。

有一天，赵天植和几个伙计装了一船芦席来到江夏。刚靠码头，正巧碰上了那个黑鬼。只见他大摇大摆地来到河边，叉着腰说："这船芦席我都要了，先结一半的钱，另一半请到店里去拿。"赵天植跳到岸上说："我去拿吧。"说完空着两只手来到黑鬼店前，只见门口守着一百只狗，随后排着一百只鹅。赵天植想，硬冲恐怕难冲进去。他转身上街买了好多肉包子，冲进狗群，把包子丢在地上，狗各自只顾抢包子去了，他闯过了第一关。来到鹅阵，他向前大跨一步，抓住两只鹅头，以鹅打鹅，边打边进。一刹那，赵天植来到店内。只见店中摆着酒席，桌上搁着银子。黑鬼坐在首席，面前排着八把钢刀，当作筷子。黑鬼真想一下子将赵天植搞死，哪知道赵天植拿着钢刀吃菜，一连咬断了七把钢刀刀尖，留下了一把。黑鬼一计不成，又把赵天植领到比武堂。只见堂上堂下站着一百名打手，个个横眉竖眼，堂顶上封着铁丝网。赵天植暗自盘算，硬打硬拼是难得出去的，便笑着对黑鬼说："要比武得依我两件事。"黑鬼想，依你十件你也出不去了。就说：

“什么事？请讲。”赵天植说：“不要刀，不要枪，只借用一把铁耙。另外，本人鲁莽，怕伤害了弟兄们，请在比武堂四周各放一箩筐石灰，画作边线，免得打过了界。”黑鬼认为这算不了什么，就叫手下人抬来一个三百多斤重的铁耙，又放上了四筐石灰。这时，只见赵天植站起身来，把腰带一紧，抡起铁耙，四围搅动，把四筐石灰搅得飞满比武堂，看不见赵天植的人影，只听得一片“哎哟”“哎哟”声。赵天植眼看时机已到，赶快趁满屋灰雾，纵身跳起，将铁耙朝空一搭，用力一扯，”铁丝网立刻被撕得稀烂，他顺手甩了铁耙，腾空而去。从此，簰洲人到江夏卖芦席，再也不受恶人欺侮了。

讲述者：张玉江　男　38 岁　合镇乡农民

　　　　金维平　男　40 岁　合镇乡农民

搜集整理者：孙显春 金玉树

流传地区：簰洲

搜集时间：1983 年

显武沔阳湖

有一次，簰洲有一班子人到沔阳湖去割山，搞得吃亏死，到要运芦苇回家的时候，山主带了一伙人拦住不许运。扬言说打得赢就走，打不赢就留下芦苇。簰洲人看势不对，当天夜晚就派人赶回簰洲去搬救兵。

第二天一早，山主又来了，耀武扬威地说比武只限一天，今天要是不比，明天这芦苇就归我们了。

这时，簰洲人当中出来一个伙夫打扮的人，上前拱手，问山主是文打还是武打。山主反问文打怎样，武打如何。伙夫说，文打就由双方各玩一套架势看看，武打就叫他们一起上。山主见这人说话斩截，身材魁梧，相貌不凡，不由得自己先减三分威风，当场同意文打。

这伙夫从伙棚里拿出五把亮晃晃的尖刀，按金木水火土五行栽好，刀尖统统向上。他拱手说了一声“献丑了”，便跳上刀尖，先后用脚跟、脚板心、脚尖在梅花刀上玩了一套梅花十八手，一个旋子落到地上，面不改色心不跳。接着又拿出一把筷子捏在手里，双手一搓，一把筷子变得细长细长，再一鼓劲，一把筷子齐刷刷地断了。两套功夫，硬是把山主那帮子人搞痴了。这时，伙夫把筷子一甩，抱拳说道：“请指教。”山主忙拱手赔笑说“不敢，不敢，请开船 。”原来，这位武艺超群的伙夫就是簰洲有名的武师赵天植。

讲述者：金学朋　58 岁　男　汉族　庄屋村农民

搜集整理者：马道怀

流传地区：嘉鱼　沔阳

搜集时间：1987 年

罗汉拳

簰洲芦苇船行到团洲附近，在一片沙滩搁了浅。船上的人忙下来拉纤，左推不动，右拉不动。这时碰巧有一只大驳船从这里经过，这只船也在拉纤。簰洲人忙上前拱手施礼，请他们帮帮忙。为首的那人满脸络腮胡，一身横肉。他不仅不理，反而把船拉得呜呜神，驳船从簰洲芦船旁边过去了。它刚离丈把远，赵天植把身子一攒，手往驳船纤绳上一搭，驳船顿时后退到簰洲船旁边停住。

船一倒退，惊得络腮胡忙到后面看情况。一见赵天植，心里就有了数，鼓倒眼睛吼道："是你！咱俩比试比试。"赵天植蛮稳板地问："怎么样个比法？"络腮胡朝四下望了望，见河滩上有座坟墓，墓边立着一块大石碑，他指了指石碑说："咱俩比拳头。"

来到石碑旁，赵天植问谁先动手，络腮胡指了指自己，走上前一连三拳，把石碑打倒在地。赵天植也不搭话，走上前只一拳，将石碑打得粉碎。

哦，好硬的罗汉拳！络腮胡惊得倒退三步，忙拱手问："你们是哪里来的？"船上人答："我们是簰洲割山的船，如今返回簰洲。"络腮胡听了哈哈大笑，说："听说十簰九打，这次是专门从河南来访友的，今天一会，果然名不虚传。"说着招呼自己一伙人动手，推的推，拉的拉，把簰洲船拖出了浅滩。两条船上的人好亲热哟，一齐朝簰洲码头开去。

讲述者：金学朋　男　58 岁　汉族　庄屋村农民

搜集整理者：马道怀

流传地区：嘉鱼簰洲

搜集时间：1987 年

陈老三的故事

以武会友

簰洲陈家坊，有个叫陈老三的，学了几手武术，蛮有点名气，传到外地，有人不服气。

这天，一位外地武师来找陈老三，说是要以武会友。

陈老三想：来者不善，善者不来，小心点为好。就说陈老三是他的师傅，出外有事去了。来人一听陈老三不在屋里，冷笑一声，转身要走。陈老三说：“你家不忙走，坐一下，我师傅就要回的。”说完把门外一个两三百斤重的石磙搬进屋来，脸不红气不喘，说：“请坐。”这位武师当时怔住了，眼睛瞄到石磙说不出话来。陈老三接着说：“嗨，这石头太糙了，我来抹平一点儿。”说罢，只见他一抬手，对石磙就是几掌，只削得那石屑乱飞。武师暗暗吃惊，佩服他的掌上功夫，心想，徒弟功夫如此了得，那师傅就可想而知了，当即拱手告辞。陈老三客客气气地送出门外，抱歉地说：“嗨，只怪我师傅太穷了，连个像样的凳儿也没得。”

讲述者：游大朋　男　57 岁　汉族　庄屋村农民

搜集整理者：熊成志

流传地区：嘉鱼　洪湖　汉阳

搜集时间：1987 年

拔　河

都说陈老三把外地来的武师吓跑了，村里一帮年轻伢偏偏不服气，便约到一起，来试陈老三的功夫。

陈老三知道他们的来意后，微微一笑，要他们莫听别个瞎说。年轻伢们说："讲什么客气吵，我们试一试吧。"

陈老三见他们硬是要试，转身从屋里拿出一根绳子，一头系在自己腰上，再把另一头递给几个年轻伢，自己站到门槛上说："你们要是能把我从门槛上拉下去，就算你们赢了。"几个年轻伢不信邪，一齐抓住绳子拼命拉，一个个拉得上气接不到下气，累得汗直滴，陈老三像生了根一样，笑嘻嘻地站在门槛上，一动也不动。年轻伢个个蔫了火，把绳子一甩，哼都没哼一声，妥手走了。

讲述者：游大朋　男　57岁

搜集整理者：熊成志

流传地区：嘉鱼簰洲

搜集时间：1987年

习 武

陈老三小时候，他父亲请来一位武师教他习武。陈老三蛮聪明，把手就会。不过他生性淘气，有时逗师傅的散放，搞得师傅哭笑不得。

一天，师傅教他一招破别人弹踢的手法，先做两遍样子，再讲解要领，然后师徒就对练起来。只见师傅上左脚，起右脚，侧踢陈老三左膝。陈老三退右步，缩左脚，出左手从下一抄，一下子抓住师傅踢来的一只脚。这时，他一眼看见师傅站在地上的那只脚，心中一喜："机会难得，"蹲身拧腰一腿扫去，师傅没防他这一招，摔倒在地。陈老三一看真的把师傅扫倒了，拔腿就跑。师傅看着他的背影，自言自语地说："这伢将来有板眼。"

讲述者：刘裕典　男　70岁　汉族　合镇乡远景村武师

搜集整理者：熊成志

流传地区：嘉鱼簰洲

搜集时间：1988年

追 贼

一天夜里，有人到陈老三那个村子偷东西，一下子被别个发觉了，小偷赶紧往村外跑。喊声惊动了陈老三，他揣起飞镖就出了门，顺着小偷逃跑的方向追去。那小偷也是个有武艺的人，跑得还蛮快哩，可他毕竟不是陈老三的对手，眼看就要追上了，小偷钻进了一片树林。陈老三想：穷寇莫追，今天饶你一回，不过，也得教训教训你。他一甩手一支飞镖贴着小偷的头皮穿发而过。这一下，吓得小偷魂飞魄散，连滚带爬，没得命的逃跑了。

从此以后，谁也不敢到陈老三那个村子偷东西了。

讲述者：刘裕典　男　70 岁　汉族　合镇乡远景村武师

搜集整理者：熊成志

流传地区：嘉鱼簰洲

搜集时间：1988 年

比　武

陈老三虽说武艺高强，逢过不少武友，可有一次，却差点栽在一个细伢手里。

这天，有两个外地细伢来找他比武，年纪都只十六七的样子。陈老三觉得两个细伢不知深浅，就想教训他们一下。

几句客气话说了以后，先是那大点的一个直拳往陈老三面部打来。陈老三看准路数，把身子一让，趁他一拳还冇收回就转到他背后一掌，一下子就把他打得趴在地上，紧跟着提起一只脚就往下踩。“师傅留情！”年纪小的大喊一声，就来到了陈老三的跟前。

陈老三一见大的不过如此，量小的也没得蛮大的本事，便放过大的，转身来对着小的就是一掌。哪晓得掌没上身，小的就已倒在地上。陈老三抢上一步，俯身想去擒拿，却料不到小的一招白鸡登高，向他踢来。陈老三这时才晓得中计，后退来不及了，他赶忙含胸收腹，可是晚了，虽说让过下方，下巴却伸长了一点，这一脚一下子踢在他下巴上，硬是把他踢得后退了两步。等他站稳，那个小的已一个鲤鱼打挺从地上跳了起来说："陈师傅果然好武艺，要是换别个，我这一脚稍微伸长点，那就会趴下。"

以后，陈老三每逢讲起这件事就说"那一脚是快，得亏我把牙齿咬得紧，要不然，这下巴还不被踢上天。"

讲述者：刘裕典　男　70 岁　汉族　合镇乡远景村武师

搜集整理者：熊成志

流传地区：嘉鱼簰洲

搜集时间：1988 年

三根断肋骨

陈老三习武的时候，蛮淘气，喜欢搞师傅的国儿，他父亲不晓得跟师傅赔了几多礼。师傅觉得他太过分，不尊重人，便决定教训他一下。

一次，师傅教他练气功，练到差不多了，要试他的功夫。陈老三一开始不敢，最后没得法，还是答应了。师傅打他三拳，陈老三觉得跟抓痒一样，就神气起来了。

师傅看他拳头已不在乎，就要用凳子试。陈者三胆子大了，桩子一站，顶了师傅两板凳。陈老三觉得跟前三拳差不多，叫了起来："哎，师傅，你加劲打吵，怎么跟病了样的，一点劲都没得。”师傅见他骄狂，就出了狠手，第三凳一打去，陈老三就趴下了。

师傅把凳子一甩，从怀里掏出一包药，往陈老三面前一丢，留下一句话就走了。后来每逢天阴作雨，陈老三的身上就隐隐作痛，郎中说是三根肋骨受损。从此，陈老三才晓得了“强中更有强中手”这句话的分量，再也不敢随心所欲了。

讲述者：刘裕典　男　70岁　汉族　合镇乡远景村武师

搜集整理者：熊成志

流传地区：簰洲一带

搜集时间：1988年

沈永松的故事

名师出高徒

抗日战争的时候，簰洲来了几个日本鬼子，个个自以为蛮有本事，会柔道。特别是那留有小胡子的，吹牛说，从天津市一顺打到湖北，没得人抵得住，败在他手里的中国人不少。他们听说簰洲有一个张宏泰蛮狠，就特事赶来，在对面一家客店住下来，扬言，要跟张宏泰比武。一下子轰动了簰洲，簰洲人都巴不得张宏泰打赢，也有人替张宏泰捏一把汗。

一连好几天，这个日本人打发一个外号叫“倒毛鸡”的汉奸，来问张宏泰到哪里去了，屋里人说下汉口去了，不晓得几时回。其实张宏泰在屋里，一直没露面。前个把月，他在汉口看到过小胡子的拳脚，恐怕自己奈不何，心想惹不起还躲不起。哪晓得倒毛鸡说老东非要等张宏泰回不可，哪样得了呢？张宏泰急死！

这天夜里，几个在簰洲有滴儿名气的武师，阴到来到张宏泰屋里，商量了半夜，还是和尚的脑壳——没得发（法）。最后，一位叫沈永松的武师说他从小跟北方义和团的一位师傅练过“一字功”，谁也不晓得。为了搭救张宏泰，决心跟老东比一比，也为簰洲人争口气。

第二天，刚吃过早饭，河里洋船拉过了一会位子。张宏泰头戴礼帽，手提皮包，拄一根文明棍，一副绅士派头，从后门转到船码头，假装从汉口回来了。蛮多人见了，都喊起来：“张师傅回了，张师傅回了！”几个老东早就等得不耐烦了，一齐来到张家。小胡子不让张宏泰屁股沾板凳，就要跟他比武，张宏泰说：“我先歇一下子，让我的小徒弟练几手吧。”老东答应了，一起来到他天天练功的禾场，看热闹的人围满了。

沈永松走到场子当中，要人把一把单刀绑在地下的木桩上，刀尖朝上。他一赤膊，把腰带一紧，先打了一趟拳，又围到单刀走起游手来。沈永松走完了游手，一个王鹰张翅，肚子朝单刀尖上扑去，看的人多半吓得闭上了眼，等睁开眼睛，沈永松的身子却在刀尖上转了起来。“好啊！”看热闹的人都喝起彩来。转了几圈，沈永松停下来，把肚子给人看，除了有一滴儿红印外，屁事都没得。几个老东都痴在那里，张到嘴巴，鼓到眼睛，一副苦相儿。张宏泰跟倒毛鸡说：“你们哪个先跟我比？”倒毛鸡问小胡子，小胡子吓得往后直退，口里叽里呱啦，不晓得在说些什么名堂。倒毛鸡翻译说；“皇军说，中国有句古话，‘名师出高徒’，从你徒弟身上领教了你的功夫，他们认输了。还说，你们簰洲人大大的厉害！”

如今，簰洲流传的一句老话，“莫把人当日本人吓”，就是从这个故事来的。

讲述者：张达银　男　65 岁　汉族　簰洲湾镇居民

搜集整理者：张京刚

流传地区：簰洲

搜集时间：1987 年

送点心

县太爷下乡来催粮，碰到几个强盗打劫，把粮食抢走了，有人说打劫的可能有簰洲的沈永松。

这天，沈永松坐在屋门口，来了四个县衙里当差的，手里拿着铁链子，不管三七二十一，往沈永松颈上一圈，指望一拉他就乖乖地跟他们走的，哪晓得沈永松眯到眼睛，坐着不动，像扎了根。当差的不服气，就两个人背到铁链子，拿出吃奶的劲卯起来拖，两个人在沈永松背后推。拉的拉，推的推，四个人扳得上气不接下气，沈永松还是纹丝不动。那时候，在衙门当差的都奈得两个人何，为什么事搞沈永松不动呢？哪晓得沈永松正在练坐桩功。当差的没得法，只好说好话，请沈永松跟他们去一趟。沈永松晓得打劫的是簰洲地方的一霸——殷开甲的一帮人，心里阴到不说，就跟到四个当差的到了县衙门。

县太爷升堂，先把沈永松关下起来。沈永松看出县太爷不讲理，夜里扳断牢房里的窗柱子，跑回了簰洲。

第二天，又有八个当差的来捉人。沈永松一滴儿都不怕，拿出八根胳膊粗的桑树桩，围圈钉在地下。八个当差的不晓得做什么事，吓得远远的瞄到。沈永松走进圈里，一个扫堂腿，把八根树桩齐崭崭扫断，说："把这点心带回去送给你们的县太爷。"八个当差的吓得屁滚尿流，脚底抹油——溜了。

讲述者：张达银 65岁 男 汉族 簰洲湾镇居民

搜集整理者：张京刚

流传地区：簰洲

搜集时间：1987年

王子雄的故事

天外有天

有一年，来了一个外地的马戏班子，口出狂言，目中无人。簰洲人气不过，来请王子雄出马教训教训这帮人，长长簰洲人的威风。这天晚上，一丈多高的帐篷里正在跑马，王子雄身穿一套紧身服，来到场外，一个旱地拔葱，跃上场子中间的旗杆，接着一个顺风扯旗，把一面锦旗扯了下来。然后沿着旗杆滑下地面，一个临空铲脚，把那飞奔着的马铲翻在地。马戏班子那个打鼓的看见有人破场不服气，暗地里把大鼓朝王子雄抛去，眼看就要击中，王子雄却顺手牵羊把大鼓接在手中，反身一个倒点南天，掷回大鼓，恰好卡在那个鼓架上，把个打鼓的吓了一跳。马戏班的班主赶快出来连声赔礼道歉，王子雄只说了一句"天外有天"就走了。

从此，再有外地人来簰洲玩把戏，都要投帖拜访簰洲有名望的武师，不敢马虎半点。

讲述者：王兴海　男　53 岁　簰洲湾镇居民

搜集整理者：王运好

流传地区：牌洲

搜集时间：1987 年

打码头

俗话说："骂不过的金口，打不过的簰洲。"簰洲离金口有几十里水路。在金口，有一条小河，码头都被一帮地痞霸占着，来往客商船只在这里停靠，都得给他们请客送礼，稍有怠慢，就会招祸。

有一回，簰洲两只客商船来到河边，地痞们一句话翻了翘，码头没靠成，还打伤了簰洲人。客商们回到簰洲，向王子雄诉说委屈，王子雄决定到金口走一趟，会一会武林朋友。

一天，王子雄来到金口，只见那帮人拿着鞭刀，正在阻拦船只，开口就通，动手就打。王子雄还是先礼后兵，走上前去假说那是他的船，一边赔礼道歉，一边请他们上馆。

来到河边的酒馆，那帮人口里还在通通骂骂。王子雄压住火气说："在家靠父母，出外靠朋友，你们怎么不讲一点江湖义气？"为首的一听，把鞭刀一"督"，一帮人就把王子雄围住了，都吼起来说，你敢教训老子们！举起鞭刀就捣人。王子雄一个白鹤闪翅，雀到河边沿，又一个白鹤冲天，跃上停靠的船桅上，再一个鸽子翻身，跳到了河对岸。他高声喊道:“有本事的过来!”这一伙平时张牙舞爪的地痞们都吓痴了，哪个还敢搭腔?王子雄又大声说:“你们不过来，我就过去的呀”又是一个白鹤冲天，一个鸽子翻身，像雄鹰一样飞回河坡上，为首的连忙上来说好话，赔不是，王子雄哈哈一笑说:“我就是簰洲王子雄!”这帮人一边作揖一边说:“幸会幸会”。

从此以后，簰洲船只在金口一带畅通无阻，地痞们还专门为簰洲船划了一块码头哩。

讲述者：金学朋　男　53岁　汉　庄屋村农民

搜集整理者：马道怀

流传地区：簰洲、武昌

搜集时间：1987年

勇斗日本兵

日寇侵略中国时，有一队鬼子兵开到了簰洲，保长强迫全村的老百姓到路边迎接皇军。

一只军犬狗仗人势要咬人，这个人吓得一躲，碰到了洋狗的身上。这下子戳了拐，日本官儿抽出洋刀把旁边穷人的一头大肥猪，一腰两断，溅得到处都是血。再命令士兵把那人捆起来，要翻译对百姓说，如果有人能和他们的武士比武，比赢了，就把那人放了。

百姓们不相信，都不搭腔。那日本官儿神气了，朝着在场的人伸了伸小指头，冷笑了几声，便把刀架在那人的颈上，这时，人群中有人大喊一声:

“慢！”乡亲们一看是王子雄，都为他捏了一把汗。

日本官儿把刀从那人颈上拿下来，用拳头在王子雄胸前捶了两下，转身叫他的一个大块头兵出来。王子雄把礼节一讲，让开一步，意思是要鬼子先出手。那鬼子明白了王子雄的意思，神气十足地讲了一通日本话，翻译说：“太君讲先比拳头。”王子雄点头答应了。那家伙一拳打出，王子雄一动也没动，再出第二拳，王子雄还是没有动。第三拳就不一样了，只见王子雄肚皮一瘪，身子往后一躬，把乡亲们都吓了一跳，以为王子雄的肚皮被打穿了。再看看那个鬼子，脸上涨得通红，口里稀里哗啦，不晓得说的什么鬼名堂。这时，王子雄把肚皮一挺，鬼子两百斤的块头往后一歪，不是翻译扶得快，不"搭跤”才怪。

原来，王子雄的气功非同一般，他用气功吸力把那个鬼子的拳头吸住，鬼子拉死也拉不脱，然后再把肚皮一挺，那个鬼子怎么还站得住呢！日本官见王子雄本领高强，一挥手，窝了一肚子火，勉强放了人。

讲述者：金学朋　男　58岁　汉族　合镇乡庄屋村农民

搜集整理者：马道怀

流传地区：簰洲

搜集时间：1983年

搜集时间：1987年

谢大汉的故事

谢大汉名叫谢仕朋，他的块头真是大咧：六尺多高，一百七八十斤重，站在那里像一座铁塔。他喜欢和穷伙计们结交情，也喜欢打抱不平，惩治强盗，卫护遭孽受苦的人。嘉鱼县金水河两岸的乡亲们，说到谢大汉，都竖起大拇指直夸奖。

好大的“木屐”

谢大汉的脚板特别大，鞋子像一对小船。过年的时候，连日阴雨，泥深路烂，几个穷朋友约他去“打平伙”。可是谢大汉的木屐被那双大脚胀破了，打赤脚吧，又冷，怎么走路呢？穷朋友开起玩笑来：“谢大哥，只说你劲大，赌你把那对系牛的石锁穿着走到我们那里，今日‘打平伙’不要你出钱。”“穿就穿，你们抬得来试下看。”

几个穷朋友把石锁抬来，每只锁少说都有一百四五十斤。谢大汉一双脚筅进锁眼里，穿起这双好大好大的“木屐”，“哒哒哒”地迈开步子，走了半里多路，还和穷朋友们说笑话哩。

这才是肉堆

谢大汉两兄弟和余家两兄弟、李家两兄弟共六个人，搭伙租了地主的几十亩湖田种。有一年收了十年难逢的金盘斗，在禾场上晒谷的时候，谢大汉打着赤膊干。余家老大说：“谢大哥，你身上一坨一坨肉直鼓，硬像个‘肉堆’哩！”谢大汉哈哈大笑：“没得肉，干起咯四根筋，哪有气力啰！”

说着笑着，他们又要打赌：五个人打谢大汉一个。谢大汉说：“不打不打，我的手太重了，要是急了性，恐怕伤了兄弟们，难得吃草药子！”

“哈哈，你吹牛皮！”

“吹什么牛皮呀，不信，我仰天躺着，你们五个人来按着我，我要是翻不起来，就算输了好不？”

“要得，要得！”五个人一齐上前，一个按脑壳，两个按手，两个按脚。

谢大汉问：“按好了么？”“按好了！”

“嗯哼，”谢大汉一鼓气劲，几扳几扳，脑壳门子一挖，把自己老弟的手挖得触了"麻筋"，到一边护痛去了。接着，手脚并用，翻过身来，还把按手脚的余家和李家四兄弟扒到一堆，笑道：“哈哈……这才是‘肉堆’哩！”

挂石磙

金水河边有一家财主，紧靠河堤修了个打谷场，每逢用石磙碾过场后，总怕放在场子里占地方，硬叫长工把石磙拉到河堤上，挡了来往行人的路，有的人赶夜路还被它绊过跤。谢大汉跟财主说过几次，他都不听。

有一天清早，谢大汉挑着一担小菜到渡普口街上去卖，又被那石磙绊了脚，差点没把菜担摔坏，他忍着满肚子火气，歇下担子，看那河边柳树上恰好有根树杈。心想：“你不听我劝，我也叫你难上难下！”他把那根树杈一撅，成了一只挂钩，弯腰提起套石磙的绳索，连石磙带木架提起来，挂在树上，自顾上街去了。

财主早早起来，催长工去打场，却见石磙挂在树杈上，把柳树压得弯向河里，石磙悬在河上，一闪一闪地。想要取下来，又没得那么大的力气，砍断绳索吧，石磙又会掉进河里，捞都难得捞上来。

财主气坏了，长工闷在心里乐，都说："这下可好了，求人家大汉去吧！"

财主只好忍气吞声，到处找大汉，问明他上街去了，又眼巴巴地望着河堤路。好不容易盼到谢大汉买菜回来，财主连忙跑上去，点头哈腰，堆起一脸的笑，说，"谢大哥，求你做点好事，帮我把石磙取下来。"谢大汉扬起脑壳说"哪个挂的，找哪个去，我又没挂。""大哥莫说笑话了，你没挂又有哪个挂得上去？"谢大汉冷笑一声说："这是你良心不好，得罪了大力神。神仙点破你，莫把石磙停在路上害人了。""你说得对，说得对，多谢神仙点破，我再也不敢害人了。"财主说着，又是敬烟，又是敬茶，再三请求。谢大汉这才放下菜担，提起绳索，把石磙摘了下来，往场上一甩，连碾得结结实实的稻场都砸了一个大坑。财主惊得目瞪口呆，半天才缓过神来，留谢大汉吃早饭，大汉说："你把我的这份饭菜，给长工师傅打个牙祭，给他们也开开荤吧！"

夺回牯牛

谢大汉和他的老弟谢老三合伙喂了一头青毛牯子，放在东湖草滩上吃草，被别人偷去了。牛是农家宝啊，两兄弟急得要命，四处寻找。

谢老三在湖那边张家墩子上找到了青毛牯子，就去系牛桩上解牛绳。谁知张家势力大，讲武霸强，不让他牵牛，还把他打得五劳七伤，当场吐血。

他挣扎着慢慢爬回来，把这事告诉老兄。谢大汉一听火冒三丈，"蹬蹬蹬"

直往张家墩子跑。一看牛还在，认得的的确确是自己的青毛牯子，就找张家人，要牵牛走。张家叔伯兄弟有八个，一齐围上来要打人。

“讲打呀？嘿嘿！正讲到我饭碗里来了！”

他亮了个架势，以一对八，准备血战。张家老二首先拖根铁棍打来，谢大汉鼓起气劲，手杆子一硬挡住了。另一只手抓住铁棍，一声“哼”猛力一拖，铁棍到了自己手中，张老三却趴在地上啃泥巴，门牙也跌落了两个。

张家几兄弟不敢拢他的身，又把菜刀向谢大汉丢来，他用铁棍一挡，菜刀飞了回去，反而砍伤了张老大的手。其他几个看看不对头，再斗下去没得好果子吃，都吓跑了，谢大汉解开牛绳，牵着青毛牯子，大踏步回了村。

领头冲大户

有一年，谢大汉和几个穷朋友合伙围了个湖汊，开荒插禾，中谷正扬花实籽的时候，洪水冲垮了围堤，粮食颗粒无收，几家生活没得着落。谢大汉他们想了个穷办法，撒下些糠麸，引鱼进来吃它，同时四周插上竹篾，只等水一退，堤身现出，就安上几乘龙骨水车，把湖汊车干捉鱼，想换些粮食度水荒。

哪晓得湖那边张家墩子的人，仗着张老太爷当乡长，有权有势，加上偷牛的事和谢大汉结了仇，硬说这湖汊是野湖，里面的鱼他们有份，等谢大汉他们车干了围垸里的水，就来了几十人“敞湖”抢鱼。有个年老体弱的石老倌，被张家儿子打死在围堤上。张老太爷和谢大汉这边的绅士暗中勾结，私和人命，只出了十担谷作为安葬费，就想平息这场风波。

谢大汉哪肯服这口气？他把穷伙计们召集拢来说："石老倌没儿没女，我们要替他申冤。他们私了，我们不答应，难道穷人的命就这么不值钱吗？我们齐心合力，抬着死尸冲大户，也叫张老狗晓得穷人的厉害。"穷伙计们个个咬牙切齿，要为石老倌报仇。没有武器，动起武来怎么办？谢大汉想了办法：买来三百根老斑竹，削得馏尖的，放在刚烧过的热灰里，格外锐利扎实，竹矛当得铁矛用。

当天夜里，谢大汉带领两三百穷伙计，打起灯笼火把，抬起石老倌尸身，人人拿起竹矛，冲到了张家墩子。

张老太爷原以为自己面子大，和了事，根本没料到穷伙计们再来打抱不平，因此毫无准备。看见火把，听到喊声，吓得屁滚尿流，带着一家老小急于逃命。

谢大汉带头冲进张家大门，在堂屋里挖个坑，用张老太爷的楠木寿器安葬了石老倌。又打开粮仓和箱子柜子，把张家从穷人手中夺去的粮食衣物分给同来的伙计们。

张家见穷伙计人多势众，吓怕了，想打官司吧，又占不上理，只好派人来求和。谢大汉责令张家为石老倌做了七七四十九天道场，打人凶手披麻戴孝，才把石老倌的棺木移出堂屋，修墓刻碑，葬在山坡上，这样一来灭了豪门大户的威风，长了穷人的志气。

除　匪

国民党杂牌队伍“和三师”，扎在嘉鱼，祸害百姓。有一个探子，经常在金水河两岸湾子里溜进溜出，谁家开荒收了几担谷，谁家卖小菜赚了几个钱，他都暗地记在本子上，好去报告土匪头子来绑票抢劫。乡里人对这个家伙恨得咬牙。

一天夜里，这个探子在谢大汉隔壁家的小酒馆里苕吃哈胀了一顿，却不肯把钱。开酒馆的是小本生意，赔贴不起，向他讨要，探子说：“跟老子记在账上，你怕老子没得钱，是不是？”说着，拿出本子晃了晃：“瞧！这二十几户都要出钱给我。”

谢大汉在一旁听到这些话，心想，要是让这家伙作恶，不晓得又有几多乡亲要遭殃，他下狠心要除掉这个坏蛋。

他上前对探子说：“老总，酒足饭饱了，找点么事玩下子吧？”探子问：“玩什么事呢？”“押宝！”“哪里有赌场呢？”“你随我来吵！”

谢大汉把他带到东湖堤边，乘这家伙不防，返转身来一个“扫堂腿”把他扫倒，一个“骑马蹲裆”跨在他身上，一双大手像铁钳子一样，卡住那家伙的脖子，把他卡死后，踩在湖里蒿草堆子下烂泥里，又在上面压了块石头，神不知、鬼不觉地为这一方除了一大害。

背盐包

谢大汉在汉口后湖做零工，有时田里地里没得活干，就到江边码头去卖苦力，背盐包。那时汉口沦陷在日本鬼子手里，后湖的乡亲们连吃的盐都买不到，就求谢大汉想法子。他一天背盐包到晚，想用钱买盐都不成。一百五十斤一包的盐，别人每趟背一包，谢大汉却每趟背两包，还要挨当监工的那矮日本鬼子的皮鞭。

谢大汉指指盐包，又指指自己的腿子，对矮鬼子说："没吃饭，没得劲……"鬼子嘿嘿一声奸笑，说："你的，力气的大大的有，三包的干活。"说着又叫人给谢大汉背上加了一包。

谢大汉退让一步，眉头一皱想起了什么，对矮鬼子说："要有盐吃才背得动。"矮鬼子存心要压伤这个中国大汉，说"你的，三包背到收班，一包盐奖励！"

鬼子好狠的心哪，要人家背四百五十斤干上十个钟头。窄窄的跳板搭在江上，晃晃悠悠的。只要脚杆子稍微打战，立不稳，就会掉到水里，不淹死，也要被盐包压死！谢大汉为了给乡亲们弄到一包盐，咬紧牙关横下心，拼了，他对鬼子说："这是玩命的事，你说话要算数！"鬼子量就他干不了，就当着众人说了硬话。

那一日是谢大汉从娘肚子出世最吃亏的一天啦！他憋足了劲，背着三大包盐，一双大脚像铁耙一样踩在跳板上，一趟一趟地背呀，驮呀，一直到太阳当顶。中午饭，他喝了半斤酒，三碗牛下水杂碎汤，两斤白米饭，又接着干到太阳落山，矮鬼子还不收班，硬想把谢大汉累趴下。这时，码头边站满了收班后的工人。谢大汉想："这么多人看着我，我决不能向这矮鬼子叫饶，要为中国人争口气！"他面不改色心不跳，稳打稳扎又背了两趟，岸边看热闹的，打抱不平的，都冲着矮鬼子吼叫起来，矮鬼子见势头不妙，只好认输，眼睁睁地看着这个顶天立地的中国大汉把一包盐背回去了。

后湖的乡亲们分吃了谢大汉用命挣来的盐，又是感激，又是心疼，老人们都教育后辈，做人要做谢大汉那样的好汉。

举石锁

一天，谢大汉在船码头干完活回家，见一群人围在马路边上看热闹，场子中间一个瘦长瘦长的中国人，双手举两百斤的石锁，向一个打着赤膊，胸口长满黑毛的日本人鞠了一躬，说："太君，请！"，那个黑毛鬼子挺起大肚皮，神气武扬地把他往旁边一扒，口出狂言："你的，东亚病夫，看我来！"这家伙倒也有几分蛮力，一只手把石锁举起来，定了定神，又把石锁往地上一丢，砸了个大坑，那个瘦长中国人连连点头哈腰，"太君神力，神力呀！"谢大汉看他那副奴才相，实在可鄙，忍不住大吼一声："什么神力神力的，你莫跟东洋人吹屁泡！"黑毛鬼子一听火了，指着谢大汉："你的什么人啊？""什么人？中国人！"看热闹的都瞄着谢大汉，暗暗叫好。瘦长个子同那黑毛鬼子一起咋咋呼呼地叫道："你举得起么？你举得起么？”

“哈哈！小小石锁，一把不过瘾，再来一把试试看！”周围的人听到谢大汉的笑声让开一条路，谢大汉大踏步走到场子中间。这时那瘦长个子又搬来一把石锁。谢大汉一把脱下褂子，往旁边一甩，露出肉鼓鼓的熊腰虎背，运足气力，“哼哼”两声喊，左右平分开，提起两把石锁。接着，又叫了两声，如炸雷，两把石锁高高举在空中，还稳稳当当绕场子走了一圈，然后轻轻往黑毛鬼子面前一放，大气都不喘一口，冷笑一声道：“到底哪个是东亚病夫？你举不举得起两把石锁？”

黑毛鬼子要打肿脸充胖子，学着谢大汉的样子，憋足了吃奶的力气，脸皮胀成了猪肝色，总算是提起两把锁，右手举起一把，脚膝子就像筛糠一样，左手举时战战兢兢稳不住，还没伸直就掉下来，差点没砸着脚后跟，看热闹的人都忍不住哈哈大笑起来。

讲述者：谢玉明　男　48岁

罗阳春　男　59岁　汉族　官垱村农民

搜集整理者：金辉

流传地区：官垱村

搜集时间：1983年

于三嫂的故事

莫退庚帖

于三嫂是嘉鱼县金水河边官垱乡的人，祖籍在湖南长沙。爹爹是闯江湖卖武艺的，有九个女儿，三嫂最小。她爹总望把武艺传给儿子，可是望来望去落了空，又不肯传给女儿。三嫂从小聪明，每天看她爹练功夫；默记在心里，关在房里练，慢慢地“剽学”，练就了钢筋铁骨。

后来，她与于三哥成了亲。“新婚三天不分大小”，于家许多亲戚朋友来闹洞房。有几个好耍的后生子对新娘子伸脚动手，闹过了分，把于三嫂搞烦了，“忽”地一下，从喜床边站起来了，胳膊往两边一抹，顿时分边抹倒两个后生，像倒劈柴一样！人家这才晓得她是个有本事的女将。

三天回门时，于三哥把她的八字庚帖交给岳父老子，说：“你老人家的姑娘这样厉害，太吓人了！日后夫妻过日子，难免斗口舌，要是惹恼她了，我这性命难保，不如好事好落，趁早退了这门亲事。”于三嫂在隔壁房里听了“吃吃”地笑个不停。

岳父望着女婿哈哈大笑；“亏你还是个五尺高的男子汉，怕她做什么？她学的不是正路功夫，我一点都没教。这样吧，你在我这里住上个把月，保证教得你胜过她。莫退庚帖，莫退庚帖啊！”

莫欺堂客

于三哥仗着自己从岳父那里学了“正路功夫”不再怕三嫂了，因为穷日子难过，有时候两口子争吵几句，三哥就动肝火，打过她几回。湾子里伙计们说：“于老三，你莫欺堂客哟，她是有‘打’（有武艺）的咧！”于三哥笑着说：“有‘打’，有个鬼‘打’呀，只看见我打她，没看见她打我哩！”

有一次，两口子又争起来了。三嫂在灶前烧火煮饭，怀里还奶着孩子。三哥火气来了，抄起锄头砸过去；三嫂一闪，让过，锄头把水缸砸破了。三嫂忍不下气，左手把孩子放在柴草堆上，右手叉开拇指食指，捏住三哥的下颚，轻轻地往墙上一抵，三哥板也板不动，喘气都喘不赢。

三嫂不放手，趁这机会劝丈夫说：“老三啦，古话说得有，‘打要打金刚，压要压霸王’，有本事到外面去显，莫欺堂客。我平素让你，并不是怕你咧，我是手太重了，伸出去就要伤人，伤了你，我也于心不忍……”

三哥满面羞愧，从此再不打骂妻子了，两口子勤扒苦做，日子过得蛮和睦。

哪个敢过来

金水河有条小支流，叫刘家港，港上有座木桥。港北边是于三嫂夫妇和一些穷伙计开荒斩草的零星田块，港南边是恶霸张连保家的大片田地，张连保是“圈子会”里的“汉流大哥”，一贯横行乡里，仗势欺人。

有一年遭干旱，刘家港里的水很浅，港北的几户穷人合伙安了两乘龙骨水车，车“递水”上岸救旱禾。张连保的狗腿子狐假虎威地跑过来干涉，硬说港水是张家的，不许港北穷人车，还讲武霸强，要拆他们的水车。

于三嫂听他胡乱嚼了半天，实在忍无可忍了，从车护杠上下来，对狗腿子说：“港是公港两边都车得水，你怎么不讲道理呢？”狗腿子恶狠狠地说：“你一个堂客们，跳起脚来屙不得三尺高的尿，老子是张府上堂堂的管家，跟你有个什么道理讲哪？”

于三嫂气齐了喉，顺手解下头上长长的青色纱头巾，在田一拖，打了个透湿，狗腿子不晓得她在搞什么名堂。于三嫂说“你这不讲道理的家伙，跟我站到一边去！”

一句话还没说完，三嫂把湿头巾一甩，缠住狗腿子，丢过了一条港。狗腿子在对岸堤坡上摔了个“狗吃屎”，半天爬不起来。这边车水的穷伙计们起初大吃一惊，后来咏过神来，一齐哈哈大笑。

再说，狗腿子回去报告主子，张连保不肯落下风，纠集七八个打手要打复架，拿的拿短棍，举的举梭镖，气势汹汹地冲上木桥头。

于三嫂见对岸来了一帮子人，叫穷伙计们只管车水，她麻溜地回家换上了父亲传给她的那双尖头铁钉鞋，也不带棍棒，只把湿头巾捏在手里，两手叉腰，站在木桥上，大声喝道：“你们这帮东西，莫以为穷人好欺负咧，哪个胆子大的敢过来，叫他‘扑地啃草’”！

张连保的“圈子会”里狐兄狗弟多，里面有个冒冲鬼，举起短棍朝三嫂冲过来。三嫂叫一声“来得好”，远远地把头巾一挥缠住短棍，顺手一带短棍到了自己手上，那个冒冲鬼也一个前撺，向前扑倒在三嫂跟前，三嫂提起脚来正要迎面踢去，那家伙一见铁钉鞋，吓得魂飞魄散，就势跪下，连声喊饶命。三嫂心慈，也不想把事闹大，收住脚，往桥上一蹬，“叭”的一声响，扎扎实实的桥板断了一块。她吼道：“没用的东西，不值得一打，快滚！”那个冒冲鬼连滚带爬，捡了条狗命。

三嫂把短棍一插，挡在桥上，冷笑一声说：“还有哪个敢过来吗？”张连保一伙个个目瞪口呆，像一排木雕菩萨，吓着了，哪个还敢动啰。

明日要来的

有一年冬季，一个“贼牯子”摸到于三嫂隔壁邻居家偷东西，被主人发觉了，一声喊：“抓贼哟！”于三嫂麻溜地穿上铁钉鞋，拿起头巾就追。夜里看不见，只有一点点星光，追出村口，那个贼牯子朝于三嫂甩来一把飞刀；三嫂眼尖手快，头巾一掉，“当啷”一声，飞刀落地。“你这个恶贼，还用暗器伤人哪！非要抓到你不可！”三嫂紧追不放。

追出村外，那儿是一片犁坯子田，贼牯子就偷偷伏在犁坯子空里，三嫂寻了一圈，没见人影。她大声吼道：“贼牯子，你要出来咧，不出来，叫我的铁鞋踩到，没得你的活命咧！”

贼牯子一听，吓得心惊胆战，只好爬起来又跑。于三嫂紧追不放，远远地把头巾一掉，缠住他的颈根，扯倒了。追出村来的乡亲们跑上来，把贼牯子捆了，你一拳他一脚，打贼解恨。

这时候，天麻麻亮了，于三嫂走上前去，对大家说，“你们打他几下出出气算了。这个家伙有功夫，只当是给他摸痒。”大家纷纷让开，请于三嫂出手来打。那家伙一见，脸都吓白了，跪下磕头，说："别个随怎么打都可得，这位大嫂千万莫打，饶我一条小命。"

于三嫂给他松了绑，在他背上拍了两下："回去回去！改邪归正，好生做人啊。"那人叩头谢恩，走了。乡亲们议论开了："好不容易抓了个贼，怎么轻易放他走呢？不把点亏他吃，下次又要偷的……"

于三嫂笑了笑，说："你们着什么空急呢？他明日要来的呢。"大家不晓得其中有什么巧板眼，各自回去了。

第二天，果然见那人提着酒肉礼盒，到于三嫂家，一来赔罪，二来请她治背上的伤。大家才晓得三嫂的手确实重，拍两下背都要贼牯子吃草药。

于三嫂好生教训了那人一顿，又跟他治好了暗伤。从那以后，那人再也不做贼了。于三嫂住的村子，家家夜里敞开睡，再没失过盗。

讲述者：蒋桂英　女　57 岁　汉族　官垱村农民

搜集整理者：金辉

流传地区：官垱 金水一带

搜集时间：1983 年

周志健的故事

相传明朝的时候，嘉鱼县官堡乡涂庄周村（今官桥镇独角龙周家）出了个武林豪杰，他的惊人事迹在大江两岸、洞庭南北广为流传。这个人就是周志健。

石首拜师

周志健自小喜欢舞棍弄棒，特别爱玩双锏。到了十二三岁的时候，他父亲就把他送到打师家去学武，哪个晓得，学了两三年，功夫没得多少长进。周志健觉得无脸回家见人，就单身在外谋生。周志健凭着一身力气，上山砍柴换了些钱，在石首县一个小镇上，摆了个小摊，卖些香烟草纸糊口。

一天，周志健正在吆喝叫卖，一个老和尚走到摊前，话没说一句，就推翻了摊子。周志健气得火冒三丈，真想上前把老和尚痛打一顿，但想到自己单身一人在外，功夫又不效，只好忍着性子把撒在地上的东西捡起来，重新摆好。其实，这个老和尚是附近寺里的一位武艺高强的法师，法号叫“悟真”。他因年岁已高，想收个徒弟。悟真法师几次留意周志健，觉得他为人忠厚，身体扎实，能吃苦耐劳，这次是故意跟他找麻烦，来试试他的心的。悟真法师看周志健很有耐性，是块好料子，就把真情告诉了他，叫他第二日去寺里。

第二天，周志健按法师指点的地点，来到一座古庙前，只见庙口紧闭，四周无人，周志健没得法子，只好纵身跃过一丈多高的院墙。走进殿里一看，法师正在困瞌睡，周志健站在那里等了个把时辰，法师才慢慢醒来。周志健连忙上前施礼，法师叫他去后院做饭。周志健来到后院，看到只有锅灶，没得柴火，一时想不出法子，站在那里发痴。过了一会儿，法师来到他身旁，指着一片竹林，三步两步走过去，伸手握住一根碗口粗的竹子，轻轻往上一提，竹子连根扯出了地面，接着拿到手里轻轻一搓，整根竹子顿时成了麻絮，周志健十分惊奇，忙跪拜在地，要法师收他做徒弟。

从那以后，周志健在庙里，一边侍奉法师，一边刻苦练武，几年后，周志健已是身手非凡了。

监利收徒

师傅百年以后，周志健下了山，来到监利县城，还是摆小摊谋生。这一天，一个十一二岁的男伢来到摊前不分青红皂白动手就掀。周志健坐在摊子后面捏住摊架，暗暗运劲，摊子纹丝不动，那男伢扑得上来就乱抓东西。周志健忙拦住他："小伢，你我无冤无仇，为什么事要毁我的生意？"那男伢两手往腰上一叉，瞪起眼睛说："毁你生意？我还没要你滚呢。"说着又要掀摊子，周志健起身，一把拉住了他。那男伢气得一甩手叫了起来："你是不是要讲打？"周志健赔笑说："什么样打法呢？"那男伢撇了撇嘴："每人打三拳。"周志健笑了笑说："哪个先打？"男伢晃了晃胖胖的脑壳："我年纪小，当然我先打。"周志健没在意："可得。"那男伢听了暗暗运气，扑上去当面就是一拳，周志健顿时觉得眼花，不由得连忙打桩运气接下了后两拳。那男伢三拳出手，见周志健上身不摇，下身不晃，既惊奇又害怕，"扑通"一声跪倒在地。周志健弯下腰边扶他边说，"我那三拳就免了，你还是快回家去吧。"那男伢还是不动，周志健觉得奇怪："你是哪家的细伢？家住哪里呀？"那男伢低着头，细声细气地说："我父亲姓张，在镇上开榨房，当地人喊他神榨张。我自小跟父亲学武，不晓得天高地厚，今天犯在师傅手上，还望师傅你大仁大量。”周志健蹲下身子，拍了拍男伢的肩：“练武之人应该讲究武德，你要晓得天外有天，人外有人啊。”那男伢忙拉住周志健的手：“我要拜你为师，收下我吧。”周志健摇了摇头，叫他快走。那男伢看周志健不答应，就呜呜地哭了起来，周志健看他顽皮可爱，学艺心切，就高兴地留下了他。

沙市结友

过了不久，周志健来到沙市，在一家杂货店里当伙计。

一天，店里来了个青年人，这人拿出几个铜钱往柜上一按，那铜钱就钻进木板三分。周志健一看，晓得是来寻事的，就客气地跟他打招呼，顺手往柜台上轻轻地一拍，陷进去的铜钱一个个都弹了出来。那人一看，趁势从柜台底下来了一插掌（即插手、气功、能将人内脏取出）。周志健早有防备，提起桶子（即运气），那人只觉得手腕一震，骨头丝丝直响，不禁大吃一惊：“师傅，好功夫。”边说眼睛边转，想找机会动手。周志健一看，晓得他心里不服，就指着店中顶梁一颗五寸长已没入四寸的钉子说：“你要是能用两指把钉子夹出来，又能防备别人的手脚，我拜你为师。”那人心想：“凭我功夫取下钉子还不是坛子里捉乌龟，手到现拿？店里又无第三者，你就是有天大功夫，离这么远，想做手脚也来不及。”想罢纵身往上一跃飞快地摘下了钉子，那人得意地笑了起来，扬倒个脑壳要周志健跪下行礼，周志健用手指夹着两块小布片，伸到那人跟前，那人一低头，见自己裤子上留下了两个圆圆的小洞，非常惊奇。原来，周志健乘他飞身取钉的时候，迅速掏出两支带索的飞镖，射穿了他的裤腿子，既不曾伤及皮肉，还连镖带布片收回手中，那人吓出了一身冷汗，连忙下拜称师父，周志健扶起他说："你的功夫也不错，我们从今以后兄弟相称吧。"

独角龙灯

周志健在沙市一面做生意，一面以武会友，名声越来越大了，许多年轻人都赶来拜师学艺。在朋友的帮助下，周志健办了个武馆，取名"武帮会"（"五帮会"的成员主要由嘉鱼、蒲圻、咸宁、武昌、崇阳五县组成），公推周志健做会长。"五帮会"专门扶危济困，替百姓出力，大得民心。当时沙市还有好几个武馆，他们对"五帮会"的行为很是佩服，做了一块金匾，匾上写着"盛武懿德"四个金光闪闪的大字，送给了周志健。沙市当时就流传着这样一首民谣：沙市出了周志健，好人有了万万千。

后来，周志健辞掉了会长职务，回到了涂庄周村。乡亲们都说："今年年成不错，又赶上周武人回来了，真是双喜临门，大伙一定要庆贺庆贺才是。"商量来商量去，最后决定按照沙市人送给周志健的一个玉雕龙角，扎一条别具一格的龙灯，到四乡玩耍拜年。龙灯扎成了，十几个年轻力壮的小伙子兴高采烈地耍着来给周志健拜年。只见玉雕的独角龙头晶莹剔透，龙额上镶嵌着显眼的"王"字，龙下额悬着一条彩旗，上面写着"天下第一"四个大字，龙把一律用铁丝捆扎，木把下面装着铁掌。龙灯上到院前，不靠墙歇，只用铁叉戳在地上。周志健看了看，指着旗子说："我看还是用湖北第七吧"。

从这以后,周志健与独角龙灯的名声越传越远,涂庄周村也被人称为“独角龙周家”。一直到今天，独角龙周家每年农历正月玩龙灯，龙头都只有一个角，这在《嘉鱼地名志》上还有记载哩。

虎穴脱险

俗话说：人怕出名猪怕壮。周志健的名声传出去之后，有好些人羡慕，也遭到了少数恶人的嫉恨。江南有个姓王的地痞外号叫“王老虎”，仗着自己有些功夫，又有钱有势，就横行乡里，称霸一方。当地百姓对他又怕又恨，听说嘉鱼有个爱打抱不平的周志健，武艺高强，有人去请他出面为民除害。这消息传到王老虎的耳朵里,他气得咬牙切齿,发誓要杀死周志健。

这天，他让人传信给周志健，要他孝敬一千两银子，三日内送到。周志健想了想，决定走一趟，会一会这个“老虎”。周志健来到王家，只见院门敞开着，一个人影也没得，觉得奇怪，就小心地向第一间屋走去，刚到门口，就听到一阵风卷着一团五颜六色的东西扑面而来，几百只锦鸡张牙舞爪地盘旋在周志健的头顶。周志健踮起脚尖，反身两手抓了两只锦鸡，以鸡挡鸡，顺利地过了第一关。第二间屋中央过道上铺着一层绿豆，靠墙排了两行全身披挂的家丁，他们架着刀剑，一个个横眉怒目，杀气腾腾。只见周志健心不慌、腿不颤，提起真气脚点绿豆，手分刀丛，若无其事地走了出去。来到第三间屋，王老虎就迎了出来，屋里摆着一桌酒席，转圈摆着五大三粗的汉子，整个屋顶都用铁丝网扎得结结实实的。王老虎假笑着请周志健入席，酒过三巡，周志健突然哭了起来，王老虎冷笑着问他为么事伤心，周志健边抹眼泪边说：“我今天冇带银子，只怕是回不去了，可怜我一身好功夫就这么完了。”王老虎忙问他懂哪些武艺，周志健哭得更伤心了：“十八般武艺我哪样不会哟？”王老虎叫家人搬出一对双刀，周志健拿起双刀掂了掂嫌轻丢在一旁。王老虎又叫人抬出一杆方天画戟，周志健轻轻抬起画戟，叹着气说：“只可惜我那对如意双锏没带来。”王老虎气得叫家人到后院抬来了一对几年没动，满是灰尘的青铜双锏。王老虎说：“这锏每把三百多斤啊。”周志健说：“这还差不多，不过我还有一个要求”，王老虎叫他快讲，周志健说：“你拿一筐抹有石灰的黄豆来，在我玩锏的时候，叫人往我身上撒，要是有一个白点子沾到我身上，任你杀、任你剐。”王老虎听了，忙叫家人搬来一筐拌了石灰的黄豆，对周志健说，“你穿的是黑衣，要是你能不沾一点石灰印，我不要你的银子。”周志健点了点头。语音落地，周志健站在屋中间，拉开架子，舞起双锏，满屋寒光卷作一团，只见刀光，不见人影。周志健边舞边高声叫道：“快撒黄豆来助兴。”王老虎站在一旁，奸笑了一声：“死到临头，你还得意？”他一边叫家人往周志健身上撒豆子，一边阴倒派人里三层外三层地围倒房子。周志健挥锏拨开像雨似的黄豆，只听得叮叮当当，豆子纷纷落地。满屋都是飞扬的灰雾。周志健趁机夺过石灰筐，朝酒席撒去，众人惊得狂呼乱喊。周志健纵身一跃，挥锏朝屋顶上用力一捅，破开了天罗地网，飞身上了屋顶。王老虎气得揉着眼睛直跺脚，周志健回身一甩手，那两把锏不偏不斜，正好插在王老虎的面前，把个“老虎”吓出了一身冷汗，等他醒悟过来，周志健早跑得无影无踪了。从此以后，王老虎虽终没有归正，也改了不少邪。

擂台比武

有一年秋天，沙市来了个武艺高强的外地女子，她摆下擂称接连两天都没得人打赢她。沙市几个武馆联合起来找“五帮会”，要请周志健出山。周志健这时已年近花甲，他担心自己力气不支，怕有个闪失叫后人笑话。到了第三天，那女子看擂台上冷冷清清，就四处扬言要“脚踢‘五帮会’，拳打周志健。”“五帮会”的弟子们一听，肺都气炸了，他们气冲冲地来找周志健，要他上台出出这口恶气。周志健摇了摇头讲：“自古以来男不跟女斗，何况我一大把年纪的人了，让她说去吧。”徒弟们听了，很不服气，又不敢意气用事，只好忍着回去了。三天期已满，那女子还不收擂，逢人就讲：“都说沙市有个独角龙，我看不如把那只角撇了。”徒弟们再三来找周志健，周志健还是不答应。人群中不晓得哪个气呼呼地说：“师傅不答应，我们都去跟她拼了，免得被人看不起。”有几个人转过身就要往外走。周志健沉着脸说：“你们谁也不准动，要让我上台容易，得依我两条。”众人忙叫师傅快说。周志健捋了捋胡子，不紧不慢地说：“这第一，你们每人准备一顶白帽子，明天戴着去看擂台比武，第二，你们不经我同意，任何人不准上台。”众人忙说可得，就是在背后叽叽咕咕，说擂还没打，先就戴孝，个个都窝着一团火，捏着一把汗。

第二天，看打擂的人突然多了起来，台下黑压压的一大片，站在台前的好些人，每个都戴着一顶白帽子。女擂主在台上等了半天，还不见有人登台，渐渐放下心来。接着哈哈大笑，扬着脑壳说；“本擂主就要收擂了，后会有期。”话音还冒了，台下有几个人觉得头顶上像被么东西点了一点。于是，你看看我，我瞄瞄你，就这一转眼的工夫，一个影子在台上一闪就不见了。只听到那女子在台上低头抱拳说：“本人甘拜下风。”转身退下了擂台。台下看打擂的人糊里糊涂地散了。徒弟们都好生奇怪，边往回走边议论开了，有人说好像上去的是一个身穿黑衣的蒙面人，不晓得是从哪里飞上台的？那女子就败下了台。徒弟们回到武馆，见师傅坐在堂屋里，就高兴地跟他讲了起来。有几个胆大的，还埋怨师傅说话不算数哩。哪晓得，周志健听了，微微一笑说：“那有什么事了不起。”一个嘴快的徒弟顶了一句：“那你怎么不敢去呢。”周志健说：“你们把帽子取下来看看。”徒弟们取下帽子一瞄，有几顶帽子上出现灰印子，大家越瞄越糊涂。周志健说：“那个蒙面大汉乘你们不备，踩着你们几个人的头上了台，教训了一下那女子，不过，丝毫没伤着她。”众人恍然大悟，齐声喊道：“师傅，原来您就是那位蒙面大汉。”

洞庭遇难

那时候，世道艰险，民不聊生，洞庭湖里常有绿林强徒打劫船只，行凶作歹。一些船家就请求周志健出面保护，于是得罪了湖中的大头目。这个大头目生得结实，识得水性，长得一脸大胡子，用两只金钩把胡子挂住，饮食才能进口。因此，江湖上人称金钩李胡子。

这一年正月里，周志健想到自己年过花甲，打算回嘉鱼隐姓埋名，安度晚年，从此再不与人争斗。谁知从岳州上了一条黑船，船行至湖中，四面水茫茫，突然，一群蒙面人，抛出绳索，把周志健紧紧套住，然后遮住他的双眼，绑上石头，把周志健沉下湖底，这正是金钩李胡子一班强徒干的，前后不过一刻工夫。俗话说，“明枪易躲，暗箭难防。”名扬大江南北的一代武林高手周志健，就这样离开了人世。

至今，周志健的故事知道的人不多，只是在《嘉鱼县地名志》上有着一段记载：“独角龙周，村名。传说，此村有个叫周志健的人，武术好，曾在沙市打擂出名，别人赠给他一只玉雕的独角龙。后来，此村每年农历正月玩龙灯，龙头上都只有一只角。”

讲述者：周祥斌　男　40 岁　汉族　官桥镇教师

搜集整理者：周祥斌　屈明仙

流传地区：嘉鱼县

搜集时间：1988 年

鲁定光的故事

鲁定光是嘉鱼西粱湖边人，他有一身真功夫，爱打抱不平。

有一年，从武昌来的十几个强徒，霸占湖汊，强收水课（税金），四方百姓恨死他们，可又敢怒不敢言。鲁定光听说这事气愤万分，不顾家里劝阻，一个人去找那帮人算账，哪晓得那帮家伙都是他原先的徒弟。他更是怒火三丈，闯进了匪窝。那帮徒弟早就要算计师傅，好称霸一方。鲁定光见面第一句话就说：“听着，我不是来送水课的。”强徒们说：“哪里哪里，师傅来了，是接都接不到的客。”说着把他引进九重门，每过一门关一门，到了最后一个堂屋，一桌酒席早已备好。这哪里是招待客，每一块大肥肉上插一把尖刀，请师傅吃肉。鲁定光操起一把尖刀，将肥肉送到口里，嚓嚓嚓，肥肉内暗藏的铁签都被他嚼烂。强徒见事已败露，蜂拥而上，杀气腾腾。

鲁定光想，在这里，我纵有天大的本事也施展不开。他撕开衣襟，“唰唰”抽出两把尖刀。“唰”一个飞腿扫倒近身几个，“呜”地一下腾空升起，双刀并举，劈开屋顶的铁丝网，跳上屋顶。

人有失手，马有失蹄。鲁定光刚刚出屋，一头栽进了强徒们事先挖好的葫芦坑。坑里插满竹签，放了毒蛇，强徒们一起赶来，刀枪棍棒齐下，任有钢筋铁骨也难招架，鲁定光奄奄一息了。

这时，一个强徒说：“师傅完蛋了，有竹签，有毒蛇，有死无生。”强徒们都放了心，一拥喝酒去了。

鲁定光慢慢挪动身子，摸出布腰带夹层里的斗骨丸，吞下之后，猛吸一口气，震得全身一阵骨头响，爬在他身上的毒蛇纷纷落下。他爬出坑来，挪到了间茅草屋前，见一位老妈妈在纺线，就要了一只碗，在茅坑里喝了五碗大粪，吐出毒汁，才缓过劲来。忽然喊声四起：“抓住鲁定光！”老妈妈赶忙提来两捆柴火把他盖上，自己照样纺线。进来的人盘问了一番，不见人影也就走了。

鲁定光的斗骨丸，是祖传秘方，曾用来为乡亲们治病，药到病除，现在用到自己身上，只消半个时辰就恢复如初。他起身整整衣带刀剑，再三跟老妈妈道了谢，转身出了茅屋。

眨眼工夫，他神一般出现在强徒们的酒桌前：“龟孙子，你们恃强欺弱，坑害百姓，恩将仇报，谋害师傅，今天要你们偿命。”强徒们狗急跳墙，紧紧围住他。鲁定光退到一块空地，解下腰带，一头系一块大石，瞅准机会丢开，快速旋转起来，像流星一样打得强徒们血肉横飞，死的死，伤的伤，剩下的急忙逃走。鲁定光抓住一个，逼问水课银子藏在哪里，他如实讲了，才留下他的狗命。

鲁定光回去后，首先酬谢救自己的老妈妈，然后将水课银子分还给众百姓，自己发誓，从此以后，再不收徒弟，免生后患。

讲述者：陈安民　男　65 岁　汉族　潘家湾镇农民

搜集整理者：余鸿

流传地区：潘家湾镇

搜集时间：1987 年

张九蓬的故事

张九蓬是嘉鱼人，力大无穷，武艺高超。他本不叫张九蓬，这名字是怎样得来的呢?

有一次，一只官船经过嘉鱼，忽然桅杆上的帆篷垮下来了，船上官人忙叫差人下锚停船，把蓬扯起来。差人们拉了半天，九节船篷太大太重，怎么也扯不上去。正好张九蓬从江边路过看见了，他哈哈大笑说："叫你们船主喊我一声师傅，我帮他扯上去，官人不肯丢面子，命差人又胡拉一气，还是拉不上，没得法，只好向张九蓬作了一个揖："请师傅帮忙。"张九蓬扒开无用的差丁，三下五除二，几下子把九节大蓬拉上桅尖。从此以后，人们都叫他张九蓬。

讲述者：任立普　男　25 岁　汉族　护县村农民

搜集整理者：汪身明

流传地区：护县洲村

搜集时间：1985 年

汤撞杆的故事

汤撞杆是嘉鱼一条好汉，气功厉害。说起他的名字还有一段故事。

汤撞杆很穷，有个老母靠他养活，家里很久没吃到油了，母亲心里不好过，眼睛也昏花了。杨撞杆来到油榨房，想赊点油回家孝敬老娘，老板故意刁难他说："小伙子，经得起这一撞杆吗？撞一下就是一斤油，不要钱。"汤撞杆把胸一拍，"可得。"他憋足了气，站得稳稳当当。老板命三个帮工握住沉重的撞杆往他身上猛地一撞，他惊也不惊，又撞了一下，他动也不动。最后老板和三个帮工一齐来，足有千把斤力。只见汤撞杆猛地一挺肚子，把四个人带撞杆甩出丈把远。他提起三斤油，大摇大摆地走了。从此，人们就叫他汤撞杆。

讲述者：任立普　男　25 岁　汉族　护县村农民

搜集整理者：汪身明

流传地区：嘉鱼一带

搜集时间：1983 年

徐道士之死

传说徐道士是簰洲蛮有道法的人。

有一天，他要女儿挑着花篮到江边去挑水，并嘱咐女儿不要在竹簰上挑。女儿点头答应着，挑起花篮来到江边，担水码头全被大小船只和竹簰塞满，怎么办呢。

这时，一个高大的中年男子来到她跟前，问她有什么事。姑娘见这人没得恶意，就说是来挑水的，并请中年男子让出一个空位子。中年男子要她就在他的竹簰上挑。看着中年男子一脸笑相，姑娘忘了爹爹的嘱咐，就挑着花篮上了簰。

中年男子问姑娘花篮怎么样担水，姑娘笑了笑说保证滴水不漏，还说出了爹爹教给她的法术。

姑娘果然用花篮挑了一担水，上了坡。那汉子暗暗吃了一惊，心想："强中还有强中手，姑娘的爹爹法术在我之上，我要如此这般。"他眉头一皱，马上换了衣裤，跟在姑娘身后，姑娘进了屋，他就隐身在屋梁上。

姑娘进屋，喊了一声爹，把一担水倒入水缸里。徐道士闭倒眼睛，口中念念有词，双手做了一个神速的动作，就把法术收了。

这一切被跟踪来的中年男子看在眼中，心里很是嫉恨，当时起了毒心，要害死徐道士。徐道士不知道屋里进来了生人，他睁开眼睛拿过一本兵书来翻看。中年男子见有机可乘，连忙用手轻轻拍了三下，三根五寸长的钉子从不同位置飞向徐道士头上，只听徐道士“啊”的一声，兵书掉落在地，只觉得两眼直冒金星，赶忙双手抱头。女儿闻声从里屋跑出来，扶着爹爹大声呼喊。发现爹爹头上有三根长钉，急得大哭起来。

徐道士忍着头痛，要女儿莫哭，问女儿今天挑水遇上了什么可疑的人，在哪里挑的水，女儿一五一十都告诉了徐道士。

徐道士心里有了数，叫女儿到厨房里把大蒸笼准备好，拿几条芦席把厨房，前后门窗都关紧封死，任何人喊门都不准进来，不然他的性命难保。

姑娘按爹说的一一办好了，徐道士就坐进蒸笼里，盖紧盖，叫女儿把芦席一片篾一片篾地拆着烧，千叮万嘱说不能熄火，就开始蒸起来。

那个中年男子对徐道士下了毒手，然后跑到江边竹排上就起锚赶路。竹排走到河当中，突然一根接一根地脱开流走，他暗暗吃惊，晓得又是徐道士作的法。连忙把竹排划回岸边，急忙回转到徐道士家门口，只见门窗都关得严严实实。他用银钱买通隔壁一位老婆婆，要她敲开徐道士家的门。

老婆婆用拳头把门擂得通通响，徐道士的女儿听得不耐烦了，连忙放两片篾在灶里，气愤地把门打开。就这开门的一会儿，那中年男子已看清了屋里的一切，他吹了一口气，便偷偷地溜走了。

姑娘开门问老婆婆有什么事，老婆婆说有人找她爹，回过头来一看，连个人影也没得。

姑娘这时晓得事情不对，赶忙进屋，只见灶里的火熄了，怎么也弄不燃。她慌忙揭开蒸笼盖，见爹爹头上的钉才冒出来一半。

“爹！”“啊！”徐道士猛然睁开眼睛，发现蒸笼盖已被揭开，火已熄灭，屋里多了个隔壁的老太婆，就晓得被破了法，叹了一口气，伤心地对女儿说:“我的话，你……你放到哪里去了！”话没说完，就倒下去了。

讲述者：张达银　男　84 岁　汉族　簰洲湾镇居民

搜集整理者：余章银

流传地区：簰洲。

李太清的故事

河边应对

传说，李太清九岁那一年的三月三，学馆的教书先生引了一群学生去踏青，游到一条河边，喊老艄公来摆渡。老舶公说，你们都是读书人，我出个对，对出了下联，送你们过河，船钱分文不收。教书先生见是一个荡船的老头，便没有把他放在眼里，满不在乎地说了声请。这时候，老稍公一手摸着胡须，一手指着湖面说："鳝长鳅短鲢扁嘴。"一下子，先生瞄倒学生，学生望倒先生，半天没有人对得出。只见李太清上前问先生，让他来试一试，不知先生答不答应。先生正下不了台，连忙点头，李太清把手一拱说："老爹，学生献丑了。"老艄公一看来了个送祝米还没出大门的娃娃，也没有把他放在心上。就听得李太清扯开嗓门说："龟高鳖矮蟹无头。"老舫公一听，赶忙架起桨，请大家上船，还连声夸奖李太清："有才，有才。"

讲述者：胡楚兴　男　50 岁　汉族　官桥八组农民

搜集整理者：邓海品

流传地区：官桥镇

搜集时间：1988 年

三十（石）六步两眼桥

传说，皇帝爱李太清有才，就派他到湖广为御花园办些奇花异草，假山怪石，顺便让他回乡探亲。

太清公领了好多银子，行了好多路程，来到嘉鱼，一路上见到的是洪水冲毁良田；听到的是灾民啼哭哀号。乡亲们纷纷前来诉苦，说白知县不仅不放粮救赈，还逼收课税。太清看到乡亲们遭孽，于心不忍，就把办皇差的银子统统散发给穷苦百姓了。

眼看期限已到，李太清回到京城交差，他是花没买一朵，石没采一块，甩着一双空手上了朝。皇帝果然问他事情办得么样？李太清不慌不忙地说："我的家乡有条河，年年泛滥，庄稼颗粒无收，行人交通不便。我想圣明的皇帝是最体谅百姓的，就把银子用来修了一座桥，盖了一座庙，百姓人人称颂皇恩浩荡。"皇帝问："这座桥叫什么桥！"李太清信口答来："三十（石）六步两眼桥。对面山上一座庙，武将要下马，文官要下轿。"皇帝听了蛮新鲜，不但没说李太清的拐话，反而夸奖他会办事哩！

其实呀，太清公只用了三块石头，一块当桥脚，两块做桥面，桥长六步，岂不是三石，六步，两眼桥？山上的庙不过是座土地庙，桥上太窄，当官的非下马下轿不可。李太清还真把皇帝佬哄实了。

后来，有人在桥边立了两个石鼓，把这个地方叫"石鼓岭"。这座桥如今还在，几百年来，一直叫"三石六步两眼桥"，好多人去试过，刚好六步。

讲述者：李廷栋　男　70 岁　汉族　朱砂乡祠堂湾农民

搜集整理者：谢忠告　邓海品

流传地区：嘉鱼县

搜集时间：1985 年

真是太清

嘉鱼李太清是个忠臣，为人刚正不阿，得罪了当权的太监，有人在皇帝面前告了李太清的阴状，说李太清贪赃枉法，发了大财。皇帝听信了谗言，就召李太清进宫，故意说反话："都说你是清官，你家境况怎样？"

李太清脑子一转答道："禀万岁，托您的洪福，我家的日子过得蛮好，有八十人砍柴，七十人烧火，两只盐船跑水，吃水吃了半边江，屋里有千柱落脚，家有万盏明灯。"

皇帝听了心想：这是什么清官，简直是个贪官，马上就要治罪。又一想：先派人去访一访，再杀不迟，当即就派人到嘉鱼。两个官员把李太清的家底打听得一清二楚，连夜赶回京城向皇帝禀告说："李太清说的全是谎言，他家里穷得要死。"

皇帝很奇怪，又宣李太清进宫，先问他一个欺君之罪。哪晓得李太清解释说："我家八十岁的老爹砍柴，七十岁的老母烧火，两只鸭子在河里游，靠它下蛋换油盐，吃水用一个半边破缸，房子是用芦柴；竹子插在土巴里当墙，晚上可以透过茅棚顶上的窟窿看到天上的星星，这就是千柱落脚，万盏明灯呀。”

皇帝听了，哭笑不得，只得连连说道："李太清呀李太清，你真是‘太清’啰！”

讲述者：邓盛贤　男　50 岁　汉族　潘家湾镇农民

搜集整理者：罗会东　余昌鹰

流传地区：潘家湾镇

搜集时间：1987 年

羊子屁股的来历

明朝时候，嘉鱼朱砂桥祠堂湾的李太清，中了进士，当了谏官。那时，老皇帝已经昏头昏脑，听任太监头目张鲸一手遮天，为非作歹，满朝臣子对张鲸又恨又怕。李太清是初生牛犊不怕虎，他上任的第一封奏折，就列出张鲸十大罪状，请求除掉这个祸根。

张鲸晓得这事，恨不得用酱油把李太清卤了吃他。他跟老皇帝神弄鬼弄，给李太清硬栽上个“诬告内臣、欺君罔上”的罪名，打下天牢，要判死刑。

满朝文武听说要杀李太清，都要讨保。老皇帝只好免他一死，责打六十板，削职为民。张鲸又叫打板子的差役，重重下手，想打死李太清。差役们也晓得李太清正直，在打板子时，没有伤筋伤骨，只把屁股上的呆肉打得皮开肉烂。说来也巧，李太清和张鲸都是生庚属羊的，板子打在李太清屁股上，张鲸的脸也麻辣火烧地痛，生了疔疮，烂得流脓垮血。

这年冬里，老皇帝死了，太子接位。新皇帝对张鲸不蛮相信，也晓得李太清遭了冤，就派人把他从老家接回京城，派御前太医给他治屁股，同时给张鲸治脸。

太医按照两人的生庚属相，杀了只羊羔，用热羊子皮给李太清补屁股皮，剩下的给张鲸补脸皮。由于太医手法高明，羊皮与人皮合了，羊毛还没掉哩！当时，天下人都晓得：李太清的屁股张鲸的脸一个样，你说好笑不好笑？

讲述者：张平云　55 岁　男　汉族　县志办公室干部

搜集整理者：金辉　魏均俊

流传地区：嘉鱼县一带

搜集时间：1982 年

拉　纤

有一天，嘉鱼簰洲江边来了个穿布衣麻鞋的老头，跟当地一个捡粪的老汉一起，坐在沙滩上谈话："这江边一带上好的油沙土，怎么不种庄稼呢？""唉，丝篾穿豆腐，莫提！来来往往的官船多，总是抓民伕拉纤，不晓得耽误几多工，荒废几多地，还经常打死打伤人。"

正说着话，来了两个衙役，手里提着皮鞭子，神气五六地喊："老头，拉纤去！""我们这大年纪，怎么样拉得动呢？""无牛捉到狗耕田，你敢不耕？""看你们两个差役罗，像吃了铳药籽籽！你们年轻力壮的，就拉不得纤吗？""屁话，我们是县老爷的左右膀，天生不是拉纤的命！快走，再啰唆，小心皮鞭！"

两个老头没有办法，只好去了。原来，这是嘉鱼的白知县到武昌府逛了一趟，要回县城，叫两个老头拉上水纤。我的天，真遭孽哪！这簰洲大弯是天下有名的，东流的江水在这里绕成个葫芦瓢样子，成了三十里西流，又是“斗”风“斗”水，浪大水急。白知县哪管这些？只顾在船上跷起二郎腿，饮酒作乐，观赏江景。两个衙役左右侍候，像苍蝇巴着牛屎转。岸上，两个老头伏着身子，一步一颤，把纤绳绷得笔直。忽然，那个外地来的老头，裤带子饿松了，裤子垮了，露出了长着白毛的羊子屁股。

嗬！这老头就是微服私访的李太清。白知县瞄见羊子屁股，好半天才定下神来，高喊：“李大人，李大人留步，留步。”

李太清不理不睬，只对捡粪老头说：“老伙计，歇口气吧”他们坐在江边土坎上，白知县急忙叫衙役把船撑拢岸，对两个老头磕头像鸡啄米，口口声声喊：“大人饶命，饶命！”李太清就当没看见一样，对捡粪老头说：“伙计，狗耕田接到耕吧！”又要起身拉纤。白知县和衙役们一听，忙拖住李太清，说：“不不不！你是青天大老爷，我们才是狗崽子，狗孙子。”又磕头求饶。

捡粪老头心慈，他说：“太清公，他们也磕了一阵了，你给个发落吧。”李太清说：“好吧，看在老人家面子上饶你们这一回。我们拉了三里上水纤，只要你们拉三里下水纤，把我们送回去！”

白知县一听，心里暗喜，抢着答应：“听凭大人处置！”李太清又发话了：“莫慌，一礼还一拜，我们刚才把纤绳绷得笔直的，你们拉下水，也不许纤绳打一点弯。”

白知县和两个衙役只好照办。哪晓得下水船快如飞箭，要拉直纤绳，就不是好玩的咧！三个家伙跑得黑汗直冒，屁滚尿流，等到拉到三里路，个个都散了骨架，瘫在地上像三堆稀牛屎。

李太清和捡粪的老头上了岸，冷笑着对他们说："这下晓得拉纤是个什么味了吧！"白知县上气不接下气，说："下官从此再也不敢抓民伕拉纤了！"

讲述者：金秀英　女　45岁　汉族　官桥镇农民

搜集整理者：邓海品

流传地区：嘉鱼县一带

搜集时间：1982年

"金银饼"

李太清回到祠堂湾，乡亲们听说他把白知县整了一家伙，纷纷来向他诉苦说："白知县为了讨好上司，加重了粮税，他不收谷，只收米，米整出来过三四道筛，连一粒半头米都不要。"

这时，白知县拜望太清公来了。李太清一边叫家里人做粑，一边把他引进屋里，说："得亏白知县治民有方，我们家乡的人都吃上了这种'金银饼'，今日我们同餐分食，与民同乐吧。"白知县见端出来的粑儿一半黄一半白，分明是谷糠和碎米粉做的，很奇怪。

李太清把粑儿一掰两块，自己吃米粑，叫白知县吃糠粑。李太清吃了一块又一块，白知县只好陪着吃，吞得白眼珠子直翻，颈根直伸。李太清问："这味道，比你征收的官粮米如何啊？"

知县明白了："李大人，我再也不敢像先前那样征收粮米了！"

讲述者：张平云　55岁　男　汉族　县志办公室干部

搜集整理者：杨振兴　金辉

流传地区：嘉鱼县一带

搜集时间：1982 年

过　江

太清公告老还乡的时候，皇帝踢给他一盏金丝灯笼。有一次，他走到宝塔洲的一个港湾里，见有一只小木船，船的主人是老两口，因为揭不开锅，正在着急。李太清说："我给你们出个主意，把洲上的白黏土装一船，运到江南窑场去卖，赚的钱保险你吃不完用不尽。"船老板急忙把最大的中舱腾了出来，李太清帮忙，挖的挖，挑的挑，不到一个时辰就装满了。

对江陆溪口码头有个抽税关卡，来往船商都叫它是："江上恶霸"。泥巴该不会抽税吧！不料，他们把船迅速驶到了江心，就听关卡上呼喊不停，要船靠岸。卡役们上船见是一满舱泥巴，还是不肯放行。他们拿来铁锹，一锹一锹把白泥翻到江里直到把中舱翻完，也没有应该抽税的物品。卡役又气又恼，令船老板："滚蛋！"

李太清看在眼里，马上拿出金丝灯笼往船头一挂。卡官看到金丝灯笼："哎呀，遇到见官高三级的李太清大人了。"跪拜到船头："李大人有何吩咐？"

李太清说："这一船泥巴是送到京城去给皇娘养花的，你们把它倒进江底，该当何罪！"

"请大人包涵，承认赔偿。"李太清又说："你们是江上恶霸，有的是银子，不要你装一满船，把中舱装满就行了。"

关卡只得给装满了一舱银子，作为赔偿。这些银子都给了那船主人，李太清分文没取。

讲述者： 石正楷　男　78 岁　汉族　鱼岳镇理发师

搜集整理者： 杨振兴

流传地区： 鱼岳镇

搜集时间： 1982 年

解　劝

张善裁和李良秀是一对有名的裁缝师傅，夫妻俩都只有二十几岁，手艺过人，男的裁衣派料，无不精通；女的刺绣编织，更是手艺惊人。

舒员外的独生姑娘要出嫁，亲家是当地的县太爷。一个有权有势，一个有钱有财，门当户对，阔气非常。他们专门把这一对著名的裁缝师傅，请到员外家里做了一个多月。绫罗绸缎、单夹棉衣都一一裁剪缝纫成套，再让李良秀绣些花儿朵儿，鸟儿蝶儿的，更是锦上添花了。因嫁期紧迫，舒员外允许小两口把这一批嫁衣搬到自己家里赶夜工。万万想不到员外嫁女，铺张排场的风声太大，一夜间，裁缝铺里的好衣好物全部被盗。

裁缝夫妻大祸临头了。员外告到县衙，县衙派来差役，二话不说，将张善裁披枷戴锁，关进牢房，立即禀报县太爷："一个穷裁缝，就是倾家荡产也赔不起员外家的嫁妆，要抓张善裁到案，听候发落。"

县官问："他有什么亲戚朋友能借钱相助吗？"差役答道："他有个年轻貌美的妻子，会绣花，人人称赞。"

县太爷鼠眼一转，计上心来。“混蛋，丈夫犯法，妻子同罪，为什么不抓女的？”邪火熏心的县官看到这笔官司有机可乘，便亲自上门对李良秀要挟引诱，但他又怕走漏风声，不着官服穿便袍，不坐官轿骑白马，不带衙役带家丁，直接到李良秀家问案。天将黑，市上稀稀落落有几个行人，都觉得惊疑，往裁缝铺里一看，原来是身穿便服的县官逼得李良秀哭声不止。人群中有一位老人上前解劝道：“裁缝姑娘，你现在哭死也没用，倒不如请县太爷到你房里去，看看有什么值钱的绣花衣物，抵抵债，和了这场官司吧。”

家丁赶散了看热闹的人。县官跟随李良秀从堂屋走进内间，正想“单独问案”，头上碰到一个不软不硬的东西，抬头一看，是一盏御赐金丝灯笼，这才识破刚才解劝的老头子，是见官高三级的太清大人，他急忙跪拜侍候。李太清挖苦说：“说你是高官，你不坐八抬大轿；说你是百姓，你胆敢骑马查案；说你是庶人，你还能带两个家丁，官不官，民不民，清不清，楚不楚……来呀，把这昏官绑上，交上级官府问罪！”家丁不敢动手，县太爷只顾求饶。

李太清又说：“你与舒员外是儿女亲家，众人皆知，盗窃嫁衣一案，分明是诬陷好人，这是第一；第二，你布衣私访是假，逼奸民女是真；第三，你们两亲家倚仗权势，利用儿女婚事，敲诈勒索老百姓的钱财。这三条都犯了王法，你可知罪？”“下官有罪，求大人宽恕。”

李太清吩咐：“道台有令，聘张善裁、李良秀为绣庄老师，即日起程，把你家办婚事勒索来的财礼拿出五百两纹银，以裁缝铺的房屋作抵。马上放了张善裁，与李良秀团圆，还要披红戴花，敲锣打鼓，当街热烈相送。”

县太爷俯首听令：“照办，照办！”

讲述者：石正楷　男　78岁　汉族　鱼岳镇理发师

搜集整理者：杨振兴

流传地区：鱼岳镇

搜集时间：1982 年

上 街

李太清到州府城里老表家作客，老表家开的是丝烟铺，见是他来了，热情接待，因娘子不在家，便亲自进厨房去做好菜招待客人，暂且让李太清看着铺面。柜台前来了一个手提长烟杆的顾客，他凶神恶煞地说："把上等丝烟拿一点出来，我要先尝一尝味道。"李太清早就知道他是个地头蛇，作恶多端，残害百姓，依然不动声色，装出丝烟铺伙计的模样，给这家伙端椅请坐，敬茶问安。

地头蛇以为他是新来的烟师傅，越发威风起来，坐在椅子上把二郎腿一翘，身子往后一靠，鬼脸一板，五尺长的竹烟杆往胸前一架："来，跟你家老爷装好丝烟。"李太清照办了。"少了，装满一点。"李太清照办了。"把烟锅扶正。"李太清照办了。

"拿火来，跟老爷点燃。"李太清再也忍耐不住了，顺手狠狠朝地头蛇口中猛一戳，前嘴巴进，后脑壳出，通了个对过，地头蛇"呵"地一声嚎叫，当即流血不止，死了。

老表从厨房进来一看，心直颤，手发抖，脚发软。李太清说："你不要怕，这家伙是个千夫怨，万民恨的地头蛇。你现在依我一件事，请几个农民，从街头到丝烟铺的路上洒遍大粪，回头再打官司。"老表一一照办完毕。

果然，州官衙役前呼后拥来了，远远看到丝烟铺大门中间高悬一盏金丝灯笼，知道是太清大人进城了，只好立即下轿，带着所有随行人员，沿街三跪九拜，直抵丝烟铺里向大人问问好：“李大人，我们每人粘了一身大粪并无怨言，只是这人命关天……”李太清叫下跪的州官一行人员起来。他说：“这是个横行霸道的地头蛇，你们知道吗？”“知道。”

“他自己架起五尺长的烟杆，叫我跟他装烟点火，只是因为身体弱，头昏，才一头碰在柜台底下，烟杆刺进口腔，丧了狗命。你们说，该死不该死？”“该死！该死！”州官连连答应。

讲述者：石正楷　男　78 岁　汉族　鱼岳镇理发师

搜集整理者：杨振兴

流传地区：鱼岳镇

搜集时间：1982 年

三免三奏

嘉鱼李太清，蒲圻张居正，江夏解缙等在朝官居宰相、少卿、太学士，一向秉公行事，两袖清风，皇帝很信任他们。皇帝看到他们一连几年公务繁忙，很少得闲，就下了一道御旨让他们三人一起回故乡省亲。

李、张、解三人一向在京城都比较合得来，到家以后，也经常互相看望。一天他们三人在一起喝酒。李太清说：“家乡百姓很苦，收成薄，捐税多。”张居正说：“太清兄说得对，像我们蒲沂，连荒山荒岭都要交税。”接着解缙也说他们江夏收水面税逼人。李太清看到他们也是这么说，“我们要设法把山捐、南粮、水课一齐免了。”张居正听了用筷子点着后脑壳说:“这件事怕不大好办，皇上怎么会轻易准了这个奏呢?” 三人就抓耳摸腮地想出了一个好办法。

三人省亲回朝,就带着准备好了的私物去见皇帝。皇帝看到他们回来了，非常高兴，说:“三位爱卿，这次回家，家乡的情况可好?”三人一齐跪下说:“托我主的洪福，这几年倒比较安宁，只是还有些要求。”皇上笑着说:“有什么要求，快请说来。”太清说:“暂且不谈这个，还是先请皇上看看我们家乡的特产。”皇上高兴地问:“什么特产?”太清回答说:“是‘苕糖稀’，这是家乡父老托我们送给您的。”说着就把一个盖着红布的托盘递了上去。皇上揭开红布一看，这哪是苕糖稀，就像一块大金盘，奏章字迹分明。皇上觉得蛮有意思，就一个个地念道:“蒲圻山无米——免赋。嘉鱼无南粮——免税。江夏无水面——免课”。并连连称赞说:“好，写得好。”底下三个人听说后，跪着磕头，一齐说:“皇上准奏，谢主隆恩，蒲圻县境，山山相连，山不能种粮，米从哪里来?嘉鱼湖多鱼多，粮从哪里来，江夏水域宽广，课税很难。刚才皇上看后说‘好’，不就是准了我们的三奏三免吗。”皇上听了心想:一来说了好话难改口，二来觉得他们说得有理，也就依了他们。李、张、解三人就磕头谢恩，山呼万岁。从此嘉鱼、蒲圻、江夏三县就各自取消了山捐、南粮、水课，三县百姓从心里感谢李、张、解三位清明廉正、体贴百姓的好父母官。

讲述者：李廷皇　男　40 岁　汉族　高铁岭镇农民

搜集整理者：李社明

流传地区：高铁岭镇

搜集时间：1982 年

请假修房

明代，朝廷曾发出告示：凡平民百姓，一律只准居住灌土墙房，否则以欺君之罪论处，这灌土墙房，就是全部用薄砖灌土筑成，嘉鱼雨水又多，贫民们是年年做屋年年倒塌，吃尽了苦头。这时，有个在朝廷任官的嘉鱼籍人李太清，他身在朝廷，却能关心百姓疾苦。他就想了个法子，要破掉朝廷的规矩。

每当朝廷事务繁忙的时候，他便请假回家修房，经常如此，年年如此。有一次，李太清又向皇上请假要回家修房子，皇上有些不高兴地说："你为何年年请假修房，而年年修不好房？"李太清照直回答道："禀告皇上，那灌土墙房是又矮又不结实，被雨一淋就要倒塌，年年修年年塌，所以我只好年年请假回乡修房，不然我的父母兄弟就没得安身之处啊！"皇上听了不耐烦道，"你今后就按朝廷房屋的样子去做，看它还倒不倒。""谢主隆恩。"李太清连忙答道。从此，在嘉鱼、蒲圻、咸宁一带首先将灌土墙房改建成了青砖瓦房，人们安居乐业了。

讲述者：陈文洲　男　60 岁　汉族　潘家湾镇农民

搜集整理者：方江才

流传地区：潘家湾

搜集时间：1982 年

肖德儿的故事

请 客

有一年正月间，肖家湾的族长用族上的公款摆酒请客，单单撇开了肖德儿和几个穷伙计，穷伙计们来找肖德儿想法子出口气。

肖德儿一听，哈哈大笑说："急什么？族长不请，我请你们的客。"他对伙计们说了一阵悄悄话，叫他们依计而行，后到竹林里会面。

族长正在招呼摆席，忽听有人喊："快来哟，疯子砸牌位哟！"族长和他的客人都赶到祠堂去压风。只见一个满脸墨黑的疯子在撒脚舞手，大吵大闹。大家把他推出祠堂门，那疯子就往水塘里跑。大家怕闹出人命，又上来捉他。疯子捧了一捧水，把脸上的锅末烟子一抹。啊！原来是肖德儿，族长晓得上了当，赶快回祠堂一看，啊哟！桌上的酒菜一点都没剩了。

肖德儿和一帮穷伙计，躲在竹林中，喝了个肚子圆。

讲述者：胡楚了　男　40岁　汉族　官桥八组农民

搜集整理者：邓海品

流传地区：官桥镇

搜集时间：1988年

各打四十大板

有一个恶财主，人送外号“五阎王”。儿子比他更恶，叫“小阎王”。有一年夏天，父子俩为一点小事扯皮，小阎王打惯了手，顺手一拳把他爹的牙齿打落了。五阎王口淌鲜血，到县衙门告了儿子“忤逆犯上”的罪。小阎王怕吃眼前亏，左思右想想不出好办法。就拿了银子、酒肉，去找肖德儿出主意。肖德儿吩咐他：“你下午来，我还有几句悄悄话要告诉你。”

下午，肖德儿披着一件皮袍，在堂屋里烤火，小阎王进屋刚坐下，肖德儿就附在他耳边说：“我包你赢这场官司……”说着，突然一口把小阎王耳朵咬缺一块。肖德儿接着说：“到了县衙，就说你爹咬你的耳朵，你痛不过把头一摆，才把他的牙齿打落。”

果然，在公堂上，小阎王照着肖德儿的话一说，县官不光只没处罚他，反倒怪五阎王诬告，打了他四十大板。

小阎王原只想平息这场官司，没想到反害他爹挨了打，就把事情经过告诉了他爹。五阎王听后，支使儿子，状告肖德儿“包揽诉讼、离间骨肉”。

肖德儿一到公堂，就反问小阎王：“你说我咬你耳朵，替你出主意，我问你，你去的时候，我在搞什么事啊？”小阎王说：“你披着皮袍子，在堂屋里烤火。”肖德儿说：“县老爷，你看他真会扯谎，哪有六月伏天里穿皮袍子烤火的？”县官把惊堂木一拍，指着小阎王说：“明明是你这家伙诬告！来人啦，与我重打四十大板！”

讲述者：陈柏林　男　54 岁　汉族　新街镇农民

搜集整理者：熊运赐

流传地区：嘉鱼一带

搜集时间：1982 年

卖犁辕

开春后，肖德儿背着一根犁辕，走过财主门前，高声叫卖。财主家正要添置犁辕，就把肖德儿叫进来。财主一看，这根犁辕是好，刨得溜光，还油了桐油。他问："这是什么树做的啊？"肖德儿说："急死笑人树！"财主听这树名蛮新鲜，木色又好，就花钱买下了。

哪晓得，财主家的长工把犁辕安上，下田一用，戳了拐！牛一开步，就把犁辕拉得笔直咯，一松，又成了弯咯，长工过细一看，是一根老黄藤做的。他晓得是穷伙计肖德儿卖的，也不跟财主讲明。财主在田埂上看见犁辕一直一弯，急也不是，笑也不是。他去找肖德儿扯皮，要退货："你这到底是什么鬼东西啊？""我说了是'急死笑人树'吵！"

讲述者：陈柏林　男　54 岁　汉族　新街镇农民

搜集整理者：金辉

流传地区：嘉鱼一带

搜集时间：1982 年

过　江

嘉鱼石矶头有个摆渡的，蛮霸道，强迫过江的人出很高的船钱，当时传着这样几句民谣："石矶头，荡渡船，不要米，要现钱，没得银子没得钱，荡到江心打回转。"肖德儿不服这口气，想整他一家伙。

有一天，肖德儿搭船过江，船荡到江心，摆渡的就向他要钱，肖德儿说："我穷得叮当响，没得一个钱做种，请你做点好事，渡我过去，回来的时候，两趟船钱一事把得你。"摆渡的不理睬，真的把船打荡转身。肖德儿再三央求，摆渡的还是不肯。肖德儿说："你硬是要逼我也没得法，身上只带了七两七钱七，这是我的本钱，把得你算了！"摆渡的收下七两七钱七，才勉强答应，荡他过江。

第二天，县官派衙役来传摆渡的，说有人告他勒索行人。摆渡的来到县衙，只见昨日过江的那个人早在堂上，暗吃一惊，在一旁跪下。肖德儿说："禀大人，他起心不良，强要我的银子。"县官问："要了多少啊？""七两八！"摆渡的争辩说："大人，他血口喷人，昨日我分明只要了他七两七钱七…"啪，县官把戒方一拍："七两八与七两七钱七只有三分之差。你强要银子是实，难道少报三分能减轻罪么？""禀大人，实实在在只有七两七钱七啊。"摆渡的再次喊叫。"放肆，左右，与我将他重打四十大板，多收的银子交出充公！"

摆渡的挨了这顿臭打，再不敢要高价船钱了。

讲述者：陈柏林　男　54 岁　新街镇农民

搜集整理者：金辉

流传地区：嘉鱼一带

搜集时间：1952 年

卖猫

有个财主，家有百万，就是死舍不得，对别人算计了又算计，想鬼点子揩油喝血。肖德儿有一回提着个布袋从他家门前走过，财主婆看见，就想捞点油水，扬着脑壳嚷："哎，你这个过路的提的是什么货啊？"肖德儿故意把袋子换个手，用身子遮住说："没得什么货呢！""来来来，我看看！"财主婆一喊，肖德儿只好拢去。财主婆打开袋子一看，是只长得油抹水滑的好猫，问肖德儿："这猫卖不卖？""你要猫做什么事啊？""我屋里的猫早两天死了，想买这只呢！你要几多钱哪？"肖德儿说："我是个打零工的，又不专门做猫生意，只要你捂顿好的我吃，就把这猫把得你。"财主婆心里一盘算，倒也划得来，就叫手下人端出干鱼腊肉和烧酒来给肖德儿吃。

肖德儿吃得饱饱的，猫儿倒饿着肚子，闻倒鱼肉味，就"瞄瞄"直叫。肖德儿把猫儿脑壳一扒，骂道："'瞄'啊'瞄'啊，'瞄'个鬼，我看你一点都不'妙'，把我屋里一窝小鸡都吃完了！"财主婆一听，忙说："你做点好事，这猫儿吃鸡娃子，我不要了，快提起走，"肖德儿笑了笑，把嘴巴一抹，提起布袋就走了。

讲述者：熊运赐　男　38 岁　汉族　新街镇文化站

搜集整理者：金辉

流传地区：新街镇

搜集时间：1982 年

吊石磙

肖德儿卖猫撮了财主婆一顿好酒好菜吃了，正要回去，财主婆拉到他不让他走："难道尽你白吃我一顿不成？总得跟我做点事啊。"肖德儿问："做什么事啊？"财主婆想难他一下，就说："我禾场上那只石磙，风吹雨淋泥巴壅，怕沤烂了，你帮我把他吊起来晾倒。"肖德儿说："可得！"顺手拿起一根索，三步两步走到一棵大树下，飞快地爬上去，把索子的一头系在树杈上，大喊："你快搬来，我来吊在树上啊！"财主婆说："石磙我搬不起啊！"肖德儿说："你搬不起我就吊不成啦！"说完提着布袋走了。财主婆干贴了一顿吃食，好几天心里还疼哩！

讲述者：陈柏休　男　54 岁　汉族　新街镇农民

搜集整理者：金辉

流传地区：嘉鱼一带

搜集时间：1982 年

自己来对号

财主屋里接媳妇，办起一百多桌酒席，不管什么瓜棚扯柳棚的亲戚都来喝酒，叫附近一带种佃田的，打零工的都来帮忙，肖德儿自然也免不了被拉差来打杂。

一帮穷伙计忙得黑汗水流，弄出山珍海味把这些亲戚六眷吃。他们不光只没得到一句安人心的好话，还“这也没得味，那也不中看”的乱款，那些婆娘们嘴巴更加厉害。肖德儿听了气得颈根箩筐大，想法子想整一下这些只晓得吃不晓得做的家伙。

他跑到一口干塘里，拾起一堆干蚌壳，用围腰兜起，包得严严的，走到女客们坐的屋里，装起笑脸说：“各位亲戚！今日老板屋里办喜事，人挤人，人碍人，难免有失东落西。帮忙的伙计们拾到了，都交到我这里来了，看各位不见了什么，报清楚了来认领。”莫看这些婆娘穿绸挂缎蛮阔气，一个个都奸死了。有的报丢了花手巾，有的喊小伢的鞋落了，有的说掉了银手镯，有的嚷失了金戒指，有些是真不见了一滴儿小东西，就像摘了心肝肺……真是三只游参闹一塘，三个婆娘闹一房，一个个围着肖德儿，拉的拉衣袖子，扯的扯围腰角。肖德儿急忙甩开，往堂屋里跑，这群婆娘也跟着追，看热闹的越来越多。肖德儿见时机已到，一本正经地说：“你们报得太多了，我也分不清，大的小的来对号！”说着，把围腰一抖，一群老婆娘、少婆娘扯开嘴巴，望着这一堆扯开嘴巴的大蚌壳、小蚌壳，好半天说不出话来。

讲述者：熊运赐　男　38岁　汉族　新街镇文化站

搜集整理者：金辉

流传地区：新街镇一带

搜集时间：1982年

糍粑和鸡蛋

肖德儿会嗙白，他叔叔婶娘蛮喜欢听。只是死舍不得，家里蛮富足，从不捂一点儿东西把肖德儿吃。

有一天，婶娘在火塘里烧了几块糍粑，又拿出几个鸡蛋准备冲蛋花吃，一看见肖德儿来了，连忙用小火钳扒些热灰盖住糍粑，把拿鸡蛋的那只手塞进衣摆里。

肖德儿早看到了，心想："你不舍得把我吃，我也叫你吃不成！"他大步走进来了。婶娘假马儿蛮客气，说："肖德儿来烤火，嗙点白听得。"肖德儿坐下来，一边嗙白一边拿着小火钳在火塘里东戳西戳做手势："我刚才看见两兄弟分家，为分一块田，争得不脱乎。老大要这边，老二要那边：老大把老二往这一推，老二把老大往这一揉；这一推，那一揉，两人都动了火气，老大对准老二的腰眼子上就是一拳……"说着朝婶娘腰上打去。婶娘气得骂起来："该死的肖德儿，你嗙白嗙白吵，把我几块糍粑戮得稀烂不说，还把我的鸡蛋也打破……""啊！"肖德儿惊叫起来："我真不晓得你朗家还煨了糍粑，怀了鸡蛋，怎么不早说呢？这真是得罪了你朗家……”说着，哈哈大笑起来。婶娘也只好陪着干笑，那笑相比哭相还要难看。

讲述者：陈柏林　男　54 岁　汉族　新街镇农民

搜集整理者：金辉

流传地区：新街镇

搜集时间：1982 年

上　堂

人都说肖德儿灵活多变，机智过人，县太爷听了不大相信，就派人把他传上堂来。

“听说你蛮有板眼，老爷倒想见识见识，现在我坐在太师椅上，你要是把老爷搞得下来，就算你真正有板眼。”肖德儿眼角一挤，说：“你朗是个老爷，一下子‘帅’在太师椅上，我这个平民百姓怎么样把您搞得下来呢？”接着，他脑壳晃了两下说：“不过，把你朗搞不下来，还是能够把你朗搞得上去的哟。”

“好，好，好，我就下来，我看你怎么样把我搞得上去！”老爷说着，长袖一甩，大摇大摆，走下堂来。

肖德儿大笑着说：“老爷，你这不是下来了吗？”

讲述者：石正楷　男　78 岁　汉族　鱼岳镇理发师

搜集整理者：杨振兴

流传地区：嘉鱼一带

搜集时间： 1982 年

财主吃屁

嘉鱼县过春节的时候，兴出天星，有的地方叫出天方。

这一年正月初一，肖德儿换了身干净裤褂，和几个穷哥们出门拜年。哪晓得上街来就碰到了财主，肖德儿还是蛮客气地对财主说："东家，年过得好啊，恭喜恭喜。"财主皮笑肉不笑地说："一样一样，同喜同喜，这不刚出完星。"财主一边捡场一边有事无事地问："你们乡里人兴不兴出天星哪？"肖德儿随口答应："街上人兴，乡里人也兴啰。"说了车身想走，财主的话把接得好紧："我们街上人出天星是初一早上，开开财门，摆上香案，放一挂万字头，朝东叩首，然后全家人都把口咤倒（张开）。"肖德儿莫名其妙地问："把口咤倒搞什么事哟？"财主得意扬扬地说："这叫'吃乡里'。"肖德儿明白财主在取笑穷人，忍了一口气，因为乡里的习俗，初一初二逢人说好话，讲个礼性，图个吉利。财主偏不知趣，追着问："乡里人出天星有什么不同啊？"穷哥们围成一陀，敢怒不敢言。只见肖德儿笑了笑说："乡里人出天星同样是早晨起来开开柴门，点上香烛，放一挂二五鞭，求天保佑，五谷丰收。不同的地方是乡里人不兴咤口，只兴把屁股翘倒。"财主鼓着眼睛问："翘倒屁股搞什么事？"肖德儿放大嗓门说："乡里人不做的话，街上人咤倒口只有吃屁。""轰"的一声，四周的人哈哈大笑起来。财主初一出天星，闹了个大红脸。

讲遨者： 蔡礼炎　男　65 岁　汉族　退休厨师

搜集整理者：谢忠告

流传地区：嘉鱼县

搜集时间：1988 年

卖 药

一天，肖德儿看见一个财主婆在太阳下捉跳蚤，灵机一动，他就在地上捧起两把黄土，用纸包成几小包，边走边喊："卖跳蚤药哦，卖跳蚤药哦。"财主婆听到喊声，抬头一看，见是肖德儿，就问："肖德儿，跳蚤药几多钱一包？"肖德儿说："我今日早上还没吃饭，只要你给我下碗面，打几个鸡蛋，我就把一包你。"财主婆心想：这一包药少说也能用上几个月，她就满口答应，又生怕肖德儿不愿意，赶快下了一大碗面，打了四五个荷包蛋。

等肖德儿吃完了，财主婆就问："肖德儿，你这药怎么样用法？"肖德儿抹了抹嘴巴说："聊撇得很，你捉到跳蚤以后，把它的口撬开，放一点儿药它口里，过一会儿，跳蚤就活不成了。"财主婆一听，气得眼睛都鼓起来了。

讲述者：熊胡子　男　60 岁　汉族　簰洲湾镇街居民

整理者：熊承波

流传地区：嘉鱼

搜集时间：1987 年

还是吃三餐

有个财主，请肖德儿帮他种田，肖德儿在他家吃饭，每天吃三餐，三餐吃九碗。财主一计算划不来，就和财主婆商量，由吃三餐，改吃两餐，这样就可以节省三碗。改吃两餐后，肖德儿每餐吃五碗，两餐吃了十碗。这个财主又一算，餐数是减少了，但碗数增多了。于是他又和财主婆商量，改吃干饭为吃些稀粥，这样划得来些 。肖德儿却每餐喝五碗，三餐喝十五碗 。财主再算，忙又跟财主婆说：“他吃粥每餐五碗，将三餐改为两餐吧，那就只吃十碗了。” 肖德儿却每餐十碗半，两餐二十一碗。这时，财主和财主婆慌了，又忙来计算。财主婆说：“三三管九你不依，二五一十分高低，算计不来煮粥吃，三餐十五碗，两餐二十一，我是没得法子了！”财主说：“是呀！二十一比九多十二碗，我看还是给三餐饭他吃吧。”财主婆说：“对呀，十二碗可让你吃三天呀。”

讲述者：寿妈　女　54 岁　汉族　白云山村农民

搜集整理者：赵宗文

流传地区：陆码头一带

搜集时间：1984 年

数节气

肖德儿老两口，一生过着勤俭日子，不是逢年过节，人来客往，轻易不称肉，不打酒。

这一天，有位老表来了，进门就喊肖德哥，真是亲热极了。肖德儿连忙叫老伴斟茶。老表说："喝茶倒不忙，今天要跟肖德哥搞点'六七八'，看谁是海量。"肖德儿心里明白，这个游手好闲，到处戳吃戳喝的老表又发了酒瘾。

肖德儿的老婆心肠好，只一刻儿，就把酒菜摆上了桌子。肖德儿把两个酒杯满满斟上。老表鼻子又尖，闻到酒香就慌了神，端起酒盅要"架势"。这时候，肖德儿把手一抬，不急不忙地说："今天我们老表伙里喝酒，兴一个规矩，先数节气数到节气的就喝酒，数不到的不能喝，你看行不行？"这老表心里馋着酒，眼睛瞄到酒，也没过细盘算，随口答应："可得，数就数，哪个先数呢？"肖德儿说："老话说得有，东家不饮客不餐，我开头，你接着，听我的啊，正月里来正月正，爆竹声声迎新春。"说罢举起酒盅一饮而尽，夹了一块肉，吃得蛮有味。

老表看着涎直滴，他接着数"二月里来二月二……"肖德儿一笑："二月二没得节气。听我的！三月里来三月三，清明时节吃鸡蛋。"肖婆婆在一边点头"是喀，地米菜煮鸡蛋，吃了脑壳不痛。"肖德儿又是一盅酒，一块肉。这时候，老表急得不得了，边想边哼："四月里来四月四，四月四……”肖德儿这一回呀，先举起酒盅，放开喉咙说：“五月里来五月五，划起龙船过端午。”话音刚落，把酒盅在老表眼前一晃，喝了个底朝天。“六月里来六月六，六月六……”老表又作了梗。肖德儿问：“六月六是个什么节气哟？”“六月六，晒红绿。对！晒红绿，家家户户不是跟过节气一样？”老表喊起来了，肖婆婆帮着转了一个弯：“是呀！六月六算个节气。”老表张口把杯酒喝得一干二净，一筷子夹了两块硕肥肉。

肖德儿再往下数：“七月里来七月七，牛郎织女会佳期。”肖德儿第四盅酒进了口。

“八月八……”老表又成了哑巴。肖德儿笑了笑：“八月八，没得法！九月里来九月九，重阳佳节菊花酒。”肖德儿斟满了第五盅，笑嘻嘻地瞄着老表。老表这时才醒悟过来，数来数去都是干相，没得他喝的酒，马上就蔫了火，一动不动了。肖婆婆这时说了一句：“哎呀，难怪老表没得劲的，还是六月六喝了酒的咧！”

讲述者：蔡礼炎　男　65岁　汉族　退休厨师

搜集整理：谢忠告

流传地区：嘉鱼县

搜集时间：1983年

圆　信

有一年，嘉鱼县城来了个湖南客，人太老实，做生意折了本，急得没得法，在江边沿打转转，不住地长吁短叹。

恰巧，肖德儿从这里路过，看到了，心里一惊，生怕他寻短见，就上前搭话。那人说：“我姓刘，湖南沅江人，乡里年成不好，找人家借了点钱，出门做小生意，实指望赚它几个，养家糊口，哪晓得我是三十夜里盼月亮——没得指望啰。”肖德儿劝他想开些，天无绝人之路，穷哥们会帮穷哥们的，有什么为难事，只管到肖家湾找他。

后来，姓刘的听了肖德儿的话，改贩干鱼，薄利多销，几个月赚了不少钱，生意越做越发。这时候，刘家的堂客托人从湖南带了信来，带的是四张黄裱纸，上头画着四幅画，没得一个字，哪个也看不懂是什么意思，只好又来找肖德儿哥。

肖德儿接过黄裱纸一看，咏了咏，一拍大胯，不慌不忙地圆起信来。这头一幅，画的是一只乌龟，颈窝伸得长长的，肖德儿说这是望龟（望归）。第二幅画的是龟颈缩到壳子里去了，肖德儿说这是缩龟（速归）。第三幅画的是乌龟背上横着一条鱼，肖德儿眨了眨眼睛，说这是鱼骑龟（逾期归）。姓刘的湖南客心里直咚，忙问最后一幅是什么意思，肖德儿叹了一口气，指着画上的一只张着嘴壳的鸭子说：“呷！呷！呷！（嫁！嫁！嫁！）老乡，快回家吧！回去迟了，你的堂客要改嫁啰。”

一番话说得姓刘的湖南客开了窍，再三感谢，连夜卷起铺盖，打点银钱，启程上路了。

隔不多久，姓刘的湖南客搭信来，说他家人团聚，过得蛮和睦，不光他堂客夸肖德儿，一湾子的人都说湖北的肖德儿有板眼。

讲述者：蔡礼炎　男　65 岁　汉族　退休厨师

搜集整理者：谢忠告

流传地区：嘉鱼县

搜集时间：1988 年

吉二爹的故事

割　山

嘉鱼簰洲有一个穷人，不晓得他的真名实姓，大人细伢都叫他吉二爹。他上十岁的时候，就蛮机溜，又逗人痛，又逗人嫌。

有一年十冬腊月，村里一帮穷哥们，邀倒过河到沔阳去割山。各人挑着铺盖粮食、锅盆碗盏，来到河边。正要上船，吉二爹连跑带蹦地赶来了，说也要去割山。领头的把他的小耳朵一揪："人小鬼大，也想去刮油？"几个好心人转弯："可怜他无爹无娘，就让他去算了，帮忙着个火也是好的。"领头的嫌吉二爹野口野嘴，不讲禁忌，还是不准上船。吉二爹急得赌咒："我当哑巴一句话都不说。"领头的这才让了步。吉二爹喜得不得了，一出溜就窜到船艄去了。

上洲的人到齐了，领头的查问铺盖拿来没有，众人答拿来了。领头的又问粮食拿没拿足，众人说拿足了。领头的再三问有没有漏了的东西，众人说都已准备齐全。刚要起锚，就听得吉二爹在船尾轻轻地叨叨："黑咯，黑咯。"领头的上去就是一巴掌："叫你不说话，你偏说，还没有开头，你就放铳。"船慢慢地向对河划去，吉二爹一面哭一面嚼："黑咯，黑咯嘛！"旁边的人吓他；"快莫说了，还说非把你送回坡上不可！"吉二爹再也不敢作声了。

船靠对岸，人们七手八脚地把东西搬到柴山，搭棚的搭棚，挖灶的挖灶。等到水挑来了，柴火弄来了，就是不见煮饭的大铁锅。领头的左车身一看，没得；右车身一瞄，空咯。急得脚直蹦，火直冒。一群人都痴倒，你埋怨我，我急着你。这时候，一个细伢的声气说：“我说黑咯黑咯，你们不听嘞，还打我一巴掌；我又说黑咯黑咯，你们还要赶我下船，我怎么样还敢说呢？”几句话把大人们弄得哭也不是，笑也不是。

百把年来，簰洲就流传着一句歇后语：吉二爹割山——黑咯。意思是说旁观者清。

讲述者：孙显春　男　30 岁　汉族　县文化馆

搜集整理者：马道怀　屈明仙　谢忠告

流传地区：嘉鱼县

搜集时间：1982 年

骂乌龟

吉二爹是个机灵人，他帮地主干活，不是偷懒，就是想法子提前收工。

在一次农忙季节，地主只顾抢季节，一直到太阳当顶还站在田埂上打着遮阳伞督到大伙不肯放工。

吉二爹干一下活，就四处瞄一瞄。突然，他发现地主脚边上有一个乌龟，就从腰间取出了箭，他没有用箭去射，而是用弓砸，乌龟一见弓落在头前，就一口将弓死死咬住不放，吉二爹弯腰用手往外拉。

地主一见吉二爹又在偷懒，就责怪他。吉二爹指着地主脚尖骂道：“不怪我，只怪这乌龟王八蛋不肯放弓（工）。”

讲述者：任海清　男　36 岁　汉族　高铁岭镇干部

搜集整理者：游道平

流传地区：高铁岭一带

搜集时间：1985 年

巧计救贫

吉二爹听说村东头有一个孤老太婆得了一种病，要一只倒毛鸡作单方。他非常同情这老人，就四处查找，发现地主婆喂有一只这样的鸡。

他走上门去对地主婆说：“我用东西来换你倒毛鸡……”

还没等吉二爹说完，地主婆就破口大骂说道：“你这个穷鬼，还有什么好东西？”

吉二爹一听，非常生气地说：“你看一看我，我还怕便宜了你哩！我的东西是个一生都用不完的宝贝，要不是急着用鸡做单方，我还舍不得跟你换哩！光只你家有这样的鸡，未必别人家就没得？”说完，装作要走的样子。

地主婆觉得有利可图，就连忙拉住吉二爹，赔了很多不是，接着就把倒毛鸡给吉二爹提走了。

过了好大一会儿，吉二爹提着一个破得不能再破了的箩筐，塞给了地主婆。

地主婆莫名其妙地说：“你不是说送一样东西我，一生都用不完吗？”

“你每天吃完肉之后，用它做牙签，戳牙缝，一生能用完吗？”吉二爹这一答，地主婆哑口无言。

讲述者：任海清　男　36 岁　汉族　高铁岭镇干部

搜集整理者：游道平

流传地：高铁岭一带

搜集时间：1985 年

买　布

从前，簰洲街上独有一家布铺，布铺的掌柜生着一双势利眼，有钱人买布，他满脸堆笑，点头哈腰，像亲爹一样；穷人买布，他老着脸，像是该他八斗米似的，扯布不是缺尺，就是短寸。穷哥们恨死他，又拿他没得法，只好找吉二爹。吉二爹摸了摸下巴，眉毛一皱说：“等等看吧。”

这天，财主屋里办丧事，叫吉二爹到街上扯三十丈白布，他眼珠子一转，就出了门。来到一个僻静位置，抓起一把炭灰往脸上一抹，往街上去了。几个穷哥们见吉二爹今天这身打扮，晓得有好戏看，就远远地跟在后头。

吉二爹来到布铺里，把身子往柜台上一靠，一副要死没埋的样子说：“掌柜的，我买布。”掌柜的一看这个人，脸上一脸“陈疙脂”，上身一件破棉袄，下身一条破裤子，浑身不像个买布的相，便冷笑一声：“哼，我看你穷得搭在壁上，买得起布？弯开些，莫靠‘躐汰’了我的柜台。”听到掌柜的挖苦话，几个穷哥们缩头缩脑地挨到了门边，担心地瞄倒吉二爹。吉二爹还是那样说：“我买三十丈布。”掌柜的说：“把你卖了也买不起三十丈布呀。”一句话把柜台里头的伙计们笑得直吼。

门前看热闹的人越来越多，吉二爹挺起腰说："敢不敢下个赌？要是我买得起怎么样？"掌柜的斜着眼睛说："要是你买得起，我再送你三十丈！要是买不起，那又怎么样呢？"吉二爹把胸一拍："我白给你当一年伙计！"掌柜的一看吉二爹身子蛮"结揣"，心想：我正缺一个打杂的，忙对众人说："你郎哪个作证。"几个穷哥们大声说："我们作证。"他们相信吉二爹，准不会输。掌柜的连声说好，把巴掌一伸说："拿得来呀，银子。"

这时，只见吉二爹在身上左一摸，右一摸，上一摸，下一摸。几个穷哥们心里一紧：莫不是在路上把银子搞落了？掌柜的冷笑说："还摸个什么吵，浑身都是空把式。"说完，嘴都笑歪了。这时，只见吉二爹不慌不忙地揩掉脸上的灰，从破棉袄里摸出白花花的一锭银子，往柜台上一"督"，掌柜的当时就痴了，半天才缓过神来："啊，是吉二爹！"

吉二爹笑了笑，对那几个穷哥们说："伙计们，把这赢来的三十丈白布背到，拿回去，捶上吊灰，分给大家做件把新衣好过年。"

讲述者：高秀宇　男　42 岁　汉族　合镇乡黑埠村农民

搜集整理者：高安智

流传地区：簰洲

搜集时间：1988 年

考灵姑

吉二爹村上有个寡妇，耍手玩惯了，肩不能挑，手不能提，天晓得在哪里得了神道，下起了马脚。

有些上了灵姑当的人，气她不过，跟吉二爹打赌，问他敢不敢喊灵姑是他老婆，吉二爹说敢。这些人又说，要喊他一声老婆，她答应才算数，吉二爹拍了胸。

这话一阵风传到灵姑耳朵里，灵姑气死，骂吉二爹不要脸。还说，想我当他这穷光棍的老婆，做梦，要我答应他一声，除非太阳从西边出来。

这一天，灵姑又下起了马脚，一群老人妇女围到她，灵姑从包袱里拿出香纸蜡烛，焚烧禀告 。只见她往桌上一趴，神仙就附体了，浑身直扑，口里搞七搞八，不晓得说些什么名堂。好几个活人从灵姑口里讨来了死人的信，有个妇女大声喊道："哪个问，快抢马！"吉二爹见时机已到，挤上前去，捏倒鼻子，尖倒喉咙说："我问！"灵姑憋倒神仙腔说："问哪个？报！"吉二爹放声大哭起来，说："问我老婆，姓何，睡在角边。"灵姑说："我就是何氏。"吉二爹越发伤心地说："老婆哟，你丢得我好苦哇，害得我日里想，夜里想，不知你在阴曹地府安不安啰？"这时，灵姑也是一副哭腔："我也想你呀。"吉二爹把眼睛一揉，问："仙姑你是不是我的老婆哟？"灵姑答："人嘞，我是你老婆哟！"吉二爹说："你既是我老婆，那我考考你，记不记得我哪边腋夹窝里有颗黑痣呀？"吉二爹刚出口，灵姑"扑哧"一声笑起来，所有在场的男女老少笑得直吼，马脚笑醒了，没得法，只好说了一句："吾神去矣！"灵姑夹起包袱开了溜。

讲述者：蔡名兵　男　48 岁　汉族　簰洲湾镇居民

搜集整理者：陈启照

流传地区：簰洲

搜集时间：1988 年

做媒

一户人家，儿子二十好几了，就是背有点驼，多次托媒也找不到一个姑娘，屋里大人着急。这事被吉二爹晓得了。另一户人家，姑娘二十出头，也因为背不很直，还没找到婆家，屋里大人更发慌，再三拜托吉二爹关心。吉二爹是个热心快肠的人，心想这都是我们穷哥们的难处，我不能不管。俗话说，“瓜配瓜，菜配菜，赖揣配赖揣。”他们一个要补锅，一个锅要补，我就来牵好这根红线。他先到男家去说合，又到女家去挂钩，连两边如何见面，吉二爹都细致地做了交代。两家都感到可以遮丑，说不出的高兴。

这一天，吉二爹引着男伢的妈来看姑娘，走到门口，吉二爹就大声喊姑娘。这时候姑娘正站在一口大水缸旁边，手拿一个水瓢，笑容满面地说：“您老们快请屋里坐，我正忙着淘缸哩！”男伢的妈暗地里拉了吉二爹一把，低声说：“这姑娘生得眉清目秀，五官端正，又会说话又勤快，我是看中了的。”吉二爹说：“你家看中了，还不晓得人家同不同意啊！”男伢的妈直央求吉二爹做好事，帮忙帮到底。

第二天，下了点雨，姑娘的妈来看男伢，还是吉二爹走在前头，到了大门前，屋里没得人，只见后门口立着个人头戴斗笠，身穿蓑衣。吉二爹喊了一声，那人转过身来，手里拿着一把秧，亲热地说：“快请屋里坐，我把这几棵秧栽了，就来斟茶。”姑娘的妈暗地里拉了吉二爹一把，到一边说：“这伢长得浓眉大眼，膀粗腰圆，又懂礼性又能干，我是看中了的。”

这门亲事两相情愿，很快就成了。七月初七，吹吹打打，抬着花桥，男家把姑娘接进了门，拜了天堂拜地堂，拜完天地入洞房。新姑娘坐在床边，蚊帐遮着半边身子，两个人不靠拢，大半天不说话，怎么样办呢？忽然想起吉二爹嘱咐的话，遇到难事就喊吉二爹，说巧也巧，他两个同时喊了一声“吉二爹！”只见房门开了，吉二爹端来两杯酒，笑嘻嘻地递给新郎官一杯，递给新姑娘一杯，高声唱着彩词：

一个会淘缸，

一个会插秧，

郎不嫌弃妹，

妹不嫌弃郎，

七巧结姻缘，

这真是一对好船档。

吉二爹的喜歌，把一对新人唱得喜笑颜开，双双喝了交杯酒。

讲述者：熊自富　男　40岁　汉族　簰洲湾镇工人

搜集整理者：谢忠告

流传地区：簰洲

时间：1983年

行　医

有一个地主，外号叫皮筛子。他做梦都想的是发财，经常想一些馊法子克扣长工们的血汗钱，四邻八乡有不少穷苦人都吃了他的苦头。

吉二爹晓得这事以后，蛮不服气，就约了几个穷人来到皮家帮工。皮筛子见都是些在他家做过长工的老实砣，手段就更辣了。每天，不到五更就逼着他们下地做事，不到深夜不准他们上床睡觉，一天三餐吃的是残汤剩饭。

吉二爹在皮家忍气吞声一直熬到端午节。这天，皮筛子换了一身新衣，要吉二爹扶他到河边去看划龙船。

吉二爹人在河边，心早已飞了。他趁皮筛子看龙船看得正起劲的时候，“阴倒”跑了回来。他一看地主婆正在煮盐蛋，暗中一喜，就一下子闯了进去，装作蛮伤心的样子对地主婆说：“不……不好了，老爷掉到河里淹死了！”地主婆一听男人死了，就像掉了魂一样地向河边哭去……

吉二爹的板眼真多，他见地主婆上了圈套，就同几个穷哥们在一起，过了一个愉快的端午节。

皮筛子两口子，眼珠子都气红了。回来一看，吉二爹走了，盐蛋也没得了，才晓得上了吉二爹的当，只好在留下的长工身上发气，扣他们每人三个月的工钱。

吉二爹早料到皮筛子要来这一手。

一天，皮筛子那出生不久的独根苗得了重病。他烧香拜佛，四处求医，也不见好转。正在他儿子快断气的时候，一个医生来了。皮筛子一见，来人很有派头，戴礼帽，戴眼镜，穿长衫，拄文明棍，料定他的医术很高明，就连忙请他救命。

“医生要是救活了我儿，一定重谢。”

医生一听就淡淡一笑：“我一分也不多要，你一分也不能少给！”

医生拿了一会脉，说：“中邪了！”

说完，就请皮筛子两口帮忙赶邪。

皮筛子按照医生的吩咐，用尽全身力气，把门前那一百多斤重碓臼头踩起一身多高。地主婆按医生的指点，将病儿放在碓窝里之后，就提着一面大铜锣上楼去了。

医生抽掉楼梯对地主婆说："你男人喊声越大，你的锣就打得越响，锣声一定要压住喊声 。"

医生又脱了长衫，摘下眼镜，取下礼帽，丢掉棍子，来到皮筛子身边，吓了皮筛子一跳："你不是……吉二爹吗？"

"你的记性还不错！"

皮筛子恨不得走上前去狠狠地打吉二爹两耳光，可他稍一动脚，那一百多斤重的碓头，就叫他儿子的小脑袋开花。

狗地主只是气得大喊："抓住他！"

地主婆一听丈夫喊起来了，就按照"医生"的吩咐，死命地敲响了铜锣，压住了他的声音。

"听说你扣了长工们的三个月工钱，请你如数付给他们吧！"

这时候长工们从屋里将一个个木箱抬出来。

皮筛子不由狂叫："我的箱子……"可是，他的声音被锣声压住了。

讲述者：任海清　男　36 岁　汉族　高铁岭镇干部

搜集整理者：游道平

流传地区：高铁岭一带

搜集时间：1985 年

捉　猪

吉二爹的岳父是个很吝啬的人。他家有窝小猪长得又肥又大，起初他答应了三个女婿一个人给一头。

猪开槽了，吉二爹高兴得不得了，跑到岳父家就要捉猪。丈人舍不得给他，心里打着鬼主意，叫吉二爹等另外两个女婿来了一起捉。吉二爹发现丈人在耍花招，就跑出去一口气叫来了两个姨夫。

老丈人很清楚三个女婿的底细，三个女婿中，只有吉二爹肚子里没得文墨，就想摆弄他一下，叫他们以风为题，各人作诗一句。说对了就捉猪。

吉二爹早就看穿了岳父的鬼把戏，就说："从大到小一路说来。"老岳父"嗯"了一声。

大女婿说："黄鹤楼上钟声响。"老岳父附和着说："有风则响"。吉二爹应声："天风"（老天发疯）。二女婿说："扯起蓬来不用桨"老岳父说："哎呀，风好大。"吉二爹又应声："河风"（活发疯）。到了吉二爹自己说的时候，他不做声了。老岳父以为他无诗可说，就说："你说不出诗来，这猪你没得份。"吉二爹说："要是一句诗里两处有风怎么办呢？"老岳父不假思索地说："那就捉两只吧。"吉二爹听到这话把大腿一拍，放开喉咙喊着说："有了！"老岳父问："什么有了？""眼睛无眉屁眼胀。"吉二爹做手脚地说。大女婿、二女婿、老岳父一齐说："你这没得风。"吉二爹说："眼睛无眉是"大麻疯"（风），屁眼胀是屎扃不出屁眼封（风）。

老岳父听了目瞪口呆，望着捉走了两个猪娃。

讲述者：郭甫仁　男　50岁　汉族　新街铸农民

搜集整理者：张志奇

流传地区：新街镇一带

搜集时间：1985年

智断龙地

在庄屋岭，有个穷人叫李老实，他家的地与财主的地连在一起。财主存心霸占李家的地，横蛮地说："李老实，你耕断了我家龙脉，破坏了我家龙地，限你五天内拿三百斤酒和三百斤肉赔罪。"

李老实急得吃不下饭，妻子说："光急怎么行，你去找吉二爹去，他有法帮我们的。"

李老实找到吉二爹，吉二爹一听，愤愤不平。他叫李老实回去，到那天把全村人请去，他去给评这个理。

第五天，李老实请了好多人到地边，吉二爹也去了。财主用拐杖指着耕过的地说："你们看，他耕断了我家的龙脉。"大家都不作声。

只见吉二爹走了出来，站在财主面前鞠了一躬，然后用鼻子在地里闻了闻说："老爷，这不是块龙地，是块臭地。"

"放屁！"财主斜眼骂了句。

"不信，老爷请闻。"吉二爹说。

财主真的弯腰一闻，生气地说："一点不臭，你胆敢骗我！"大家见财主那恶样，都为吉二爹捏一把汗。吉二爹不慌不忙说："父老乡亲们，听到了吧，他说地一点也不臭。"又转身对财主说："你说他耕断你家龙脉，耕过五天了，天气这么热，龙还不发臭吗？你说你地一点也不臭，那么龙没死，龙脉也没断哟！"

财主无言对答，气得要死地溜走了。

讲述者：涂四爹　男　65岁　汉族　合镇乡农民

搜集整理者：涂开祥

流传地区：簰洲

搜集时间：1984年

洋糖醮

吉二爹隔壁住着个孤老头，眼看到了端阳节还不见粽子、盐蛋在哪里。吉二爹想帮一把，自己又没得。怎么办呢？他想到金家湾有个放账的金大妈专门喝穷人的血，每年端午节，都要给街上的女儿送粽子和盐蛋，心里有计了。

五月初一清早，金大妈和吉二爹还真会面了，巧得很，又是同路。金大妈一海篮粽子、盐蛋，左手提酸了，右手提麻了。吉二爹见时机到了，搭腔说："金大妈，提这多东西送人情？"金大妈说："嗯！我那姑娘只晓得吃，不晓得做，每年都要磨我。"

吉二爹接口说："女儿女婿在街上开铺子，赚了钱，还不是孝敬您家。"

金大妈说："是也是咯。"

吉二爹又巴结说："您家有福哇！"金大妈喜得合不拢嘴，问："您家贵姓？""我姓杨，叫堂赞。""几好听的名字哟！""名字好听有什么用，没得您家福气好。"两个人边走边说，很快攀熟了。

金大妈手提痛了，走不动了，要坐下歇一会儿。吉二爹忙说："我帮您家提。"金大妈真是巴不得，两个人又一路走一路说。吉二爹越走越快，把个金大妈丢得老远老远。金大妈慌了，死命地喊："杨堂赞嘞，等一下。"吉二爹也喊道："金大妈，不要洋糖蘸，就这样吃蛮好，您家快转去。"过路人都以为他俩在讲客气，谁也没管。吉二爹绕了个弯，把一篮子粽子、盐蛋都送到那孤老头家，让他痛痛快快地过了个端午节。

讲述者：张声严　男　70 岁　汉族　簰洲湾镇居民

搜集整理者：夏祖文

流传地区：簰洲

搜集时间：1985 年

浆被单

吉二爹跟一帮伙计去洲上割芦，他年纪老了，留在棚里捂饭。伙计伴里有个后生说话蛮啰唆，头天晚上就对吉二爹讲："明日我去割芦，你朗帮我把被单过米汤浆一下。"吉二爹答应了。第二天一早起，后生又说："一定记得浆我咯被单哪！"吉二爹说："记得！"早饭后，那后生临出工时，又啰唆一遍："千万莫忘记替我浆被单咯！"吉二爹没好气地说："忘不了哇！”

太阳落山时，割芦的收工回棚子，那后生问：“吉二爹，我咯被单浆了吗？”吉二爹一指棚子边：“那不是咯！”

后生走近一看，被单浆得像条芦席样，硬绷了咯，撇都撇不弯，竖靠在棚子边上。后生急了，问二爹：“哪样浆得哒么硬嘞！”

吉二爹一笑：“嘿嘿，你说了三遍我浆了三遍嘞，我还不照你咯办！”

伙计们听了都大笑起来，逗那后生：“看你还啰不啰唆！”

讲述者：王声如　男　57 岁　汉族　县委大院门卫

搜集整理者：金辉

流传地区：嘉鱼县

搜集时间：1988 年

甩瓜皮

这天，县官来到簰洲，在财主家吃西瓜，县官坐在南边，财主乡绅们在两边作陪。众人刚把开开的西瓜拿起来，县官一摆手说：“品瓜纳凉，我出个上联，请诸位对下联，对上了的吃西瓜，对不上的光品不尝。”众人连忙点头。只见县官眯起三角眼，捻着山羊胡，得意扬扬地念：“前思后想看左卷，书往右翻。”财主们齐声叫好对、好对，唯有站在下头的吉二爹埋着脑壳大口大口吃西瓜。

县官一个个地问，有的答得文不对题，有的东搭葫芦西扯瓢，想吃西瓜又答不出来，涎水流了三尺长。县官摇着手中折扇说：“哼，都对不上来，这瓜由何人来吃？”这时，吉二爹啃完最后一块瓜，拿到瓜皮不作声。县官来到吉二爹跟前说：“人人都说你吉二爹有板眼，原来也不过只会啃西瓜呀？”吉二爹把嘴一抹说：“听我的下联吧——坐北朝南吃西瓜，皮往东甩。”话刚落音，顺手将瓜皮向县官身上一甩，扬长而去。满屋的人瞪着眼睛，无可奈何。

讲述者：佚名

搜集整者：涂开祥

流传地区：合镇乡

搜集时间：1983 年

皮琵的故事

皮琵是从前嘉鱼县簰洲镇上一位穷先生，他读过不少的书，晓得官场中的黑幕和刀笔诉讼的奥秘，就像京戏里的宋士杰一样，爱打抱不平，为弱者申冤，为穷人出气。他又有文才，又有口才，还很会对对子。簰洲一带，至今流传有许多有关他的民间故事。

巧添一笔

从前簰洲跟前有个接兴洲，紧挨长江。洲上长满了丈把高的芦苇，由于经常有人在这里打劫，方圆几十里的人把这里叫下河口。老人们教训那些好吃懒做的人说："懒得做事，只有去挡下河口。"

有一年，十几只运粮的官船从下河口经过，被一大帮脸抹黑灰的人抢走。押船的怕死，只好驾着空船逃跑了。

武昌府听说在下河口抢了官粮，一个文书下到嘉鱼县，要限期按数赔粮。嘉鱼县又一个文下到簰洲，簰洲地方上吓得汗直滴，急忙派人四处查找。查死查不出，找死找不到，没得法，只好"有理三扁担，无理扁担三。"摊到财主富户的头上，平民百姓也按人摊派。

一声令下，簰洲街上的人都来到下河口。当官的拿出上头文书，念了一遍，把摊派的数字一说，财主富户唉声叹气，穷苦贫民，叫苦连天。当官的说，下河口是簰洲地盘，不该簰洲该谁赔?

这时候，只见一个细伢把两边的人一扒，来到中间说："我有法子。"财主富户一看，是个瘦瘦肌肌，细皮嫩肉的细伢，都不耐烦地吼他："大人说话细伢听，别个烦死了！你来凑个什么热闹吵！"人群中有个老头说："有志不在年高，就让他说出来试试看吧。"众人就叫细伢快点说。细伢叫当官的把文书拿出来，看了看，用手指在下河口的口字上说："就在这里加一笔。"当官的不明白，问细伢加一笔有个么用? 细伢说："口字上加一直，不是个中字吗?"

细伢又指了指江对面说："府里县里说，下河口打劫，必与岸边有关，如今是下河中打劫，必与两岸有关。"众人一听，都喜得直蹦。簰洲地方连忙重写呈文，往县里府里送。过了几天，武昌府果然批复，只要簰洲赔一半。

要问细伢是哪个? 就是皮琶，他十二岁的时候就蛮聪明。那些粮食呢? 是那两年遭水灾，百姓们饿得没办法，化了妆去抢的。

讲述者： 王华海　男　60 岁　汉族　合镇乡农民

搜集整理者：马道怀　金辉

流传地区：箍洲

艘集时间：1987 年

对子开喜门

皮琶年轻时，帮邻居办喜事，去女家接新娘。新娘的家乡有个风俗：见到男家接亲的来了，就把大门关上，叫作“关喜门”，要说个四言八句，考考男家帮忙人的口才，对上了才开门发亲。

这一天，皮琶他们一帮接亲的也被关在门外，里面有个老先生出了句上联，叫他们对：“女子为好，十日为早，甘罗十二为丞相，你说他早他又好，你说他好他又早，他又早又好，又好又早。”

接亲的一伙听了，个个急得摸后脑壳，议论纷纷：“这真是个刁对子，前两句都是两个字合成一个字，第三句要说个古人，后面又要配得圆范……”“真不好对呀！”“只看皮琶板眼足不足？”

皮琶眉头一皱，隔门对道：“田共为翼，大可为奇，子牙八十遇文王，你说他奇他又翼，你说他翼他又奇，他又奇又翼，又翼又奇。

里面的老先生一听，连声叫好，赶忙叫人打开喜门。

讲述者：金学藩　男　50 岁　汉族　箍洲镇工人

搜集整理者：金辉

流传地区：箍洲

搜集时间：1982 年

死狗活官司

嘉鱼跑马岭有母子三人，两个儿子推土车养活老娘。虽说日子过得清苦，一家人有说有笑，倒蛮快活。

一天，对门的财主婆怨声怨气地对财主说："老爷，我看你天天马倒个脸，是没得吃，还是没得穿？你看对门那家穷得搭在壁上，却有说有笑，穷得快活。"财主听了咬着牙齿说："看我让他快活！"

第二天，穷老妈妈把晚饭烧好，左等儿子不回，右等儿子不回，一出门打听，才知道儿子碾死了财主家的狗，吃了官司。那财主有钱有势，老妈妈黑天无路，只好哭哭啼啼去找皮琶。

她一下子跪在皮琶面前，求他救救两个儿子。皮琶忙扶起老妈妈，问明事情经过后，气得把桌子一拍，提笔就写："车过如雷吼，死狗当活狗，既然是活狗，为何狗不走？"老妈妈拿着皮琶写的状纸赶到县衙，县官看了以后，二话没说，当场就把她的两个儿子放了。其实，县官心里明白，财主告的是恶状，没道理。

讲述者：王兴海　男　53 岁　汉族　簰洲湾镇农民

搜集整理者：王运好

流传地区：簰洲

搜集时间：1987 年

写对子

年年春节，家家户户都贴对子，送旧迎新，图个吉利。这一年过年，簰洲街上有家纸扎铺，请皮琶写副对联。写对子是要收钱的，纸扎铺的老板奸得很，出钱太少，皮琶故意搞他的手脚，提笔写了上联："纸糊篾扎屋不挡风船不抵浪鬼要"。下联他不写了，老板怄死，说：

"你莫苛德性（开玩笑），哪样只跟我写半边对子，你郎做点好事，把下联写了吵。"皮琶笑着不搭腔。这时候，一家粗货铺老板来转弯，要求皮琶写出下联。皮琶灵机一动说："好，我再写出下联你两家一就（共贴）"，两家老板都点头答应。皮琶挥毫就写："泥塑火烧罐不装茶壶不斟酒卵用（罐指尿罐，壶指夜壶）。"这副对联对仗工整，幽默风趣，气得两家老板直鼓眼睛。对联虽说没贴，一街人当笑话留传至今。

讲述者：陈泽新　男　34 岁　汉族　簰洲湾镇干部

搜集整理者：刘善华

流传地区：嘉鱼簰洲

搜集时间：1987 年

磨秤绝对

簰洲有个磨坊老板精通文墨，会出对子，跟皮琶合得来，两人交了朋友。他老想出个对子难倒皮琶，琢磨来琢磨去，总算想出了个对子。那天，他把皮琶请到磨坊，说出了那上联："磨大眼小，齿轮轮，吞粗出细。"得意地说："这可是个绝对呀，我量你对不上。"皮琶也确实为了难：大与小，粗与细是相反的词，又要嵌在一句里，意思连贯顺畅。他在磨坊里转来转去，忽然看见墙上有杆秤，灵机一动说："什么绝对不绝对？看我对上了，秤直钩弯，星朗朗，识重知轻！"老板一听，连声叫好，更加佩服皮琶的才学了。

讲述者：金学藩　男　50 岁　汉族　簰洲湾镇工人

搜集整理者：金辉

流传地区：簰洲

搜集时间：1983 年

鸡无栏槽

有一次，皮琶从街上回来，看见有两家人在相骂，闹得不可开交，他上前转弯。这家妇女连说带哭，求皮琶救她的丈夫。

原来那一家的地挨在她家门口，她的鸡经常到那家人的地里啄禾苗。那家人心狠，写了一张状纸告到县衙，县官把她男人捉去了。皮琶问，那家状词上是怎么写的。这家妇女说写的是："脚扒根，嘴啄心，绝根绝苗。"皮琶听了，就劝那家人收回状纸，私下给几个钱算了。那家人硬是不依，说是看哪个有本事把他救出来。皮琶再三劝说："我救出来了，你家就一个铜钱也得不到的呀。"那家人哪里肯依，还说决不失悔。皮琶提笔就在纸上写了三句话："鸡无栏槽，狗无绳索，无以奈何。"

第二天，妇女拿着状纸，一到县衙，县官就放了她的男人。

讲述者：张达中　男　58 岁　汉族　簰洲湾镇职工

搜集整理者：段茂映

流传地区：簰洲

搜集时间：1987 年

巧改状词

簰洲的土地，不怕旱，只怕涝。俗话说："尺麦怕寸水"。从前是穷人种田，财主收租。为了打几粒粮食糊口，庄稼人在田边开了不少排水沟。

有个财主见沟里有鱼，就在沟里筑坝挡麻豪，把沟路堵死了，田里渍了水，庄稼受了淹。不晓得跟财主说了几多好话，他就是不依，还说有本事只管到县衙去告他。

佃户们被惹毛了，就请了个有"墨水"的人写状子。上写道："私挡麻豪，淤塞沟港。"大家一看，这状没得斤两，不一定拿得动财主。私挡就是偷倒做，财主要是认个错，还不是没什么事，几个人就来找皮琶先生，皮琶接过状词一看，笑着说："容易，容易。"提笔将私字改为堵字，将淤字改为霸字。几个人拿起状子，只见上面写着："堵挡麻豪，霸塞沟港。"众人都拍掌叫好。

状子递到县衙里，县官立即传来那个财主，定了个赌狠称霸，坑害百姓的罪名，打了四十大板。官司还真的打赢了。

讲述者： 赵光保 男 65 岁 汉族 合镇乡农民

搜集整理者： 马道怀

流传地区： 簰洲

搜集时间： 1988 年

花鼓对

从前，楚戏叫作花鼓戏，花鼓戏里又有一出"打花鼓"。有一年，簰洲地方请了个大戏班子唱戏，第一出开台戏就唱这"打花鼓"。戏台两边的红漆台柱子上要贴一副对子，把"花鼓"两字嵌进去，又要让人一看就晓得这是唱花鼓。这副对子就不简单写呢！只有请皮琶来。

皮先生眉头一皱，计上心来，挥笔写道：

"花姑你做几朵鲜花接客

鼓手我打鼓声响鼓迎宾"

这对子意思巧妙，字也写得好，所以一直流传到如今。

讲述者： 杨振伟 男 55 岁 汉族 簰洲湾镇居民

搜集整理者：金辉

流传地区：簰洲

搜集时间：1987 年

巧对酒鬼

一个酒鬼有点歪才。他在酒店喝得醉醺醺的，看着皮琶从门口过，就乘着酒性大声喊道："皮先生，来哟！听说你蛮会对对子，我出一句看你对不对得上。"皮琶是个不信邪、不怕狠的人，他进去坐上说："对上了怎么办？""对上了请你喝餐酒。"两人就这样说定了。

因为皮琶姓皮，他爹又做过皮匠，酒鬼就借机挖苦他说：

"马蹄刀，割牛皮，猪鬃度线"

皮琶指着桌上的残席，随口对上：

"象牙筷，夹鸡腿，狗啃骨头。"

酒鬼吃了个暗亏，还倒赔了一桌酒席。

讲述者：金学藩　男　50 岁　汉族　簰洲湾镇工人

搜集整理者：金辉

流传地区：簰洲

搜集时间：1982 年

厨门不卖

皮琶到老来，家穷了，受不了地头蛇的敲诈勒索，只好把房子卖给他。写契约的时候，他想着自己一生为别人打过多少抱不平，用过多少脑筋，如今落得这个下场，不禁有些心酸，咽不下这口气，就对地头蛇说："我要留着厨门不卖，也好搭个茅棚，另立门户。"地头蛇勉强答应了。皮琶写完契约，当着地头蛇和中人念了一遍，没有差错，各人按了手印。

第二天，皮琶带几个人把房子所有大小门都下下来，背起就走，地头蛇不让他背走，说："你只背一张厨门走，怎么都归你呢？"皮琶说："我跟你这个蛮绊筋说不清楚，这里有契约，写得清楚明白，我们找地方去评理！"

地头蛇仗着自己有狠，就跟皮琶一起上了县衙门。

县官接过契约一看，上面写道"除门不卖"，就大声斥责地头蛇："大胆刁民，这契约上明明写着除门不卖，为何反悔，不准下门？"地头蛇早吓慌了，听任县官的判决。把所有门都让皮琶背回去了，上了个足当 。皮琶也出了最后一口气 。

讲述者：杨振伟　男　52 岁　汉族　簰洲湾镇

搜集整理者：金辉

流传地区：簰洲

搜集时间：1983 年

拖挡的故事

挑不满的水缸

拖挡白天在地里忙得汗直流，收工回来，骆财主还要他挑水，说：“水缸不挑满不许歇气。”

拖挡怄不过，他把水缸侧起靠在厨屋的墙边，挑了一担又一担水，把骆财主的几间屋的地都流漫了，床铺大柜的木脚都淹没在水里，缎子鞋像小船一样漂起来。骆财主心疼得要死，大声吼道：“你还挑什么？想把我淹死吔？”拖挡要紧不慢地说：“你叫我不挑满水缸不歇气吔！”

看见生魂了

骆财主叫拖挡干重活，却只把稀饭给他吃。那稀饭清得照见人影，一吹三层浪。喝了两餐，实在熬不过，突然哭起来。骆财主问他为什么事哭，他说：“我完了，快要死了。”骆财主反问：“你怎样晓得？”拖挡指着碗里的影子说：“你瞧，我看见自己的生魂了！”

摸祖宗牌子

骆财主总想叫拖挡多干活，每天让他摸黑才收工。一天，拖挡走进堂屋就去摸骆家神龛上的祖宗牌子。财主问：“你去摸那做什么事？”拖挡冷笑说：“哼，我摸一摸它的心是长在前胸还是背在背后！”

堆麦捆

拖挡辛辛苦苦给骆财主种麦子。五月间，割了麦捆挑回场上，一时打不赢，要堆成堆。堆堆是个又辛苦，又要技巧的活儿。可骆家照旧不搞点好吃的，餐餐是腌菜咸萝卜。拖挡叫他们去买点鳝鱼吃，他们都舍不得。拖挡站在堆上，一边堆，一边念个不停：“鳝鱼打洞，鳝鱼打洞。”

麦堆好后，下了几场雨，雨后天晴，地里活路稍微闲点，骆财主又催他打麦。拆开堆子一看，里面漏了堆，好多麦子都沤得黑吹了。骆财主怪他没堆好，拖挡说：“怪不得我，我一面堆一面说了咯，鳝鱼打洞呃……”

讲述者：王金顺　男　50岁　汉族　簰洲湾镇居民

搜集整理者：金辉

流传地区：簰洲

搜集时间：1983年

拖挡帮工

地主对拖挡说:“你只要在我家帮工，一年三百六十五天，我包你吃，包你住，还包你一年三套单、夹、棉衣。”拖挡一听，心想:你一贯欺压长工，还有好事给我的?就说:“我在你家做工可以，得依我三件事:第一，高脚低脚我不去。”地主听了，心里一喜，说:“我家田地平如镜，没有一点高低不平的地方。可以，可以保证高脚、低脚的地方不要你去。”“第二，推推搡搡我不干。”地主一听，心里更高兴，笑着说:“你在我家做事，保证不要你去推推搡搡，放心，放心。”“第三，门三户四我不管。”地主听后高兴极了，连忙说:“我家门三户四的事，保证不要你操心。”拖挡见地主答应了三条，还不放心，硬要立字为据。

拖挡拖挡，对地主的活路又拖又挡。到了第二天早晨，地主起床见拖挡又担水，又扫地，心里高兴极了。心想:这回拖挡该老老实实在我家做一年长工了。于是，他叫佣人背来了一箩筐谷，要拖挡舂米。拖挡说:“我不是与你订了字据吗?高脚低脚我不去。”地主无话对答，只好走了。但又不服气，就叫佣人挑一担苞谷要他去推磨。拖挡便拿着字据，指着第二条说:“上面写得一清二楚，推推搡搡我不干。”地主气得半天说不出话来，只好忍气吞声地走了，到了半夜，地主又叫拖挡去关门，拖挡在床上发气说:“你怎么说话不算数?不是说门三户四我不管么?”地主听后气得无话可答，再也不要拖挡舂米、推磨、关门了。

讲述者：陈名诗　男　38 岁　汉族　合镇乡农民

搜集整理者：金玉树

流传地区：簰洲一带

搜集时间：1982 年

小伢无腰

拖挡小时候给一家财主当长工。这家财主蛮毒辣，每天都盯倒他做事。越是这样，他越想方设法躲懒。

有一次割谷的时候，他躲倒睡瞌睡，被财主捉到了，财主鼓倒眼睛骂他。他假装腰痛，一边捶腰，一边说腰酸死了。财主更是恼火，说："蛤蟆无颈，细伢无腰，年纪轻轻的就说腰酸，真不像话。"

第二天早晨，拖挡吃完早饭，把镰刀往腰上一别，就在屋里东瞄瞄，西望望，还特事在财主面前转来转去。财主见太阳老高了，拖挡还没下地，就吼道："你在屋里游么魂吵？"拖挡说："我在找镰刀。"财主气得昂："镰刀不是在你腰上别着吗？"拖挡笑嘻嘻地问财主："你不是说我没得腰吵"。财主气得白眼直翻，把他没得法。

讲述者：段宗付　男　62 岁　汉族　合镇乡东岭村农民

搜集整理者：段德军

流传地区：簰洲

搜集时间：1987 年

祭灶神

有一年秋季，种完了麦就下雨，天气真好！财主却生怕拖挡在屋里歇了气，打起小九九，叫他在厨屋里把灶重打一下。打就打呗！拖挡的手艺现成咯！财主真奸，打灶都不弄点好吃的，拖挡就暗中安了手脚。这叫魔高一尺，道高一丈。

灶打成了，试火一烧，戳了拐！不冒烟，骆财主不晓得是怎么回事。拖挡说："这是得罪了灶神爷，非要杀只肥鸡办桌酒席祭祭他。"骆财主问："哪个会祭？""打灶的师傅都会，谁打灶谁祭。"骆财主是信菩萨的人家，赶忙杀鸡办酒请拖挡祭灶神爷。

拖挡假马儿点起香烛，念了些谁也听不懂的南京城隍北京土地。然后，爬上屋顶，烧燃几张"钱纸"，从烟囱口往下一丢，把他预先在烟囱里头隔的那层草纸烧穿了，接着大喊三声："灶神在此，火速出烟！"果然，再一试火，烟出得蛮顺当。

拖挡敞开肚子喝了一餐。骆财主还到处吹牛皮，说他请的长工会敬灶神菩萨哩！

讲述者：王金顺　男　50 岁　汉族　簰洲湾镇居民

搜集整理者：金辉

流传地区：簰洲

搜集时间：1983 年

割了一半

这一天，财主一大早就叫长工们下地割高粱。他喊道："拖挡，你去割路边那一片。"拖挡拿起镰刀应道："是咯。"拖挡在地头上睡了个好觉，太阳当顶了，他才懒洋洋地往回走。还没进门，财主冲出来了，对他吹胡子瞪眼睛："这么早就回来了？还想吃饭么？割了几多？"拖挡有气无力地说："累死我啦，割了一半。"财主眼睛都喜眯了，叫人端出酒肉把拖挡吃。财主说："酒喝好，饭吃饱，你下半天把剩下的都割了吧。"拖挡吃够了，喝足了，打了几个饱嗝，慢慢品着财主拿来的香茶，东瞄瞄，西转转。"拖挡，快到开边去吧，还找什么吵？"财主催工了。拖挡打着哈哈，反提着一把快斧。财主吼起来了："拿快斧搞什么事呀？"拖挡不急不忙地说："一早上头一镰割在高粱上，割进去一半，我拉了半天，死都拉不脱，干脆用快斧去剁。"财主一听，晓得自己上了当，让拖挡白喝了一餐，气得白眼直翻。

看到饭就饱

财主是个小气鬼，催人做工，饭量大的一概不要。

拖挡要做工，财主问道："你一餐吃几多？"拖挡说："吃得不多，看见饭就饱了。”财主喜眯了，说道：“快吃饭吧，吃了去耕地。”拖挡三下五除二，一连吃了三海碗，菜碗都露了底。他抹抹嘴，装着还要去盛饭的样子，财主这才醒悟过来，拦住道：“你不是说看到饭就饱了吗？怎么……”拖挡笑了笑，张开嘴巴说：“我喉咙管还没看到饭哩！”

赶　驴

拖挡在财主家打零工。这天，财主家来了客，财主连喊直喊的：“拖挡，你去把菜洗一洗。”拖挡到塘边洗菜回来，刚走到大门口，财主又风风火火地喊：“拖挡，快拉一捆柴来，灶里等柴烧。”拖挡将菜放在石磙上，又忙乎乎地去拖柴。财主死命地吼：“该死的拖挡，驴吃菜了，快把这死驴赶走。”拖挡半路将柴一甩，急忙把驴一直赶到堤边。财主等了半天，洗的菜叫驴吃了，抱的柴丢在半路上，赶驴赶到人影都没得了，把个财主气得直出粗气。

讲述者：沈志如　男　44 岁　汉族　簰洲湾镇教师

搜集整理者：王运好

流传地区：簰洲

搜集时间：1988 年

孙文玉的故事

买猪娃

有个猪贩子不讲良心，把别人不要的病猪弄来当好猪卖给别人家。孙文玉听到后，就要打抱不平，整整这个可恶的东西。

一天，孙文玉遇到了那猪贩子，他正挑着一担空猪篓。恰巧，这村子里有家猪婆落了娃，快分窝了。那家主人不在家，孙文玉就装是那家主人，把猪娃卖给猪贩子。猪贩子把价钱说得蛮低，孙文玉假意讨了一阵价，就依了他。

猪贩子付了钱，捉了猪就走，孙文玉急忙说："那边走不得。""怎么走不得？"猪贩子问。"那边蛮多人做事，他们都要买我的，我没答应，要让他们看见了不怪我？""那我走哪边？"猪贩子又问。孙文玉朝北指："这边没有人，走这边。"猪贩子挑起猪篓朝北边走了，走到个山边，看到一群人在做事，他们见卖猪娃的来了，就问他是哪里贩来的。猪贩子说："就是南面那家人家，一窝都包了圆。"这时，喂猪婆的那个妇女一听，再拢去一看，晓得是自家的猪娃，就拉住猪贩子说："这猪是我家的，你这强盗，还在这儿哄人。"

猪贩子争辩说："凭什么说是你家的 。"

"我家的猪娃有四个公的，五个母的，不信你数。"猪贩子一数，真的不错。可他又说："是你男人卖给我的。"人们一听，都拼命地笑："她是个寡妇，哪来的男人？"接着都吼起来："你分明是个强盗，快把他臭打一顿。"说着七手八脚把他打了个要死。

不一会儿，孙文玉来了，把钱给了那家主人。大家这才明白是他设的计，都会心地笑了。

讲述者： 杨思坦　男　60岁　汉族　佐金山村农民

搜集整理者： 李雪梅

流传地区： 高铁岭

搜集时间： 1984年

拦官丧

孙文玉二十岁时游龟山，看到几位当官的愁眉苦脸，心中估不透。他拉住一个差役问："他们为什么事都不高兴？"

差役说："外省有个大官死了爹，看中了龟山这宝地，今天就来安葬。想想看，把得他占了，我湖北人脸上有光吗？"

孙文玉说："不把他葬吵！"

"你好大胆子？人家朝里有靠山，有什么办法？"孙玉文说："带我见你官老爷，我有法！"

官府见了他，问："你有什么办法？"

"我肚子还是空的，先吃饱了再说。"

差役拿来好多东西，孙文玉卯起来吃。吃饱后，他对当官的说："叫人扯两丈四尺白布，找两根丈把长的竹竿，拿一支大毛笔来。”

大家不晓得他作什么法，把东西都弄齐了。

这时，山下江边传来出丧的哀乐声，接着就要上山。孙文玉用大毛笔在白布上歪歪斜斜写了二十个大字，要差役用竹竿撑开，横在上山的路上。

送葬官正往山上爬，忽然看到路上有个横幅，上写着：“龟山一宝地，葬了出皇帝，哪个敢来葬，就有欺君罪。”直把个送葬官吓得出了一身冷汗：“拐了，湖北出了能人，这儿葬不得。”连忙带着送葬队灰溜溜地从原路回去了。

讲述者：杨思坦　男　60岁　汉族　佐金山村农民

搜集整理者：李雪梅

流传地区：高铁岭

搜集时间：1985年

殷四爹的故事

三敬土地神

簰洲有位殷四爹，从来不信神。说也怪，他家母猪下的崽总是喂不起来，老伴埋怨他没敬得神。四爹没得法，只好备了纸钱香烛去敬土地菩萨，结果猪儿还是死了，老伴怪他心不诚，敬迟了。殷四爹听了，闷倒不作声。

第二窝猪儿刚落，老伴又要四爹买了个猪首去敬土地。四爹只好来到土地庙，把猪首供上，化了纸钱，点了香烛说：“土地爷呀！我家又下了一窝猪儿，望你保佑它们。”然后回家，不出三天，这窝猪儿又一个一个地上了西天。

第三窝猪儿又落了，四爹冇去敬神。可猪儿喂了个把月，发了瘟，死得只剩下三四个。老伴还是央求四爹去敬土地，四爹强不过老伴，又备了纸钱、香烛、鞭炮，还拿了一根长麻索捉了一个活猪儿往土地庙去了。

到了庙里，照例烧香化钱。然后用绳子一头拴着土地菩萨，一头拴住猪儿，大声说：“土地，土地，上次我拿猪首敬你，你不保佑我，现在我拿活猪敬你，你该保佑我吧！”说完点燃鞭炮。

猪儿听见鞭炮响，吓得拖住木雕神像，拼命地朝屋里跑。殷四爹在后面紧紧追赶，到了门口，殷四爹扯起喉咙昂：“婆婆，快来看啰！土地爷把猪儿送到我们家里来了。”一家伙轰动了全村，乡亲们笑得前仰后合。

讲述者：金胡子　男　75 岁　汉族　合镇乡庄屋村农民

搜集整理者：马道怀

流传地区：簰洲

搜集时间：1983 年

捏　脚

殷四爹用猪儿把土地菩萨拖回家，村里信神的人都把嘴翘倒，埋怨殷四爹，你的猪儿死了怪鬼，只怪你没殷勤好。

土地菩萨被人请回庙里，他恨死了殷四爹，便跟土地婆婆商量，要想法子出这口气。土地婆婆要土地公公捏殷四爹的脚，让他发烧，脑壳痛。

有一天，土地婆婆听说殷四爹要到财主家去推腰磨，非得往土地庙经过，便要土地公公在庙门口等到。等了半天，来来往往过了不少人，就是没看到殷四爹。又过了一会，土地婆婆连喊直喊："快来呀，殷四爹来了！"土地公公一喜，把浑身的劲都用到手上，只听得哒哒哒的声音，土地公公连看都没看，死命地捏住了一只脚。土地公公心里正得意，不晓得是个什么东西，一下子打在自己的下巴上，把个嘴都打歪了。土地婆婆往外一看，原来土地公公捏错了脚，是殷四爹赶来推腰磨的驴蹄子，殷四爹呢，他还在后头要紧不慢地走着哩。

讲述者：张能长　男　43 岁　汉族　合镇乡黑埠村农民

搜集整理者：马道怀

流传地位：簰洲

收集时间：1983 年

孙芸霞的故事

千年树，万岁牌

孙芸霞是清朝人，住在嘉鱼县肖家洲，他能说会道，很有文才，会写状子。

那时，嘉鱼的县官，听说一家人有三弟兄在朝当大官，是因为他家老屋前面有三棵百年古树，成了"风水"宝地。县官不信邪，派人把树锯了。不料被三弟兄知道，在皇帝前面告了县官一状，皇帝降旨要县官在十天以内以十倍的价钱赔树，如若不从，满门抄斩。县官哪里赔得起，只好派人来找孙芸霞。

孙芸霞正在打牌，见有人登门，便问有什么事情。来人说明县官相请一事。孙芸霞听后，不在意地说："你锯的千年树，做的万岁牌，找我做什么事？"来人不明其中意思，说了几句客套话，随即回去禀告县官。县官听后恍然大悟，被孙芸霞点破了窍，就下令用那棵大树做万岁牌为皇帝脸上贴金，每家每户挂上一块。同时写张状子说明锯树做牌之意，皇帝看了状子，派人到嘉鱼查看，果真不假，就没有治县官的罪。

取马豪

武昌金口有大军山、小军山紧锁长江，江面很窄，是挡鱼的好地方。武昌想在那儿发横财，在那里打下松树桩，安上马豪挡鱼。有很多民船从那儿经过，都因撞上松树桩翻船丧命，很多人写状子都告不发。孙芸霞知道后，写了一份状子呈给皇上，状子上有几句话：

"见松桩如见猛虎，见马豪如见阎王。船头喊'搭着搭着'，船尾喊'抬着抬着'，抬其左而失其右，舟覆人亡，不可不治！"

皇上看后，罢免了那县官，取了马豪。从此，成千上万的船只畅行无阻了。

讲述者：孙必铭　男　60岁　汉族　潘家湾镇农民

搜集整理者：周承贵

流传地区：潘家湾镇

搜集时间：1985年

刘铁儿的故事

赔　蛋

有个财主，嘴巴子蛮厉害。一天，一个小伢站在他家箩筐边看小鸡，他便恶道："小强盗，原来是你把我家鸡蛋偷走了。"刘铁儿路过这里，问："小鸡怎能生蛋？"财主反问："你看它们都匍着，不是生蛋是做什么事？"又转向小伢："你快赔我的鸡蛋。"刘铁儿问："赔几多？"财主说："有二十只鸡，就赔二十个蛋。"刘铁儿说："那就明天请到我家来拿。"

第二天，财主提着篮子兴冲冲地来刘铁儿家。只见刘铁儿门口的竹罩里有一群小白兔，挤眉弄眼，真逗人爱。财主站在那里瞄，刘铁儿从房里跑出来，一把揪住他的衣服："原来是你把我的兔崽都偷去了，快赔兔崽。"

"那……唉！"地主晓得上当了，忙说："算了，我的蛋不要你赔了。"

"不行！打破碗赔碗，打破钵赔钵。我赔鸡蛋，你得赔兔。"

"算我不是……"财主哭笑不得，没有说完就逃了。

刘铁儿大声喊道："今天便宜了你，二十个鸡蛋顶了一群兔崽。"

物还原主

有个财主家里，粮食满仓，还霸占穷人土地，种上芝麻。刘铁儿气极了，想出了个整治他的巧计。

一天，财主夜里回家，路过经常闹鬼的白骨山。忽然看到一个白色的东西在地上爬，他浑身起了鸡皮疙瘩，转头就跑，不料他后脑壳又重重地挨了一石子，吓得魂不附体，连滚带爬地跑回了家。

后半夜，财主发高烧，忽然听到“梆梆”的响声。他连忙用被子盖住头，以为是鬼来害他。过了会儿，又听见有人一边敲梆一边唱：“狗财主，心毒辣，逼别人，扛钉耙。占土地，种芝麻，芝麻开了花，财主就发痧；芝麻结了角，财主就伸脚。”财主有气无力地说：“不得了，鬼来接我了。”财主婆只好到处求神拜佛。

第二天，村里来了个算命先生，财主婆立即把他请来。先生让财主抽了根签，只见上面画了一株芝麻，财主婆更加慌了，上前来说：“请先生照直说。”先生解说：“六成土、六成金，各多三成。如今你家又在土地神的宝座上种芝麻，土地神动了怒，昨天夜里派鬼来拿魂。”财主婆忙问：“这可怎么办？”先生说：“只要把你家的土地金银分给那些缺土缺金的人，病会好的，不然性命难保。”财主不敢怠慢，一一照办。

穷人们从此又在自己的土地上种上芝麻，人人感谢“装神弄鬼”戏财主的刘铁儿。

讲述者：王忠明　男　60 岁　汉族　嘉鱼棉纺厂工人

搜集整理者：葛环珍

流传地区：鱼岳镇

收集时间：1984 年

·诗联故事·

王贤君作赋

嘉鱼县静宝寺的开山和尚初到庙堂，佛面肉身，四乡的百姓都来参拜，好多人要求当弟子。

和尚看不起这一带的人，说:“谁能当场答对我出的题目，就收他为徒。”这一来，卡住了许多人。

突然，人群中走出一个种田人打扮的年轻人，他本来是看热闹的，没想到难倒了众人，他想为乡亲们争口气。

和尚出题了，要求作一赋，把本地风土人情，名胜古迹，统统包括在内。

这个人点了点头，张口就来，说，“我家乡，真可取，西梁湖宽深无庭。南抵汀泗北通江，静宝心在湖中央，祖师塔，神仙乡，牡丹花开古流芳。上五里，王家庄，烟墩斩关三公堂。太平庵，朱兰坊，月山古寺山崖上。王东庙，朝东望，迴龙古寺守西梁。牛头山，马头长，思姑台，水中央，北门砂顶石灰扬。丁家庄，开煤矿，西宝地，闸声响，港头出了个陈新强，每日拖刀把人砍。韩家矶，水直放，九十里，出大江，六十路程到武昌。”话音刚落，人人鼓掌，连和尚也直点头喝彩，当场宣布收他为第一弟子。可是这个年轻的庄稼人，烟灯乡的王贤君婉言谢绝，扬长而去。

讲述者：陈安民　男　48 岁　渡普镇农民

收集整理者：余鸿

流传地区：渡普镇一带

搜集时间：1984 年

讨米的对对子

一个官人坐在酒馆里，见对面来了个讨米的，想炫耀炫耀自己的学问。他指着讨米人的讨米袋，说：“八刀分米粉”。那讨米的看了官人喝酒的金杯，对上一句：“千里重金锺”。官人没想到讨米的能对出这样巧对，连忙请他喝酒。

讲述者：熊桂洪　男　30 岁　汉族　潘家湾镇教师

搜集整理者：熊桂洪

流传地区：嘉鱼一带

搜集时间：1984 年

乡里亲家与城里亲家

一天，乡里亲家第一次到城里亲家屋里去作客，城里亲家一看乡里亲家土里土气，看不起她，把他当苕盘。

两亲家一起逛街，路上一坨坨马粪，踩成了干饼饼，到处都是。乡里亲家从没看到过，问这是什么东西？城里亲家神秘地说，这是千张饼，乡里是没得的。又走了一段路，一头奶牛屙了一地尿，乡里亲家又问，城里亲家忙说这是三鲜汤。正在这时前面一家屋里火光冲天，乡里亲家又问那是搞什么家伙，城里亲家说这是青天白日放豪光。又经过一个妓院，乡里亲家问这家屋里么样这样闹气，人来人往，城里亲家说这是万人堂。两人回到家里，城里亲家出去了，亲家从街上回到屋里，乡里亲家见墙上挂着胡琴、笛子，问亲家母："你们还兴唱戏？"亲家母一听话来了："听说乡里人蛮会唱戏。""我只会唱山歌。""那就唱得看看。"乡里亲家咳了几咳，唱道："城里人肚饿呷的千张饼，口干呷的三鲜汤，恭喜亲家屋里放豪光，亲家母要进万人堂。"把个城里亲家搞得哭笑不得。

讲述者：谭菊双　女　40 岁　汉族　官垱乡农民

搜集整理者：黄艳华

流传地区：官垱村

搜集时间：1985 年

死也要这个钱

有三个人一路同行，一个看见路上有一文钱，一个弯腰正准备捡，一个抢先捡到了，结果三个人都争着要这个钱。谁也不让谁，争论不休，吵到县衙，县太爷说一文钱三个人不好分，谁家最穷就给谁。第一个说："我家最穷，茅房见青天，灶里不冒烟，垫的是稻草，枕的是土砖。"县官正要把钱给他，另一个人争道："我家还要穷，大树底下是我屋，床上垫的背脊骨，两手弯弯做枕头，天上明月当灯烛。"最后一个人说："我三个月没吃饭，四个月没吃盐。"县太爷禁不住问道："那你为何没饿死？"这人答道："就是为了这个钱。"

讲述者：粟正华　男　45 岁　汉族　官垱乡农民

搜集整理者：黄艳华

流传地区：官垱乡

搜集时间：1985 年

要钱好难

从前，有两老庚，爱好吟诗答对。一次，老大借了老二的钱，好长日子没还，老二就登门讨债，老大慌忙迎接，随口吟诗一首，是个拆字谜。诗曰：“言对青山不是青，二人土上说原因，三人骑牛牛无角，草木林中有一人。”老二笑着落坐，伸手接过老大端来的一杯清茶。喝了茶起身就要走，老大连忙上前挽留，拉着老二的手，亲亲热热地说：“庚弟，为何这么忙，来了就走。”老二几次想讲都没讲出口，只好推说家中有事。临行之时，也吟诗一首：“西方下来一娇娥，好似金戈和银戈，一个女子哈哈笑，滩上无水好干坡。”老大当即明白了，老二是来讨债的，马上将钱还给了老二。

这老大打的诗谜是“请坐奉茶”四字，老二的诗迷打的是“要钱好难”四个字。

讲述者：丁德志　男　48 岁　汉族　簰洲湾镇工人

搜集整理者：陈启照

流传地区：簰洲

搜集时间：1988 年

和尚补鞋

一个皮匠挑着补鞋担子出门寻生意，来到一座寺庙前。他叫了又叫，喊了又喊，把个老和尚搞烦了，出来跟皮匠说："我打一个哑谜，你猜对了，生意有的是，猜不倒，你给我走开些。"皮匠说："猜就猜。"

老和尚拍了拍脚，皮匠点了点头。老和尚伸出一个指头，皮匠伸出两个指头。老和尚拍了拍肚子，皮匠拍了拍屁股。老和尚大惊，竖起大拇指，说："奇才，奇才。"就叫小和尚招待斋饭，皮匠帮老和尚补了鞋，得了钱，还饱饱地吃了一餐。

小和尚问老和尚，为什么事这么客气，老和尚说："我拍了拍脚，是脚踏莲花的意思，他点了点头，问答头戴乌纱。我伸出一个指头，是一龙戏水，他伸出两个指头是二龙戏珠。我拍了拍肚皮是宰相肚里藏文才，他拍了拍屁股是屁股生来坐莲台。我对他客气是佩服他有才呀。"

小和尚送皮匠出门，对皮匠说："看不出，你这个手艺人还蛮好的文墨。"皮匠说："哪里哪里，谈不上文墨，那只不过是我的行里货。"

小和尚更惊奇了，皮匠淡淡一笑，随口说："老和尚拍脚，问我上不上鞋？"我点头说上。他伸出一个指头，问上一只行不行？我伸出两个指头，要上就是一双。他拍了拍肚皮，问上牛肚皮行不行？我拍了拍屁股，说要上屁股皮。"小和尚听完皮匠的解释，半天痴在那儿，又好哭又好笑。

讲述者：陈景落　男　47 岁　汉族　花口村农民

搜集整理者：程景斌

流传地区：簰洲

收集时间：1988 年

吃萝卜

两位秀才一穷一富，一同进京赶考，路上口干舌燥，见一妇人挑担萝卜走来，就想买点解渴。那妇人放下担子说："吃可以，我问你们，什么事贵来什么事贱，什么事深来什么事浅？答对了，萝卜白送，答不对拉倒！"

富秀才急着说："金子贵，银子贱，江水深河水浅。"妇人一听，挑起担子要走。穷秀才忙拦住妇人说："在家贵，出门贱，喉咙深，眼皮浅。"妇人一听，放下担子，递给他们好些萝卜说："你们的喉咙深，我的眼皮可不浅呀"！

讲述者：吴继文

搜集整理者：张志奇

流传地区：新街镇

搜集时间：1984 年

画眉对乌龟

有个老先生在员外家教书，夏天罩床乌龟帐子睡在楼下，楼上是学生的姐姐的闺房。这位小姐知书识礼，轻易不出闺门，顶多下楼来吃三餐饭，顺便问一问弟弟学业有没有长进。老先生是个半瓶子醋，有些地方教错了，小姐时不时给弟弟纠正。老先生心里暗暗恼火，想借机会戏弄一下小姐。

有一次，老先生叫学生对对子，故意大声说出上联，好让楼上的小姐听见："画眉笼，笼画眉；画眉飞，飞上飞下。"学生对不出，上楼去向姐姐。小姐也大声教弟弟对下联，好让先生听见："乌龟帐，帐乌龟，乌龟爬，爬进爬出。"先生哭也不是，笑也不是，真好比火烧乌龟肚里疼，从此以后缩了头。

讲述者：贺晓初　男　50 岁　官垱村

搜集整理者：金辉

流传地区：官垱　金水一带

搜集时间：1983 年

写条幅

有个暴发户土财主，在地方上为富不仁，仗势欺压穷人。他明明不通文墨，硬要假充斯文。过年的时候，请来乡学先生，写个条幅挂在堂屋里。

先生想了想，在笔头上做了点"文章"，写上"今年真好晦气全无财宝进门"十二个大字。财主问他怎么念，先生断句念道："今年真好，晦气全无，财宝进门。"财主听了大喜。

先生出了财主的门，跟穷哥们咬了一阵耳朵。穷哥们装作去给财主"拜年"，看着那条幅，念道："今年真好晦气，全无财宝进门！"

讲述者：贺晓初　男　50岁　汉族　官垱村农民

搜集整理者：全辉

流传地区：嘉鱼一带

搜集时间：1988年

庞知县巧对岳丈

庞知县是明代弘治年间嘉鱼的知县。有年端午节，李子熟了，庞知县陪岳丈到野外游玩，来到一个水池边。岳丈顺手摘下池边李子树上几个黄亮的李子吃着，见池里有条鲤鱼在悠闲地游动，就用李子打它。鱼吓惊了，一头扎进泥中，岳丈见此情景，灵机一动，随口吟了句：

李打鲤鲤入泥李浮鲤起。

要庞知县对上。庞知县起初左思右想对不出来。忽然起了一阵风，把个蜜蜂吹落地上，庞知县一见，随口对出下联：

风吹蜂蜂落地风过蜂飞。

岳丈连连点头称赞。

讲述者：张自瑞　男　52岁　汉族　太平寺村农民

搜集整理者：舒爱民

流传地区：嘉鱼一带

搜集时间：1984年

"罗国打酒"

过去，有个县官与一富户的三个儿子交上朋友，经常向他们借钱，又久久不还。三兄弟想了个法子，要嘲弄县官一番。

一天，兄弟三个在家办了桌酒席，特地把县官接来推上首席。老大正要斟酒，老二开口说："我们边喝酒边作对好不好？"老三接着说："好是好，只是要先定个题目。"县官看到老大手里的酒壶，忙说："我们就以酒壶上'罗国打酒'四字为题，每人说一个字。"三兄弟都说："这是您出的题，您先说吧！"

县官猛喝了口酒，站起来说："四维为罗，双夕为多，罗汉请观音，客少主人多。"

老大接着说："口或为国，宀女为安，国正人心顺，官清民自安。"

老二也接着说："才丁为打，丘八为兵，打虎还要亲兄弟，上阵还要父子兵。"

最后老三说"水酉为酒，二人为夫，酒中不俗真君子，财上分明大丈夫。"

县官一听顿时明白，羞得脸绯红。

讲述者：何光干　男　60岁　汉族　箨洲湾镇农民

搜集整理者：孙显春

流传地区：箨洲一带

搜集时间：1985年

好大的“灵屋”

从前，有个财主的儿子读了十几年的经馆，屁懵都不晓得。那年财主家做了一座新屋，腊月三十，要儿子写幅喜联贴在大门上。这苕儿想破脑壳也想不出一副，又怕父亲骂，只好偷偷地跑到本村一位王先生家里去求援，只见王先生家里供着一个后人怀念死人的灵屋，灵屋上有副对联：“丧福丧寿丧安乐，别子别孙别祖宗。”财主的儿子把它抄下来，回家照原文用红纸写了一幅丈把长的“春联”贴在朱漆大门两边。财主看了大喜说：“我儿今年学业长进不浅啊！”大年初一早晨，王先生跟财主拜年，看见这幅春联，便贺喜道：“恭喜你家做了好大的一个灵屋呢！”

讲述者：孙铁雄　男　汉族　65 岁　八斗乡农民

搜集整理者：孙铁雄

流传地区：八斗乡

搜集时间：1984 年

对子牵红线

山里有个美貌的姑娘，天天到山泉边来汲水；有个英俊的小伙子，每日到山上砍柴。日久天长，二人见面一多，互相爱上了！小伙子壮胆向姑娘求爱。姑娘要考一考小伙子是不是真正聪明，就出了句上联叫他对：“白水泉，女子好，少女为妙。”一句话，分三节，每节两个字合成一个字，整句话又说的是姑娘的情况，要对上还很不容易哩！这小伙子也真行，他想了一阵，对上了：“山石岩，木林森，此木是柴。”这一副合字对联，像一根红线，把两个年轻人系在一起了。

讲述者：杨鹏　男　60岁　汉族　虎山乡文化站

搜集整理者：金辉

流传地区：虎山乡

搜集时间：1982年

句句不离本行

有一个船工，成年累月在水上来来去去，熟悉长江上的生活，他在江边石壁上刻了一句话：“长江长驾短船扯正篷走歪风抢南抢北。”三组反义词连成一句，要别人对出下联。来来往往的文人学士看了，都感到为难。几年来，没人对得上。俗俗说：强中更有强手。嘉鱼有个篾匠师傅，挑着担子游乡，给人家打篾货，路过江边，看到这句上联，他用自己做手艺的行话对上了下联：“弯竹子破直篾织圆箩箍扁桶装东装西。”也是三组反义词连成一句，用做篾匠的情况对驾船的情况，句句不离本行，对得严丝合缝，滴水不漏。

讲述者：黄甫仁　男　68岁　汉族　潘家湾镇农民

搜集整理者：金辉

流传地区： 潘家湾镇

搜集时间： 1982 年

女婿做寿联

从前，有个老头生了两个女儿，大的嫁给富屋，小的嫁给穷人。岳父嫌贫爱富，不喜欢小女婿。

岳父做寿，两个女婿都去祝寿，岳父把大女婿请到上座，小女婿靠边。岳父说："我今日做寿，你们每人为我作副寿联如何？"大女婿说好，我出上联，听着："福如东海，海龙王，王母蟠桃，桃千岁，岁岁今朝乐，乐享荣华。"小女婿接口说："寿比南山，山孤老，老来不死，死变驼，驼得一身债，再不变人。"

讲述者： 罗时雄　男　50 岁　汉族　舒桥镇农民

搜集整理者： 邵际景

流传地区： 舒桥镇一带

搜集时间： 1983 年

"半桶水"改对联

有个人总以为自己有才学，其实是半吊子，人送外号"半桶水"。

有年春节，"半桶水"买了红纸，准备写上"天增岁月人增寿，春满乾坤福满堂”贴在门上。突然想到，大年初一正好是他妈妈的生日，于是就将这对联略改一下，写成：

天增岁月妈增寿，

春满乾坤爹满门。

对联贴出去了，他父亲说：“这两个字改得不大合适吧！”

“半桶水”一本正经地说：“您不懂。爹对妈不是很工整的吗？”

讲述者：陈会贞　男　34 岁　汉族　簰洲湾镇工人

整理者：孙显春

流传地区：簰洲一带

搜集时间：1985 年

先生认输

有个先生在课堂上睡着了，一个学生把桌子拍了一下，惊醒了他。他责问学生：“为何拍案惊吾梦？”学生答不上来，被先生关学，很晚才回家。他姐姐问明缘由，替弟弟对上：“无人同枕共青春。”

第二天，先生见了对联，晓得不是他对的，一审一问，才知是他姐姐代的。于是又提笔写道：“山中竹枝多生节。”怪小姐多事挖苦人。

学生带回家，小姐一看，提笔对上：“塘里莲花不染泥。”解释自己并无挖苦之意。

先生还要纠缠，继续写道：“森林茂密，樵夫如甸下斧？”这就有点挑逗的意思了。

小姐回敬一句："滩坡水浅，渔翁休得张网。"

先生耍赖，又写二句："园里鲜花，蝴蝶一定要采。"

小姐忍无可忍，回了一句："墙上仙桃，贼猴无法可偷。"

先生见搞不赢小姐，只得认输。

讲述者：时海清

搜集整理者：张志奇

流传地区：嘉鱼一带

搜集时间：1987 年

书生对对联

相传以前，有位书生进城赶考，太阳快下山的时候，书生走到一座小集镇，找了家旅店，准备进店投宿。

店主上下看了看这位书生，想给他出出难题，就说："你若对上了我出的对子，住店分文不收；对不上，就到别处住宿。"书生没得法，只好答应下来。店主笑了笑，接着说："你听，这上联是：日近山头，走到山头，日还远。"书生听完想了半天，实在对不出来，就无可奈何地走了。书生边走边摇头叹气，无意中看到一轮明月映在水中。"有了。"书生高兴得一拍脑袋，转身回到旅店，拉上店主高声吟了出来："月浮水面，拨开水面，月更深。"店主连连点头。

讲述者：胡平楚　男　55 岁　汉族　新街镇教师

搜集整理者：刘祥

流传地区： 新街镇一带

搜集时间： 1985 年

痞子买对联

从前，有三个痞子，合伙做杀牛剐马的生意，赚了不少钱。

这一年大年三十，家家都在贴对联，他们不知怎么冒出了点雅兴，来到写对联的老先生摊前，阴阳怪气地说："喂，老家伙，给我们哥三个也来一幅，么样？钱我们有的是，不过有两个条件。第一，要写出我们的生意行当。第二，要把一二三四五，六七八九十都嵌进去。写好了，少不了你的银子，要是写不出来的话，嘿嘿，就趁早收摊！"

老先生知道他们是不好惹的，忙赔笑道："既是三位大哥捧场，老朽理当效劳，请三位稍等片刻。"说完，铺纸提笔，三个人伸着颈子过细一看，只见上联是："一把刀，二分利，十拿九稳。"下联是："三伙计，四股帐，七扯八拉。"横批是："五马六盗。"写完后，三个痞子张着嘴巴，斜着眼珠，无可奈何地付了钱。

讲述者： 刘三爹　男　70 岁　汉族　虎山乡农民

搜集整理者： 杨鹏

流传地区： 虎山乡

搜集时间： 1987 年

熏风亭与董风旁

从前，有个员外请了个教书先生。先生初到此地，员外就带他到附近山里游玩。两人一起来到熏风亭，员外问先生那是什么旁？先生摸了摸脑壳答是董风旁。第二年又换一个先生，员外带他到董风旁去玩，这位先生一看，忙说是熏风旁。回家后，员外心想，当先生把个董字读成熏字，太不得学问，就把他辞退了，先生临走时，留下一首诗："熏风旁作董风旁，董去东家几百银，我要熏来熏不得，如今宜董不宜熏。"

讲述者： 颜修文　男　40 岁　汉族　官挡乡农民

搜集整理者： 黄艳华

流传地区： 官档乡

搜集时间： 1987 年

对对留宿

从前，有个秀才进京赶考，天色已晚，就走进客店想住宿，正碰上老板娘在剖鱼。老板娘一见是位考相公，有意开个玩笑，就出了一题叫秀才对对：鳝长鲫短鱿扯口，三种无鳞，滑溜、滑溜、滑滑溜。秀才一时答不出来，苦想了一晚上，还是对不出下联，很是羞愧。心想老板娘出对都对不出来，还考个什么状元？这时候陪伴秀才出门的书童本是渔民出身，听到秀才反复到鳝长鲫短鱿扯口，三种无鳞，滑溜、滑溜、滑滑溜，便悄声和道："螺园蚌椭龟缩头，三种有壳，邦硬、邦硬、邦邦硬"。秀才大喜，随即对老板娘说了，老板娘连声称赞，安排他们住了一宿。

讲述者：谢三爹 男 60 岁 汉族 官挡乡农民

搜集整理者：黄艳华

流传地区：潘家湾镇

搜集时间：1987 年

先生对对子

从前，观音寺有个私塾先生，很有才学，他教了一百多个学生，一个比一个强，所以出了名。一个游学先生很不服气，到堂里来，进门就说要对对子。他出上联："稻、梁、菽、麦、黍、稷，一堂杂种，不知谁是先生"？先生开口而出，还击道："《诗》《书》《易》《礼》《 春秋 》，本是正经，何必问及《老子》"？

讲述者：宋继文 男 40 岁 汉族 舒桥镇农民

搜集整理者：雷家新

流传地区：舒桥镇

搜集时间：1982 年

进士和夫人

有个乡绅，一贯为非作歹，他们父子俩靠出钱买通主考官，双双中了进士，就洋洋得意地写了一副对联贴在大门上。上联是："父进士，子进士，父子进士。"下联是："婆夫人，媳夫人，婆媳夫人。"乡亲们气不过，把那副对联的笔画略微改动一下，变成了："父进土，子进土，父子进土；婆失夫，媳失夫，婆媳失夫。"

讲述者：邓海品　男　38 岁　汉族　官桥镇文化站

搜集整理者：金辉

流传地区：官桥镇一带

搜集时间：1982 年

天不生无福之人

从前，有三个人一同行路。一个阴阳先生，一个药铺先生，还有一个痞子。

二位先生到馆里，刚准备举杯喝酒，痞子也来了。他脸皮厚，不讲客气，也吃喝起来。

二位先生问："我们不认得你，你怎么也来吃？"痞子说："你们吃得，我吃不得？"这时，阴阳先生出了个主意说："莫忙吃！我们每人说个四言八句，要说一个‘天’、一个‘地’、一个‘二十四’，最后要个‘好’字结尾。说到了就吃，说不到就没有份。”他想卡这痞子一下，痞子说：“可得！”

阴阳先生说：“天空不能做屋，地府不能葬坟，我罗盘放在二十四座山头，随便葬男的也好，葬女的也好！”说完，举杯喝了个痛快。

药铺先生说：“天是天花粉，地是地骨皮，我药通二十四条筋络，随便男的吃也好，女的吃也好！”说罢，喝酒吃肉。

痞子欠得滴涎，急得冒汗。二位先生一面吃喝一面挖苦他：“你出去吧，等身上的汗干了再来！”谁知，这话倒拨通了他。他把大胯一拍：“有了！天不生无福之人，地不长无名之草，我二十四步跑来，随便吃精的也好，吃肥的也好！”说完，他也举杯狂饮。

讲述者：游于绪　男　48 岁　汉族　老官镇农民

搜集整理者：游道平

流传地区：老官镇一带

搜集时间： 1982 年

斟寿酒

从前，有个员外做六十大寿。他有六个女婿，除大女婿家靠务农为生外，其余五个女婿都是豪门子弟。六姨夫都来齐了，幺女婿说：“今日是泰山的六十寿辰，按道理该小弟来提壶斟酒，为了助助兴，我们要指着桌子上这些用具和饭菜，来个四言八句。一个只说一样，第一要押韵，第二要同音不同字。谁说着了谁喝酒。要是说不上来，该他斟酒。各位意下如何？”他这么一说，除了大女婿低头不语外，其余个个拍手赞成。尤其是那位老丈人特别高兴，因为他嫌贫爱富，心想：今日准得该大女婿那穷鬼斟酒。他又不好说明，只假笑着说："要是你们六个都说对了，我就来提壶斟酒。"

幺女婿抢先指着筷子说"此筷不为快，悟空和八戒，一跟斗十万八千里，那快才算快。"第五个女婿接着起身，指着酒盅说："此盅不为忠，刘备和关公，桃园三结义，那忠才算忠。"第四个女婿指着饭碗说："此饭不为犯，罗坤和罗灿，胡魁卖人头，那犯才算犯。"第三个女婿也起身指着一盘肉说："此肉不为辱，孔明周都督，三气芦花荡，那辱才算辱。"第二个女婿站起来，指着那盘鸡说："此鸡不为饥，伯夷和叔齐，饿死首阳山，那饥才算饥。"五个人说完后，都得意扬扬地落了座，斜起眼睛看着大姨夫，好像在说："穷鬼，你能说得上来吗？"

大女婿不慌不忙地站起来，指着一盘鱼，一板一眼地说："此鱼不为愚，岳老五女婿，嫌贫又爱富，那愚才算愚！"这话点破了他们的心事，搞得他们个个脸红到耳朵根了。

讲述者：陈昌亮　男　48岁　汉族　陆溪镇职工

搜集整理者：杨鹏

流传地区：陆溪镇

搜集时间：1982年

三个女婿拜年

从前，有个老头，生了三个女儿，都已婚配。大女婿是个私塾先生，二女婿是个郎中先生，三女婿是个阴阳先生。

这一年的大年初一，三个女婿邀约在一起，到老丈人家拜年。三个人一跨进门就打躬作揖，连声恭喜。大女婿说："恭喜岳父大人贵体安康。"二女婿说："恭喜岳父大人益寿延年。"三女婿说："恭喜岳父大人四季发财。"一番吉利话把老头说得眉开眼笑，好不喜欢，连忙上前扯着说道："免了，免了，人来礼性到，来就是拜了年，赶快请坐。"于是，爹爹拿杯，婆婆摆筷，爹爹提壶，婆婆端菜，这事先准备好了的东西，不大一会儿都摆好了，三个女婿和岳父各坐一方，免不了又是一番客套。酒过三巡之后，三个人的话匣子就打开了。一则，他们三个人都是有学问的人；二则，成年到头，各忙各的，平素日很少见面，这次相逢更是高谈阔论，各显其能，那真是天上的玉皇，海里的龙王，无所不谈，无所不讲。他们从中时谈到日头落，燃了灯也谈不断脚，几碗菜是冷了又热，热了又冷。慢慢地，老头有点不耐烦了，不是别的，都只为屋里只剩下五斤酒，眼看快光了，再往下喝非出丑不可。这时，三个女婿越谈越高兴，越谈越有劲，还吟诗作对起来了，三个女婿对答如流，兴高采烈。老丈人在旁边心想："戳了拐，女婿们这是用吟诗作对来向我要酒喝，这怎么样搞呢？"老头眉头一皱，计上心来，就对三个女婿说："伢们呀，你们是才高学广的人，我是个乡巴佬，今天，我也出个哑巴对，看你们对不对得到，对上了的就喝酒。”三个女婿这时也喝得差不多了，听岳父这么一讲，都哈哈大笑起来，一齐说:“请！请！”老头说了声：“你们听着。”就伸出手指头，上一指，下一指，前一指，后一指，左一指，右一指，再伸出三个指头，又伸出五个指头，最后拍了拍胸。说：“就这，完了，你们去对。”三个女婿搞得莫名其妙，你瞄到我，我瞄到你，半天没开口。你推我，我推你，最后还是三女婿说:“万丈高楼平地起，应该大姐夫开头。”教书先生站起身来，清了清喉咙，伸出手指，摇头晃脑地念道：“天文，地理，前唐，后汉，左丞，右相，三皇，五帝。”然后把胸一拍，趾高气扬地说：“满腹文章。”说完端起杯子就要喝酒，老丈人拦住说：“莫慌，差得远啰！”大女婿垂头丧气地坐下了。郎中先生见大女婿没对到，心里暗自高兴，便站起来说：“我来献丑吧！”说罢伸出手指，嘴里念道：“天冬，地皮，前胡，厚扑，左三七，右猴七，三服不行吃五服，”然后把胸一拍，得意扬扬地说：“穿肠顺气。”说完就要举杯，老丈人把头摇了几摇说：“还没摸着边罗！”二女婿无精打采地坐下了。这时阴阳先生斜到眼睛扫了两位连襟一眼，扶到桌子站起来，照样伸出手指，结结巴巴地念道：“天空不能做屋，地空不能葬坟，前朱雀，后玄武，左青龙，右白虎，血丧发三代，枯丧发五代，”然后把胸一拍，放开嗓子喊道：“子孙享福。”老丈人听了长叹一声：“哎！人说你们才高学广，今日看来，也不过如此啊！”三个女婿面红耳赤地齐声说道：“敬请岳父大人多加指教。”老头不慌不忙地站起来，伸出手指，轻言细语地说道：“天上黑漆了，地上看不见了，前门关了，后门闭了，左邻右舍都睡了，你们三个杂种，喝了老子五斤酒，”把胸一拍接着说：“其心何忍！”三个女婿一听面面相觑，哭笑不得。

讲述者：杨鹏　男　60 岁　汉族　虎山乡文化站

搜集整理者： 谢忠告 杨鹏

流传地区： 嘉鱼县

搜集时间： 1981 年

·生活故事·

铜匠和石匠

穷山村里，住着一位铜匠和一位石匠。铜匠三十好几还冇成家。石匠死了妻子，拖着三个小伢过日子，两家穷帮穷，互有往来。

一天晚上，铜匠捧着三个小坛子来找石匠商量："大哥，我这次要出远门做事。这些年积了一些银子，分装在三个坛子里，劳您代我保管一下，等我回来凑合成个家。"石匠爽快地答应了。

不觉到了年关，石匠家一无所有。想到铜匠还没回来，就从坛里拿出一锭银子花了。三年后，他把三坛银子都花了。

铜匠赚了钱回来，到石匠家取银子。开坛一看，银子不见了，尽是砖头瓦块。问石匠是怎么回事，石匠做了亏心事，撒谎说："我没动，可能变了。"铜匠也没多说话。

后来，铜匠成了家。有一天，石匠拉着三个小伢来铜匠家说："老弟，远处有人接我做工，得些日子，三个伢劳你照料一下。"铜匠也爽快地答应了。

铜匠夫妻对三个小孩格外疼爱，他从山上捉回三个猴子陪小孩玩。猴子蛮乖，不单会叫爸爸，还会递烟、倒茶。

一晃三年，石匠赚了钱回来，到铜匠家领细伢。铜匠麻利地喊："伢儿们，快来见爸爸。"只见三个猴子出来倒茶、递烟、喊爸爸。石匠吓呆了，说："我的孩子怎么变成猴子了。"铜匠接口说："他们也会变呢！"石匠一听话中有话，忙认了错。这时，铜匠妻了领出三个可爱的孩子，石匠感动得哭了。自此，两家人越发亲热了。

讲述者：王远瑞　男　54　汉族　合镇乡农民

搜集整理者：王茂琼　工茂华

流传地区：箳洲

搜集时间：1984 年

“半桶水”剃头

从前，有个人叫“半桶水”。他学理发，手艺没学到家，就到处帮人剃头。

有一次，他为了显示自己有板眼，就到一些剃头师傅不敢去的“灯船”上给官老爷剃头。

“半桶水”装模作样地剃开了，第一刀就把那个当官的头皮割出了血，老爷气得要死，起身就打了“半桶水”一巴掌：“您再不过细点，决不饶你！”

“半桶水”赔了不是，那当官的才坐下继续剃。剃了一会，又割了一个口子，割得那个当官的火冒三丈，一气之下，把剃头盆子摔到江里去了，朝着“半桶水”吼了一声：“滚！”

“半桶水”下船上岸，同行的都围拢来，有一个老师傅问他：“给了好多钱？”

“半桶水”心想：“那当官的不是伸开五指嗯了我一巴掌吗？”就神气十足的回答：“赏钱五百！”

另外一个师傅接着又问：“你的剃头盆子呢？”

“半桶水”又想，盆子甩到江里流去了。就若无其事地回答：“盆子留（流）了！”

师傅们一听，盆子都留下了，肯定手艺蛮高，都表示要向他学艺。

讲述者：金玉希　男　50岁　汉族　县公安局干部

搜集整理者：金玉希

流传地区：簰洲

搜集时间：1984年

屠夫与欧相公

从前，有个姓欧的相公在街上搭了棚，棚子外面挂个木牌，木牌上写着：“凭说话赌钱。”正巧，这天下午铁拐李到这儿云游，看到牌子的字，他搜出三十两银子对欧相公说：“我跟你打赌，让你先说！”欧相公望着铁拐李身上背着宝葫芦，问装的什么药？铁拐李说：“包治百病的药，死人都治得活。”欧相公收起那三十两银子，对铁拐李说：“你输了。”铁拐李睁大双眼反问道：“何以见得？”欧相公回答说：“你的药既可将死人救活，为什么你的亲生父母都亡故了？”问得铁拐李垂头丧气地走了。

铁拐李把这事讲给孔夫子听了。孔夫子不服气，也拿出三十两银子来到欧相公桌前，要与他打赌。孔子问：“哪个先说？”欧相公说：“这由我先说。请问，夫子家住山东，到此有何贵干？”孔子答道：“家中无事，到此一游。”话音刚落，欧相公又收起三十两银子：“你输了！”孔子莫名其妙地问：“何以见得？”欧相公说：“夫子曾说过父母在，不远游，今夫子双亲健在，为何游到此地？”说得孔夫子满脸通红地走了。

铁拐李和孔夫子一路走着，碰见个屠夫。屠夫见两位愁眉不展。忙问：“二位有什么心事？”他俩说：“讲你听有什么用？”屠夫再三催问，他们就把事情经过告诉了他 。屠夫说：“可惜我没有本钱，有本钱我肯定赢他。”二人见屠夫蛮有把握，就凑了六十两银子给屠夫。屠夫接过银子来到欧相公桌前喊：“我与你打赌！”

欧相公见是个杀猪佬，问：“下多少钱？”

屠夫把银子往桌上一拍：“六十两！”

欧相公问：“是你先说还是我先说？”屠夫说：“我先说，我说你的脑壳有十二斤。”欧相公说：“你输了，我脑壳只有九斤。”说着就要收银子。屠夫一把抓住欧相公的头说：“请慢！你说只有九斤，那么就割下来称一称！”欧相公一听，吓得浑身哆嗦，连连认输，赔了屠夫六十两银子。

讲述者：曾腊香　女　44 岁　汉族　鱼岳镇教师

搜集整理者：王成甲

流传地区：嘉鱼簰洲

搜集时间：1984 年

金智争驸马

皇上招驸马，出一道考题：谁能用最少的本钱把皇宫内一间屋填满就招谁。

姓智的姓金的两人报了名，分别在两间屋里转来转去，两个人都想出了好办法。

当天晚上，皇上和公主来察看，只见左边一间屋里姓金的用草堆得满满的，没花多少本钱。右边一间屋里还巧些，姓智的只用了几根蜡烛，烛光照遍了一屋。皇上和公主看后哈哈大笑，姓智的被招为驸马了。

讲述者：周承贵　男　34 岁　汉族　潘家湾镇文化站

搜集整理者：潘家文

流传地区：潘家湾镇

搜集时间：1985 年

三匹棉布学乖

从前，有个小伙子憨头憨脑。岳父听说女婿傻，要辞这门亲事，真把父母急坏了，只好把三匹棉布给儿子，叫他出去学乖。

小伙子来到一片树林里，碰见个考学的相公。刚好有只啄木鸟在树上啄虫，相公吟了一句诗："红冠朵朵绿艾艾，几时敲得木门开？"小伙子问相公："你这是不是乖？"相公说："是。"小伙子说："这匹棉布给你吧！我跟你学乖。"相公也不谦让，收下了。小伙子就跟着相公后头走。

走着走着，看见地上有堆狗屎，很多苍蝇盯在上面，人一走近就飞走了。那相公又吟道："苍蝇盯狗屎，见人一轰开。"小伙子学了这乖，又给了相公一匹棉布。

来到一条河边，河上有个独木桥。相公又吟道："双桥易过，独木难行。"小伙子又学了个乖，给了相公一匹棉布。

相公见他憨气十足，就说：“你跟在我后面，乖多得很，够你学的。”他们来到水塘边，相公诗兴来了，吟道：“清清一塘水，可惜没有鱼。”小伙子又记在心上。塘边有个少女洗衣，相公又吟道：“一朵好鲜花，不知插谁家。”小伙子又记住了。这时天黑了，他回了家。

第二天，他来到岳父家，见大门紧闭。原来岳父正宴请媒人和亲友，商量退掉这门亲事。正说着，听见门外有人吟诗“红冠朵朵绿艾艾，几时敲得木门开？”媒人麻利打开门。见是他，忙领他进屋，说他并不傻。亲友们连忙起身让座，走到一边去了。小伙子又说：“苍蝇盯狗屎，见人一轰开。”岳父很惊讶，没料到他也会吟诗，忙吩咐他坐席。先给他一杯开水，小伙子又说了句：“清清一塘水，可惜没有鱼。”岳父一听，以为他说没放茶叶，忙叫人放上龙井茶。吃饭了，他面前只有一只筷子，小伙子又说：“双桥易过，独木难行。”岳父明白了，忙又忙叫人加一只。这时，在屋里听壁脚的姑娘，见自己的夫婿并不傻，在门口探头看了看，小伙子瞄见了，忙说：“一朵好鲜花，不知插谁家。”机灵的媒人接口说：“小伙有才气，鲜花还归你。”岳父这时也无话可说了。

讲述者：龙泽军　男　45 岁　汉族　舒桥镇农民

搜集整理者：邵际景

流传地区：舒桥一带

搜集时间：1983 年

老鳖为什么又叫脚鱼

新来的县太爷姓别，严禁百姓说“鳖”字，谁要说了，就要打板子。

一天，渔夫捉到一只大鳖，苦于不好叫卖，正在为难，来了位相公，渔夫想，他是个书生，见多识广，一定晓得这鳖还有别的名字。便上前问道：“小先生，请问这东西除了叫那个不能叫的名字外，还有其他的名字吗？”相公打着呵欠：“啊…哦…哦…”呵欠冇打完，偏巧他又是个结巴，含糊不清地说，“我…我…鱼。”渔夫想了想：对，这个东西像蜗牛，只是没有角才叫“蜗”，他道了声谢就上街了。这个相公正是别县太爷的公子。

渔夫捉鳖叫卖，由于年老口齿不清，把蜗念成了“我”，不断地叫喊：“卖我卖我，活的活的。”

别县太爷的厨师正着急买不到新鲜菜，忽然听到叫卖“我”的声音，心头一喜，忙上前一看，是鳖，心想：好！别县太爷，你还怄不怄我，今天要你自己吃自己。他伸手去捉鳖，不小心手指被咬住了，痛得他叫爹喊娘，又是扯又是掐，又是踩又是踢，好不容易挣脱，又狠踩了“我”一脚。渔夫见“我”被厨师整得半死不活，又不付钱，就找他扯皮。厨师也不示弱，两个人当街吵起来，引来了许多看热闹的人。渔夫说：“我卖我，他买我，我咬他的手，他掐我，他踩我，把我弄得半死不活。你们说，该不该由他赔我？”厨师急了，忙说：“他卖我，我买我，我咬我的手，我掐我，我踩我，我不掐我踩我，我不咬死我？”这一连串的“我”呀“我”把众人都“我”糊涂了，就叫他们到公堂上去说。

两人到了公堂，把“我”放在公堂下，讲明情况后，别太爷把惊堂木一拍，喝道：“胆大的我，竟敢在光天化日之下咬我的厨师，打狗也不看看主人，来呀！快打死我。”两班衙役一听县太爷要打他自己，个个惊呆了。别县太爷见衙役不听吩咐，连拍惊堂木吼道：“打我，打我，快快打我！”衙役心想：县太爷发火了，不打是不行的。于是举起竹板把县太爷打得鼻青脸肿跑进内房。县太爷没叫退堂，哪个敢走？只好像木瘩一样在那里站着。过了会儿，知县夫人气呼呼地跑上公堂骂：“你们这些心里不多的东西，太爷叫你们打我，怎么打起太爷来了。”衙役们被骂发了火，心想：县太爷都打了，还不敢打你个贱婆？于是又一齐把夫人打进内堂。又过了会儿，县太爷的公子跑上堂来，骂道：“你们这些畜生，我爹娘叫你们打我……我，你们怎么打起老人家来了。”衙役们平时受了公子的气，找不到机会报复，这下可好了，不等吩咐，就举起竹板。这时，“我”见半天没有人理它，就慢慢伸出头和脚，爬了起来，渔夫却用脚踩着，公子见衙役举着竹板要打自己，急了，指着渔夫脚下的“我”叫道：“快，打脚下的鱼”。由于他怕打，说话不结巴了，把“脚下鱼”说得蛮快，听起来是“脚鱼”。从那以后，把“鳖”就叫“脚鱼”了。

讲述者：陈惠斌　男　58 岁　汉族　簰洲湾镇居民

搜集整理者：夏祖文

流传地区：嘉鱼簰洲

搜集时间：1984 年

贤德女子

有句古话说："贤德女子解得金丝带，姻缘劝拢祸劝开。"它是怎么样来的呢？

古时候，有个乡村女子，名叫贤德，为人性情温顺，勤俭持家，待人心肠好，又心疼丈夫。一天，她提着饭篮给田里做活的丈夫送饭，走到半路上，遇见一个上京赶考的书生。那书生饿极了，走路都有气无力的。贤德看他可怜，就把篮里饭菜给他吃了，自己转回去重做，再送到田里。丈夫嫌她送饭来迟了，她把路上的经过一五一十地讲给丈夫听，丈夫顿时发了火，骂她把饭给野男人吃，还抽了她一牛鞭。

她默不作声地回家去，刚转过山嘴，又碰到刚才那个书生，书生说："大嫂，你为什么事哭啊？"贤德一听，心想：我们夫妻伙里的事，说给外人听也无益，等丈夫回家，晚上好生劝他就是了。于是，她给丈夫遮口，说："我丈夫听说我半路上给饭你吃，骂我不知礼性，好人好客，要请到家里，桌椅板凳摆起，好生招呼吃饭，怎么在路上像打发叫花子一样呢？"

其实，那书生刚才在山头上已经看见贤德挨了打，心里很不过意：听她这样一说，更觉得贤德女子可敬可佩，他解下身上的金丝带送给贤德，说："日后我要是考得了功名，一定重重感谢你们夫妇，到时候就以这金丝带为凭。"

后来，那书生果真考中头名状元，他派人带着百两黄金，千两白银，以金丝带为凭，寻访到了贤德夫妇。贤德夫妇二人说："人生在世，哪个没有为难的时候？一餐粗茶淡饭，谁还指望报恩呢？"左说右说不肯收礼。手下人只好如实回报状元公。状元公听了自叹不如一个民间女子的见识高，就编出两句话："贤德女子解得金丝带，姻缘劝拢祸劝开。"慢慢在老百姓当中传开了。

讲述者：熊妈 女 62岁 汉族 新街镇农民

搜集整理者：金辉

流传地区：嘉鱼县

搜集时间：1985年

逆子行孝

从前，村里有个妇女，丈夫死得早，留下一个独儿。这个妇女带儿守寡，干一把湿一把地把儿子带大，总想这个没有爹的儿子可怜，随什么事依他，天长日久，把儿子惯坏了，有点什么事不如意，就骂他的娘，打他的娘，成了个忤逆不孝的家伙。

一天清晨，这个逆子在外头耕田，他娘送早饭去迟了一步，逆子不问青红皂白，扬起牛鞭子就打娘。他娘一边哭一边诉："儿呀儿，莫打娘，娘亲带儿痛断肠。日里汗水如雨淌，晚上泪水湿衣裳。生下孩儿九寸九，辛苦养到五尺长。乌鸦还有反哺恩，独生儿子要孝娘。"

逆子听娘这一哭一诉，也觉得自己不对，他朝田边的树上一看，果然那树上歇着的乌鸦，小的琢食来喂老的，就更觉得自己有罪过。

到了太阳当顶的时候，他的娘又高一脚低一脚地来送午饭。儿子连忙放下犁，飞跑着去接娘。他娘一看儿子来势汹汹，以为又要打他，吓得转身就跑，一不小心，跌到沟里摔死了。

这个逆子后悔不尽，哭得死去活来，娘也不能起死回生了。他葬了老娘后，用木头雕了娘的像，每天早晚敬香。

有一天，他晒了一禾场谷，就把娘的雕像搬到禾场边的树荫下，说："娘呀娘，请您帮儿守禾场。"说完，又忙着下田割谷去了。

忽然，天上乌云滚滚，电光闪闪，雷声隆隆，眼看要下雨了。他拼命地跑回禾场，先把娘的雕像搬进屋内，再来收谷。这时，云也散了，电也不闪了，雷也不响了，天晴得好好的。要是他先顾收谷不顾娘，雷就要劈死他哩！

讲述者：熊妈　62 岁　汉族　新街镇农民

搜集整理者：金辉

流传地区：嘉鱼

搜集时间：1985 年

望到银子化成水

从前，有两老表各出一半本钱搭伙出外做生意，大老表为人奸诈狡猾，细老表为人忠厚老实。两人走着走着，大老表看到路边山包上有一蔸毛栗子熟了，他嘴馋，跑上去把毛栗子连蔸扯起来，准备一路走一路吃，哪晓得毛栗子下露出一个坛子来！大老表揭开坛子封口一看，乖乖！一满坛银子！他贪财好利，没做半句声，只把旁边的一蓬茅草打了个结，做个记号，用脚刮些黄土盖上坛子，装作没事的样子，跟细老表一边走，一边分毛栗子吃。

只走了一程，大老表突然喊肚子疼，只怕是发了痢疾，怕连累老表，不想出门做生意了。细老表不知是计，要送他回去。大老表说："我一个人回去算了，不要误你的前程。"于是他俩分了本钱，各奔一方了。

大老表赶回原路，找到茅草结，扒开土块，坛子还在，他喜眯了眼，揭开坛子封口一看，截了拐！望到一坛银子变成了水，清悠了，凉浸了的！大老表怄不过，是水也要喝了它！咕哝咕哝一阵猛喝。一坛水下了肚，把坛子一摔，碎成了八块，撩起胯子回去算了。

走着走着，那银子化的水在肚子里作怪，疼得厉害。好不容易高一脚低一脚挨到了细老表家门口，只好找表弟媳妇借宿一夜。

大老表躺在床上，翻来覆去不得安宁，扳命扳了大半夜，好不容易睡着了一阵，一鸡子叫时醒来了，肚子一点不疼，却闻到了一股酸臭气，伸手往床上一摸，拐了！屙了一床！他想："这个肮脏样子，到天亮了怎么见人呢？不如趁早溜，从此再不见他们两夫妻了！"

第二天一早，细老表的妻子来喊表哥吃早饭，人不见了，却只见床上铺满一层银子，光闪闪的！后来，细老表做生意回来，妻子把这事告诉他；他们想找表哥分银子，却一直找不到他的鬼影子。

讲述者：贺晓初　男　52 岁　汉族　官垱村干部

搜集整理者：金辉

流传地区：金水河一带

搜集时间：1987 年

猪赚头的由来

相传很久以前，人们都非常喜欢喝酒，猪舌头是下酒的上等菜。有个屠户，只要他的后门一开，猪舌头便被别人抢着买去，猪肉却卖不动。赚钱的时候少，折本的日子多。屠户觉得自己折本是由舌头引起的，因为卖肉总是先把舌头卖了，舌和折同音，折本是没开好张。

一天，屠户没有买主，便打起了瞌睡，冷不防脑壳碰到肉砧板上。这时，正巧有一只大肥猪在肉铺前拱食烂菜叶子。屠户望到猪吃菜叶时，嘴巴上下左右不停地动，不觉眉头一皱，眼前一亮：咦，猪吃食，舌头转动，“转”跟“赚”的发音差不多，我何不把他改一改。

第二天，买主来买猪舌头，屠户赶忙纠正道：“哦，你买赚头？”说来也怪，这一天，屠户果然赚了好些钱。

自此，“猪赚头”一说越传越广，杀猪人为讨吉利，都把猪舌头说成是猪赚头。

讲述者：张妈　女　70 岁　汉族　新街镇农民

搜集整理者：张帆

流传地区：新街镇一带

搜集时间：1987 年

穷人做祭

从前，一个穷人到祖宗祠堂里去做祭，他见族里人多，吃饭没有板凳坐。就提出了个主意说：“为什么事不把祖坟上的古树砍几棵，做一些板凳呢？”族里人一看，是个穷人说的。有的骂他：“放屁！”有的跳起来捅他：“放狗屁！”还有的摇头晃脑，冷冷地指责：“祖坟山上的衣帽怎么动得，真是一个败家子！”

几年以后，这个穷人做生意发了大财，成为全族的首富。又到祖宗祠堂里做祭。这一回，他不是步行了，而是八抬大轿抬去的。全族的人见富户老爷来了，都去迎接他，又点头，又哈腰，吃饭请他坐上席。他又提一个建议，大家都请他快讲。他放下筷子，慢慢地说：“我们族里这么多人，我看有几家缺样东西。”族人忙问：“缺什么？”他拿眼瞟了一下族人说：“就是有的人死了儿，缺匣子埋儿。是不是把祖坟山上的古树砍几裸，由我出工钱，请木匠做几个匣子，准备死了儿好埋。各位看好不好？”大家都说：“这话说得好，说得好！”他冷冷一笑说：“老子现在走了运，放屁都是好话。原先穷，好话都是放屁。”大家听了都不敢作声。

讲述者：孙铁雄　男　65岁　汉族　八斗乡农民

搜集整者理：孙铁雄

流传地区：八斗乡

搜集时间：1985年

小牛有吃在后

从前，有个财主叫穷人家孩子放子母两头牛。财主不给小孩吃饱，说“小伢有吃在后，吃的日子长得很。”放牛娃听了，心生一计，天天只放母牛，把小牛拴在树上。三日三，九日九，小牛饿瘦了。财主骂小孩没放好小牛，小孩顶了他几句：“小牛有吃在后，吃的日子还长着哩！”财主一听，无言对答。

讲述者：孙铁雄　男　65 岁　汉族　八斗乡农民

搜集整理者：孙铁雄

流传地区：嘉鱼一带

搜集时间：1987 年

簰洲才子

很久以前，簰洲有个叫孙家宜的人，去考场赶考。一个考官问他：“你叫何名？”“我叫孙家宜，大人。”他说话时，把孙家宜大人连在一起说了。考官说：“什么，你叫孙家宜大人？放肆！”孙家宜连连点头：“是大人。”考官气得要赶跑他，又转念一想：此人敢在我面前称大人，莫非有点才华，等问清楚后再发落不迟。

“你今年多大年纪？”“老爷我今年十八岁”。

考官听着孙家宜又自称老爷，气得眼睛直翻，怒气冲冲，道：“你家住何处？”“老爷家住九岭十八坊，一洲搭八县，五门一提督。”啊！原来此人家财万贯，可称豪富。考官怕他扯谎，接着盘问：“你有几大家当？”孙家宜十分得意的样子：“谈不上家当，只不过千柱落脚，筛箩吃饭，两只盐船走水。”考官想，这真是财大气粗。再往他身上一瞧，不像！一身烂布衣又旧又脏，明明是个穷光蛋。考官觉得今天被一个“白扯”骗了，顿时气冲牛斗，吼道：“老夫明天派人去访，如有半句不实，定责不饶！”

第二天，考官派官员到簰洲查访，在孙家宜屋前屋后转了一圈之后，来人大发雷霆，这时，传来孙家宜。官员吼道：“你知罪吗？”孙家宜回话：“老爷何罪之有，请讲明。”

“你不是说你住九岭十八坊，一洲搭八县，五门一提督吗？”“是。老爷我住的这里有庄屋岭、重新岭、大兴岭、猫儿岭、王家岭等九岭。有赵家坊、许家坊、王家坊、陈家坊、肖家坊、董家坊、蔡家坊等十八坊。还有新洲，八县（型）村，不是一洲搭八县么？

有沈家门、殷家门、罗家门、张家门、刘家门，还搭一个刘堤，正是五门一提督。”

那官员听完后，问地方官，这些地名是不是实，地方官说簰洲确实有这些地方。来人暗暗佩服孙家宜聪明，点了点头，继续问：“你那千柱落脚，筛箩吃饭，两只盐船走水又怎么讲？”

“别人用树木做屋，九柱落脚，我用茅柴夹壁，不是千柱落脚？我用箩筐托筛子当桌子吃饭，不是筛箩吃饭？我的盐钱就靠我塘里的两只鸭子下蛋卖钱换米，不是两只盐船走水？”

那官员听了，连连点头，觉得他还有点歪才。

后来，孙家宜考中了秀才，消息传遍簰洲，有人送他一块匾额，上面写着“簰洲才子”。原来，送匾额的人就是那位考官。

讲述者：张达银　男　84岁　汉族　簰洲湾镇居民

搜集整理者：余章银

流传地区：簰洲

搜集时间：1987年

移香捉贼

从前，村里有一个老头，很聪明。

一个晚上，有几个贼来偷东西。他们怕慌忙逃跑时会迷了路，就点上香火，沿路插上，作为记号。老头一觉醒来，看到香火，便明白了。暗暗出门，移动了香火，插向塘边。然后又到屋里，见贼已快把洞打穿，进屋就喊：“有贼啊，抓贼啊！”几个贼吓得屁滚尿流，沿着香火快跑，“扑通扑通”全栽到塘里去了。

讲述者：雷昌德　男　40岁　汉族　舒桥镇农民

搜集整理者：雷家新　雷嘉

流传地区：舒桥镇

搜集时间：1982年

小媳妇巧驳公爹

村里有个姑娘，因为家穷，十三四岁就去给有钱人家做小媳妇。她的公爹是个碎米咀，对小媳妇总是唠唠叨叨，这也不顺眼，那也不如意。

这年腊月三十，小媳妇在堂屋里弓着腰扫地。公爹骂她："女人家没点规矩，背对着祖宗牌位，把个屁股翘到半天云里去了！"小媳妇忍气吞声扫完地，公爹又要她敲开凌冰，淘米洗茶，不准用热水，小媳妇双手冻得像紫茄子，放在嘴边呵一口热气。公爹嫌她干慢了，骂道："细伢秧子怕什么冷呢？古语说得有：'春来一日，水热三分，春来三日，水里烫人。'今日立春都三天了！"

小媳妇憋了一肚子气。大年初一清早，她打了盆冷水给公爹洗脸。公爹刚把手伸进脸盆，就"啊"的一声缩回来了。小媳妇连忙说："你朗家只怕是烫了手吧，今天春来四日哩！"公爹被呛住了。寻思了一阵才愤愤地骂道："不谙事的家伙，多嘴！你晓得天有多高啊？""天有两屁股高！"小媳妇立刻反驳。公爹想起自己说过的话，气得喉咙打哑，半天说不出话来。

讲述者： 黄甫仁　男　68 岁　汉族　官垱村农民

搜集整理者： 金辉

流传地区： 官垱金水

搜集时间： 1982 年

白鸡公

从前，有个穷秀才，腊月三十日用卖字画的钱买了一只白公鸡，托人带回家，叫他妻子李氏办年饭吃。谁知李氏刚去烧水准备寻鸡毛，那鸡却被村头王员外的老婆捉跑了。天晚，秀才回来吃年饭时，问起鸡子，李氏怕秀才晓得这事和王员外扯皮，就说是她不小心，被狗子拖吃了。

原来，王员外家也有只白鸡公，因寻食吃，爪子挞倒了箩筐，被扣在里面了，全家人到处找不见，就把秀才家的白鸡公当成自己的捉回来了。大年初一，王员外发现自家的鸡公还在，自知理亏。他想：穷秀才是个写状词的老手，要是为这事告我一状怎么办？越想越怕，就趁着过年，接他来喝酒，再借些路费钱给他上京赶考。

穷秀才有了路费，上京城去，考中头名状元，被皇帝封为八府巡按，高高兴兴地回家来。晚上睡觉之前，巡按把脚跷到李氏面前，开玩笑说："快快与本官脱靴！"李氏说："你做了官，好大的架子哟！你可晓得这官是从哪里来的呀？"巡按哈哈大笑说："是凭本官的才华考得来的呀！"李氏问他："要是没有盘费，你能进得京去么！"巡按一听这话里有话，其中必有缘故。他突然吼道："这样说来，你这贱人必定与王员外有什么勾搭！"李氏一听这话，泪如雨下，边哭边诉，把白公鸡的事从头到尾说了一通。巡按听后，深感惭愧，连忙赔礼："夫人说得有理，我今日的高官厚禄，全凭你的贤德。夫人，你真是可敬可佩啊！"

讲述者： 刘望生　男　50 岁　汉族　虎山乡农民

搜集整理者： 杨鹏

流传地区： 虎山乡

搜集时间： 1982 年

乔巴点状元

从前，荞麦坡的庄稼人家家种荞麦，有一家姓乔的，养了个儿子，憨里憨气，会做也会吃，一餐吃得两尺高的荞麦粑。家里穷，又没读过书，没取官名，顺口叫个“乔巴”。乔巴十八岁那年，爹妈都死了，他独自跟人家打零工。

有一天，乔巴在地里挑荞麦杆，看见两个秀才，各人背个包袱，走路像怕踩死蚂蚁一样，他觉得稀奇：背这滴儿大的包袱都走不动，真没得用！就问他俩：“你们是搞什么事的啊？”“上京赶考的。”秀才回答他。乔巴问：“赶烤？烤什么啊？烤荞麦粑吃？”秀才说：“看你说的！考头名状元啰！”“考中了头名状元，吃荞粑尽不尽饱啊？”“呃——岂止吃荞粑！山珍海味由你吃！”“那我也考头名状元去！”“可得！可得！我们同路去。你专门背包袱，我们保你餐餐荞麦粑吃！”“可得！可得！”乔巴把扁担往地下一丢，就要来接包袱，两个秀才想逗一逗他，就问：“扁担倒在地下是什么字啊？”“不晓得！”“哈哈！真是一字不识！”两个秀才大笑。乔巴想：“他们这样高兴，肯定一字不识是句好话，我倒要记着。”

就这样，乔巴和秀才一同上京去，一路上秀才们甩的文，乔巴都记在心里，准备考状元用。他们看到一口干裂了的水塘，秀才说：“这谓之‘旱塘大圻’”。又走不远，看见有人用龙水骨车车水，秀才又说：“这叫作‘滚节连筋’。”他们走到海边，海边有座高山，遮住了东边的太阳，半上午了，还不见日头；风起了一阵，海浪才从远处游来，撞着海岸。两个秀才对起子来了：一个出：“山高日出晏。”一个对：“海阔浪来迟。”乔巴都记在心里。

三人一路走来，到了京城。事不凑巧，考期已过，两个秀才找亲戚住去了，准备明天再考。乔巴举目无亲，又没有钱，肚子饿得叫，只好麻起胆子去闯考场。守门人不让进，他跟别人吵起来了。这时恰好几个老胡子官出来了，边走边议论：“今年的考场太不效了。”“出色的文章太少啊！”乔巴看他们的打扮估摸是主考官员，就扯起喉咙来叫：“你们怎么不让我进去，我稳拿头名状元啊！”“你怎么来迟了？”乔巴想起秀才他们在路上甩的文，答道：“山高日出晏，海阔浪来迟！”考官交换了个眼色，称赞道：“果然出口不凡！”一个考官又问：“你口才不错，文思很快，读的是哪一册，哪一经呢？”“旱塘大圻，滚节连经！”“哎呀呀，不简单，不简单！”考官们暗想，我们熟读经史子集，倒背四书五经，这“汉唐大册，滚节连经”倒没读过，听也是头一回听到。此人文才一定在我们之上！兴许他读的是番文吧！几个考官唧唧咕咕咬了一阵耳朵，拿出一张纸来，对乔巴说：“这上面有一百个番字，你可认识？”乔巴接过来看，那些字像虫罗蚂蚁一样，他哪里认得呢？就回答说“一字不识！”“啊？他只一个字不认得！了不起，了不起！快带他去见皇上，当殿考试！”

乔巴被引上了金銮宝殿。皇帝说：“乔巴，听考官凑本，你口才不错，文才也好，不需我再考了，我只出个哑巴对子，看你对不对得上！”乔巴这时已经是鸭子赶上了架，不得已答道：“你出吧！”皇帝用双手的拇指和食指，做了个圆圈，意思是："圆圆世界"，乔巴一看，以为是比荞麦粑，就用左右手上下一做，意思是："我吃得两尺多高一摞！"皇帝以为他对的是"矮矮乾坤"，连连含笑点头。他又对乔巴伸出四个手指，意思是："四方作乱"。乔巴以为要他再加吃四个，就对皇帝摆了摆手，意思是："加不得，不要了！"皇帝以为他对的是"一扫太平"，高兴得不得了，御笔亲点乔巴为头名状元。

讲述者：黄甫仁　男　68 岁　汉族　官垱村农民

搜集整理者：金辉

流传地区：官垱　金水一带

搜集时间：1982 年

一百吊钱

从前，烟灯乡山里头，有一户人家姓鲁，叫鲁仁。隔壁一户姓杨，叫杨乍。只因天旱，颗粒无收，两家商议到京城去做生意，赚点钱回来过年。

到了京城以后，鲁仁为人忠厚，待人和气，生意越做越俏。杨乍却又奸又狡，好吃懒做，本钱折得精光。转眼到了寒冬腊月，鲁仁想再抓几笔生意，杨乍只好回家，要不然在外只有打灯笼股了。

鲁仁是扁担倒下来一字不识的人，他用四张纸钱，画了四张画，拿了些钱，拜托杨乍带回去给自己屋里人过年用。半路上，杨乍打开画一看，上头画的雀子不像雀子，冬瓜不像冬瓜，还有一团索子，一把胡琴，真是一丈二的和尚——摸不着头脑。他暗自盘算，带的是口信，东西南北由我转，钱就归我留着过年了，心里好不欢喜。

紧走慢走，几天以后，拢了屋。杨乍把四张纸钱交把鲁仁屋里，还说鲁仁在外头吃喝嫖赌，连本钱都折光了，哪里有脸回来，说罢车身就走。鲁仁屋里听说男将不争气，眼泪直滴，腊时腊月，什么都没得，好不伤心。捧着几张纸钱看过来，翻过去，突然，她眼睛一亮，这画上有名堂，麻利地揣起钱纸，抱起细伢去找杨乍。进门伸手就要鲁仁带回来的钱。杨乍死不认账，又是赌咒，又是喊冤。两人扯扯拉拉来到衙门。

县官坐堂，还没问话，杨乍抢先告状，那状词像背熟了的。老爷叫鲁仁屋里呈上四张纸钱。老爷看过第一张，摇了摇头 。再看第二张，又摇了摇头。看到第三张，越看越糊涂。看到第四张，越发不清楚。装腔作势地问："你一民妇，你能解出画中的意思吗？"这时间，堂上堂下的人都瞄倒鲁仁屋里，不晓得葫芦里装的什么药。

鲁仁屋里不急不忙地回话："头一幅画的四个酒坛，四九三十六。"老爷点了点头。"第二幅画的八只八哥，八八六十四。"老爷又点了点头。"三十六加六十四是一百。一团索子是穿钱用的，用钱纸带信，我男将告诉我带回了一百吊钱。"县官一边点头，一面观察杨乍，只见杨乍跪在堂下，汗流满面。老爷又问第四幅画，鲁仁屋里说上头画了一把胡琴，是我男将嘱咐，杨乍如不认账，就去找他"扯筋"，拉胡琴就是扯皮拉筋的意思。当时，老爷一拍惊堂木，杨乍吓得尿了裤子，连连磕头，说了实话。结果，杨乍挨了四十大板，鲁仁屋里领回了一百吊钱，合家老少过了一个热闹年。

讲述者：吴成新　男　64 岁　汉族　烟灯乡农民

搜集整理者：李家道　谢忠告

流传地区：嘉鱼县

搜集时间：1987 年

四兄弟竖门柱

从前，嘉鱼舒桥梅山有四弟兄，个个都有一身蛮力。这四弟兄从来不撮祸，专门为穷人做好事。

有一年，长江发大水，从江北来了好多逃荒的，吃没得吃住没得住，灾民们打算在这里搭几个茅棚歇身。谁知，当地财主却要他们交“地皮钱”，没有钱就把他们赶走。灾民没有钱，只好来求四弟兄。四个人听说后，蛮恼火，就阴倒商量，要整整这个狠心的财主。

这一天，财主的新屋竖门柱。财主叫来四弟兄说：“你们跟我把门柱竖起来，我把四升米你们。”四弟兄一听，机会来了，就商量了一阵，于是，老大跟老二一个抱起一个六尺高的门柱朝地上着力一扳，门柱成了两节。他们把两条断门柱竖了起来，接着，老三跟老四又一人抱起一个两尺高的石凳，凳搁在门柱顶上。

老财主一看，肚子都快气破了，又怕石凳落下来打破了他的脑壳，只好赔着笑脸说好话：“我的活爷啊，你们把石凳搬下来，我把几斗米你们都可得。”

“没有这么好说话。”老大说：“你把那些灾民都请来，拿钱给他们搭几坐茅棚，再一家把一斗米，我们就把石凳拿下来。”

“我的天呀”，财主叫苦不迭，他们几十个人，一下子要吃掉我几担米呀。心里虽然这么说，却不敢露在表面，只好照四弟兄的话去做。从此，这个财主再也不敢欺负灾民了。

讲述者：程碧　男　25 岁　汉族　梅山村教师

搜集整理者：程碧

流传地区：舒桥镇

搜集时间：1987

·嘉鱼老区的故事·

震惊鄂南的米埠暴动

在嘉鱼波澜壮阔的革命历史进程中，米埠暴动是浓墨重彩的一笔。一批志士仁人“揭竿而起”，发动秋收暴动，吹响了反蒋反封建的斗争号角，也给这个依山临水的鄂南小集镇打下了红色烙印。

话说 1927 年 7 月 15 日，汪精卫在汉口召开“分共”会议，悍然宣布与共产党决裂，与蒋介石实现“宁汉合流”，公开背叛孙中山制定的国共合作政策和反帝反封纲领，积极实施反共剿共，提出“宁可枉杀千人，不使一人漏网”的反革命口号，在武汉地区大批屠杀共产党人和革命群众，第一次国共合作全面破裂，持续了三年多的中国大革命宣告失败了。

同年 7 月 27 日，中共中央成立了以周恩来为书记的前敌委员会，领导了著名的“八·一”南昌起义。8 月，中共湖北省委根据中共中央“八·七”会议精神，决定以蒲圻为中心、举行鄂南秋收暴动，时间定于 9 月 10 日。

根据省委安排，李文卿从武昌回到嘉鱼舒桥，具体组织和领导秋收暴动。此前，从 1924 年 8 月起，在共产党人吕金城等的具体组织下，嘉鱼的农民运动蓬勃兴起，到 1927 年 2 月，成立了观音寺、石塘、董家岭、舒桥铺、刘家岭等 5 处农民协会，建立了农民自卫军、赤卫队。此时，混迹于嘉鱼的意大利天主教安神甫，勾结米埠“保卫团”团长雷长青，强拆民房修教堂，抢粮草、占家财，无恶不作，老百姓遭到洗劫和欺凌，巴不得处死雷长青以解其恨，因此，在米埠发动秋收暴动就有了广泛而深厚的群众基础。

8月20日，鄂南特委又派嘉鱼籍共产党人龙从启回县，参与组织秋收暴动。27日，李文卿、吕金城、龙从启、徐则夫等在鱼岳镇东门处狮子庵召开共产党员和积极分子会议，成立了中共嘉鱼县委，龙从启任书记，李文卿任宣传委员，吕金城任组织委员。9月4日，县委在石塘高家祠堂召开会议，确定吕金城为暴动总指挥，将农民自卫军、赤卫队组建为农民革命军鄂南总司令部赤卫营，下辖4个中队，指战员450名。拟定9月10日在米埠先行暴动，然后扩大到舒桥、八斗、陆溪一带，最后集中力量，夺取嘉鱼县城。

同年9月8日晚上，蒲圻县在中伙铺截火车提前掀起鄂南暴动。嘉鱼县委积极响应，决定于9日举行米埠暴动。9日黄昏，天色有点阴沉，还夹带着细雨，吕金城、李文卿、龙从启带领赤卫营及农协会员3000多人，挥舞着大刀、长矛、土铳等武器，号角喧天、杀声动地，如神兵天降，从黄土坑、白屋周、石子边三路蜂拥攻入米埠镇。正在打麻将的雷长青得到消息后，吓得白眼直翻，慌了手脚。为了保住小命，忍痛丢下搜刮的金银财宝，更顾不上刚霸占的村姑，带领“保卫团”及安神甫从北风滩隐身进入蜜泉湖，坐上2只木船逃命。其中一个随从在慌乱中跌进湖中，雷长青们也懒得去耗时施救，只是向湖中丢下几个银圆，看着他苦苦挣扎、活活淹死。其他没有来得及逃脱的“保卫团”成员，有的被起义军打死打伤，有的乖乖做了俘虏。

嘉鱼县委随即在米埠召开了有5000多人参加的群众大会，枪毙了欺压百姓、作恶多端的劣绅蔡振发，宣布成立米埠区农民协会，选吕金城担任主席。13日，根据鄂南暴动计划，吕金城带赤卫营一、三、四中队奔赴咸宁，配合鄂南暴动武装攻打咸宁县城。李文卿则带领赤卫营二中队坚持在米埠继续开展对敌斗争，与驻县的国民党地方武装警卫二团发生激战，两天后，由于敌我力量悬殊，撤出了战斗。

9月15日，由于攻打咸宁县城未果，而国民党的大批援军即将到来，暴动部队被迫撤离。吕金城也于16日率队返回嘉鱼，在绿岭铺击溃警卫团第五连，进入大崖山，建立革命根据地。当时，参加鄂南秋收暴动的余洒度，率领千余人于9月下旬进入舒桥地区，因此，国民党的反动军队不敢轻举妄动。10月，余洒度率部转入湘鄂赣边区，给了反动武装一个反扑机会。1928年3月4日，舒桥吕家村劣绅吕祥宜、漆家大屋劣绅漆云山，与驻蒲圻的国民党反动军队勾结，派3名侦探来到大崖山，被赤卫营战士抓获，枪杀于三眼桥下，而吕祥宜、漆云山得以潜逃蒲圻。17日凌晨，驻蒲圻的国民党十三军二十九师一0五团，在吕祥宜、漆云山的引领下进攻大崖山。吕金城带领赤卫营与他们激战一整天。由于敌军势力太大，为了保存实力，黄昏时分吕金城组织部队转移，自己与三中队长程家政、四中队长黄德赐断后，终因弹尽无援而被捕。

敌军将吕金城等三人连夜押解蒲圻。途经陆水河时，黄德赐纵身一跃，投入河中，英勇殉难。吕金城、程家政被押往蒲圻县城，在敌人的严刑拷打下，宁死不屈。19日，在蒲圻县城东门外被处以极刑。临刑前，吕金城慷慨高歌："壮志凌长空，丹心昭日月。生前未了事，留予后人接！"然后从容就义，被残忍地五马分尸，程家政亦被剖腹挖心。

包括米埠暴动在内的鄂南秋收起义，曾被称为"两湖暴动的中心力量"、"暴动的柱石"，虽然被反动派残酷地镇压下去了，但是，它第一次以公开的方式向农民打出了中国共产党土地革命的旗帜，对湖北全省产生了巨大影响，她和继起的鄂东"黄麻起义"，和鄂中、鄂西、鄂北等地的农民暴动，为建立鄂豫皖、湘鄂西革命根据地奠定了基础。10月24日 中共中央第十三号通告高度评价了鄂南秋收起义的意义，而米埠秋收暴动作为鄂南暴动的重要组成部分，也载入了中国革命的光荣史册！

李文卿虎口脱险

李文卿，名承鑫，又名鑫，字继贤，号豪村。新街镇村河泊矶人。1902 年生，1925 年参加中国共产党；是我县第一个共产党员。文卿历任中共嘉鱼县委委员，共青团上海市法南区委书记，中共徐海蚌特委军事委员，中共铜山（徐州）中心县委委员。中央“八·七”会议后，文卿衔命回县，同吕金城等领导了米埠暴动。文卿三次参加北伐战争，任国民革命军营党代表、团政治指导员，深得团长沈元镇信任。文卿在白区工作期间，机敏善变，卓有成就，两次被捕，均因“查无实证”获释。后因叛徒出卖，第三次被捕，视为“重大政治犯”，解南京宪兵司令部。在狱中，文卿把监狱当战场，同章汉夫、郑绍文组织“干事会”（党支部），任干事（书记），领导难友同敌人斗争。在宪兵司令部，文卿策反狱卒，以其人格魅力，感化一年轻宪兵，愿为共产党做事，多次替他传递信件。同狱难友叶阴说：“李文卿是百分之百的布尔什维克”。1934 年秋，文卿在南京雨花台英勇就义，年仅 32 岁。

李文卿烈士是带有传奇色彩的优秀共产党员，坚定的无产阶级革命者；是嘉鱼的骄傲。1993 年版《嘉鱼县志》有传，南京雨花台革命烈士纪念馆有遗像和事迹。下面，讲三件事，以飨读者。

黄童齿利　小犊棱锋

李文卿烈士之父永济，业农，略有家资。因望子成龙心切，文卿幼年即送入清廪生李易门塾馆就读。他天资聪颖，勤奋好学，学有见解，文章、书法皆优，犹能言善辩，是李先生的得意门生。

李先生是名儒，时有饱学之士登馆拜访者，雅集行乐；也有附庸风雅者时来打扰的，他也虚与委蛇。一天，大恶霸刘西山进馆，李先生泡茶相待。刘是有名的假斯文，他呷了一口，举起茶杯，得意吟诵："开水泡开茶，解渴。"问道："哪位能对出下联？"李先生学富五车，自然对这等粗俗的对子不屑一顾；但对这样的恶人，他也不愿得罪，便佯装拈须琢磨。学童们哪能识破先生城府，一个个互相观望。这时，刘西山得意了，傲慢的目光扫视全场，最后落到小文卿身上："你是李老夫子的高足，能对上吗？"

文卿虽然年方十五，但早熟早慧，对刘西山的恶名早有耳闻，今天见他这副丑相，心想，你点名要我属对，我就顺水推舟，杀杀你的霸气，于是站起来一字一板地对答："经～锤～敲～经～线，乱～弹！"刘西山一怔，觉得用弹花匠弹棉花对开水泡开茶，贴切，准备夸奖几句，以示高明。再一想，觉得不对味。"弹"与"谈"读音相谐，再加一个"乱"字，不是说我是在"乱谈"吗？这个乳臭未干的小儿，竟敢羞辱我！一股恶气直冲脑门，正想训斥，一抬头，与李先生四目对视，胆怯了，因为老夫子是大儒，训斥他的门生等于训斥先生。更要命的是，若将"乱弹（谈）"说破了，更丢面子。于是强作欢容，悻悻而去。以后，再也未见刘西山来塾馆张扬了，李先生也清静了许多。

书生锦囊计　无赖落汤鸡

李文卿烈士青少年时代，经历了“五·四”爱国运动，“二·七”大罢工运动，国共合作等推动历史进程的重大事件；又阅读了《新青年》、《共产党宣言》等进步书刊；还游历了武汉等地，使他从反帝反封建的爱国青年，飞跃到有伟大抱负的无产阶级革命者。为方便革命活动，文卿从龟山来到县城，在东街开设“楚家旅社”，联络吕金城、裴云清等有志青年；又通过好友刘玉声，结识从北京、武汉回乡的进步学生，以结拜“十兄弟”为名，与熊伯蘅、徐则夫等组织读书会，用“儒学会”名义，在“惜字公所”集会，开展革命活动。这样，“楚家旅社”“客人”盈门，“生意”兴隆，引起了地痞的眼红，他们不服一个“乡巴佬”进城发财，于是邀约一帮人来“楚家旅社”“吃大户”，猜拳行令，海吃海喝，把“楚家旅社”闹得乌烟瘴气，干扰了革命活动。开始，文卿以不交恶地头蛇为念，好言相待。但这帮人以为文弱书生好欺，更加放肆，甚至狂言：“能赢我的拳头就给钱，赢不了就好生侍奉。”旅社的人一个个咬牙切齿，握紧拳头，要教训这帮无赖。文卿示意放走了他们。事后，文卿召集李光然等商议，决定智惩。一天，这帮人又来海吃，待他们酩酊大醉，滚烫的开水从楼板缝隙倾泻而下，把这帮无赖淋得像落汤鸡，呼爹喊娘，乱作一团。这时，文卿出现了，说是学徒在楼上烧水，不慎闯翻了炉子，是个“误会”。有个痞子说：“拿钱来诊！”文卿说：“放牛娃赔得起牛吗？算我背时，今天和以前的饭钱免了，作个补偿吧。”这帮家伙挨了一闷棍，才知老板是个啃不动的“核桃”，借梯下楼，哼哼唧唧地走了，以后再也不敢来了。

事后，文卿对李光然等说，这个事虽然做得有点不地道，但也是被逼来的，以恶治恶，不然店里就没有这么清静。为适应革命需要，文卿将“楚家旅社”更名“集贤客栈”，旗帜更鲜明，活动更频繁。

孤身仗义胆 一路战贪狼

在嘉鱼东乡，有刘西山、蔡秀山、鲁坤山和郭子元四大恶霸，人称“三山一郭”。他们勾结官府，榨取民财，霸人妻女，人欲食其肉寝其皮。文卿决心为民除害，他带领农军十余人枪，计议于腊月二十六日袭而除之。不料事泄，反被鲁坤山武装包围。农军见鲁人多势众，有些胆怯。文卿是经历大战的带兵人，他鼓励大家说，别看敌众我寡，但都是乌合之众，一击即溃。北面地形复杂，你们放枪作掩护，我从那里突出，你们从相反方向突击，即可成功。交代完毕，他率先突出包围；鲁坤山一见文卿就眼红，大喊：“捉住李文卿赏银圆三百！”紧追文卿不舍；文卿边打边跑，听到背后枪声已远，知道农军已突出包围，完成了牵引鲁坤山的任务，心里盘算如何摆脱追击。他想，我水性好，走水路最好。于是退到官粮洲；鲁坤山心喜，前面是大江，后面有我追兵，看你往哪里逃？文卿来到江边，纵身一跃，跳进了冰冷刺骨的长江，紧紧贴着江岸，用浪渣盖着身体。鲁坤山率队来到江边，对滚滚江流放了三枪，从牙缝里蹦出一句话：“你敢拦我的路！”一头目会意指着江中的漂流物大喊：“李文卿！”于是大家对它放了一通枪，无可奈何地回转了。

但李文卿未除，“三山一郭”寝食难安。他们买通县衙，画像悬赏，路口设哨缉拿。可他们没有想到，文卿就藏在他们的眼皮底下、他的外婆家。到正月十五日深夜，乘敌人欢度元宵节之机，奔往武汉，住在蛇山脚下斗级营街李义元客栈。店老板李天茂也是龟山人，与文卿同房同辈分，因为僻静，文卿常在此落脚，并带来一些“客人”；天茂也视文卿为兄弟。这次文卿将遭县衙通缉事情告知天茂，问他怕不怕受牵连，天茂说："我保你安全。"为防万一，他们商议，将厨房地窖挖一通蛇山脚下的地道。此时，县衙毫无察觉，仍在路口设伏，甚至骗其妻到轮船码头诱捕文卿。后来侦知，文卿早已去了武汉，住在李义元客栈，"三山一郭"又买通县里的"铲共团"杨天申，直扑武昌，联络当地警察局，包围了李义元客栈。文卿闻报，急从地道逃出，折入一条小巷，正巧迎面来一卖菜老人。文卿急步上前，将老人的菜担和衣帽买下，摇身变成了卖菜翁，大摇大摆地走出了警察包围圈，接受党组织派往南昌的任务，投入了新的斗争。

（胡明主、周廷諴搜集整理）

萧刚高铁岭捐躯

在嘉鱼县龙潭山（文庙山）烈士陵园里，萧刚烈士的墓碑显得格外突出。一位新四军团长，为了嘉鱼的解放，英勇地献出了自己年轻的生命，值得嘉鱼人民世代铭记、永远缅怀。

萧刚系安徽省金寨县萧家庄村人，1919年2月出生于一个贫苦的农民家庭，上有一个兄长、下有一个妹妹。在他11岁的时候，国民党部队四处抓壮丁，萧

刚兄弟唯恐被抓入伍，四处逃避，流落他乡，在生活面临绝境的关键时候，幸运地被红军救下来，并从此参加了工农红军，成为第二十八军的一名警卫员。而他的哥哥也加入了红军组织，只是和他不在一个部队。

在艰苦的长征过程中，萧刚虽然小小的年纪，却表现出了坚定的革命信念、英勇顽强的战斗作风，不怕苦、不怕累、不怕死，是部队上下都喜欢的好战士，得到了组织的重点培养和锻炼。在随红四方面军到达延安革命根据地后，萧刚被选拔进入“抗大”学习，在这所革命的大学里，他勤奋好学、善于总结，思想觉悟、文化水平、工作能力都得到明显提高，并于 1935 年加入中国共产党。

抗日战争爆发后，萧刚随红军第五大队转战到湖北，先后在黄安（今名红安）、麻城等地开展敌后武装斗争，参加过多次激烈的战斗，先后 7 次负伤。其中在黄冈保卫战中，萧刚带领部队边打边撤，为掩护战友，不慎摔进了一个土沟，腿部严重受伤，牙齿也被磕掉了几颗。正因为他作战勇敢、机灵，从而不断得到提拔和重用，从班长到排长，再到副营长，短短几年就成为一个出色的基层指挥员。

1941 年 4 月，萧刚所在的部队编入新四军第五师，他被任命为十三旅三十七团二营营长，成为师长李先念麾下的一员战将。第五师在礼山（今大悟）县山区整训时被日军包围，部队分五路穿插突围，由最能打硬仗的三十七团担任掩护，萧刚则奉命带领全营阻击师部驻地附近的敌人，全力掩护司、政、后机关安全转移。到达步竹岭后，师长李先念命令三十七团分散在礼山县山区配合地方武装打“麻雀战”，掩护王震领导的三五九旅南下。这时，驻扎在石仁山区的日军蜂拥而来，萧刚指挥全营顽强抗击，打退敌人的多次进攻，圆满完成掩护任务。

1943 年，萧刚就任新四军第五师十四旅四十团团长，受李先念师长派遣，率部来到江南的嘉鱼县境，开展抗日游击战争，成为鄂南抗日武装中的骨干力量。一次，萧刚得知日军将从长江水上运输物资，便带领部队潜伏在陆溪口江岸边的芦苇丛中，待日军船只靠近，出其不意，猛烈射击，迫使日军乖乖投降，拱手将满船的物资送给了新四军。当时正值春节期间，为庆祝战斗胜利，新四军和当地群众一起开展联欢，共同玩起了当地老百姓最喜欢的“采莲船”，生性开朗的萧刚竟然化妆船中的新娘，动作活灵活现，夸张的姿态逗得人们笑声不断，都说萧团长有文化、没架子，笑起来特别好看。

1945 年 7 月 9 日，萧刚奉命运送缴获敌军的武器弹药，在当地找了一些群众做挑伕，亲自带领一个连担任保护。那天晚上，部队从大崖山出发，在茂密的树林掩护下向高铁岭快速行进，谁知他们的行踪被国民党挺进军游击队刘敏志部觉察，出动大队人马进行阻击。萧刚迅速指挥战士进行猛烈还击，一举击退了敌人。正当萧刚打着手电筒在地图上查看行军路线时，隐蔽在一个破碉堡的敌军残余人员对着亮光，一阵冷枪过来，子弹无情地射中萧刚的左胸，当即血流如注。战士们马上将萧刚救护到张银山村，虽然极力抢救，终因流血过多而牺牲，一个年仅 26 岁的优秀指挥员就这样含恨而去。由于行军作战的需要，部队在当地买下一口上好棺木，将英雄埋葬在张银山麓。

萧刚烈士牺牲时结婚不到 8 个月，爱人在黄安新四军里当护士，当年 10 月生下了遗腹子萧爱山，在李先念、张体学、夏农苔等革命前辈的关怀下，萧爱山受到了很好的教育，大学毕业后参加了革命工作，后来荣任湖北省体育局局长之职。其孙萧海亮亦出类拔萃，在 2000 年悉尼奥运会上，过关斩将，获得男子跳板双人冠军，为祖国争得了荣誉。

萧刚是张体学的爱将，虽然牺牲了 30 余年，但一直怀念他，曾多次指示寻找他的遗骸。由于历史社会的变迁，农村土地不断调整，萧刚烈士的墓地也被平整。1975 年，萧爱山秉承张体学的遗愿，继续寻找家父萧刚的墓地。在县政府和高铁岭公社的大力支持下，在张银山找到了烈士的坟茔。因风雨侵蚀，遗骸难辨，凭借那颗镶嵌的金牙和皮带上的金属扣头，证实了墓主人的身份。不少仍然健在的当地老人见到那颗金牙后，睹物思人，伤心流泪，仿佛又看到萧团长那每天笑呵呵的大嘴、高大魁梧的身影。经萧刚家人同意，县人民政府决定将烈士的遗骸和遗物葬于龙潭山烈士陵园。每逢清明佳节，嘉鱼各界人士都要给英雄扫墓、献花，祭奠英烈，激励后人。而萧爱山也都会带着家人前来嘉鱼烈士陵园祭奠先父，继承遗志。

（舒爱民搜集整理）

农运领袖吕金城

吕金城（1887-1928），名崇鑫，字经纶，嘉鱼县官桥镇人。一九二六年加入中国共产党。一九二七年任中共嘉鱼县委组织委员。同年九月同李文卿一道领导了著名的“米埠暴动”，任总指挥。米埠暴动成功，任区农民协会主席，建立大崖山革命根据地。1928 年 2 月 19 日壮烈牺牲，时年 41 岁。

正直做人

吕金城出生于贫困家庭，七岁时父亲病故，全靠母亲一手抚养。离金城家不远处有一塾馆，金城经常偷偷在馆外听老师讲课。塾馆老师为人好善，见金城好学，略收学费，收金城课读。金城天姿聪明，常有举一反三的悟性，先生大喜，常出作文难题，提高金城习作能力。三年后，金城能赋诗作文，并能代人写信，先生甚是喜爱。一天晌午，先生友人来访，叫金城和另一同学看好学馆，自去陪朋友进餐。馆中有几个富家子弟，平常不学无术，正好有作文不能交卷，强行要金城代做。金城拒绝代笔，有三人将金城打倒在地；金城奋力反抗，亦将其中一个打伤。可恶的是，那几家有钱人，蛮不讲理，找上门对金城之母葛氏肆意中伤；葛氏痛哭不已，责怪金城不晓事理，在外闹事；金城虽有万般委曲，见娘伤心，忙跪在母亲面前，发誓以后再不会发生这样的事了。其母明知儿子有理，也只能对人家赔礼道歉；好在先生及时赶到，才平息了这场仗势欺人的风波。从此，先生更喜欢金城那刚正不阿的秉性，亦将平生所学知识倾腹授予金城，使金城在做人和书理上受益匪浅。

组织农会

吕金城成人后，真如自己名号一样，不但满腹“经纶”，且常怀忧国忧民之心。一九二一年投笔从戎，参加民军。民国三年袁世凯裁减民军，金城归里，看到家乡父老生活艰苦，文化落后，于是继承老师衣钵，在家乡设馆教书，传授文化。民国六年九月，孙中山成立军政府，通令护法讨冯（国璋），金城与同窗好友、龙口人刘子英、李伯岩等，在龙口、阮家山两地聚众千余人，组织护法军第十一团响应。次年失败，金城又回故里执教，民国八年五四运动兴起，金城常与学生阅读《新青年》，宣传新思想。一九二五年，“五·卅”惨案发生，金城为寻救国道路，弃馆游学，遍寻有识之士。在嘉鱼县城“集贤客栈”，他结识了李文卿、裴云卿、董随卿；在蒲圻，他深交了漆昌元、沈国桢，同他们一道秘密从事革命活动。

一九二六年三月，由李文卿介绍，金城加入了中国共产党。同年四月，与妻弟雷楚清、好友谢贵南、程家政等在舒桥一带秘密开展农民运动。八月二十八日北伐军到嘉鱼县，十月十日克武昌，金城根据李文卿“火速树帜”的通知，十一月十一日在观音寺、舒桥铺、董家岭建立农民协会，会员一千多人；同时成立妇协会、儿童团、赤卫军，开展打土豪、分田地，减租废债，反对洋教。

领导暴动

一九二七年七月，汪精卫发动“七·一五”反革命政变。八月七日，中共中央召开“八·七”会议，湖北省委据此部署鄂南暴动，李文卿奉命回县，与金城秘密筹划暴动。八月二十七日成立中共嘉鱼县委，金城为组织委员。九月四日，县委在石塘高家祠堂开会，决定九月十日举行米埠暴动，金城为总指挥。九月八日，蒲圻暴动提前，县委亦决定提前于九月九日举行暴动。是日黄昏，金城、文卿等率赤卫营及农协会员共三千多人，分三路进攻米埠，“保安团”团长雷长青、雷丹村及天主教安神甫潜逃，抓住劣绅蔡振发，即召开五千人的群众大会，将其公审枪毙，并宣布成立米埠区农民协会，金城为主席。九月十三日，金城奉命率赤卫营到咸宁，配合鄂南武装暴动攻打咸宁县城，三天未下；九月十六日，金城奉命撤退，根据省委“准备从嘉鱼陆溪口渡江，联络新堤、沔阳、潜江、江陵、公安、石首的农民军，创立一独立局面”的计划未果，率军原路返回舒桥，进入大崖山建立革命根据地，练军筹粮。一九二八年春节，金城豪情满怀，依岳飞《满江红》韵，写了一首气壮山河的新词，鼓舞农军斗志：

煮酒烹鸡，辞旧岁、团圆春节。看武士、枕戈夤夜，雄姿英发。救我黎民脱苦海，丹心一片辉星月。但愿得、早遂志凌云，标勋业。咸宁耻，犹未雪；壮士恨，何时灭？抖长戈捅破，石头城阙。赤帜紫金山上展，英风断首台中烈。待斯时、举世庆升平，光马列。

刑场高歌

1928 年 2 月 17 日凌晨，地主劣绅吕祥宜、漆云山，带领驻蒲圻县的国民党第十三军二十九师一0五团，进攻大崖山根据地，激战一天。黄昏时，金城组织部队突围转移，自己与黄德赐、程家政断后，弹尽被捕，解往蒲圻。途中，黄德赐投陆水河殉难。2 月 19 日，在蒲圻县城东门外，程家政被剖腹剜心，金城被五马分尸，壮烈牺牲，时年四十一岁。临刑前，金城高呼“共产党万岁！”并慷慨高歌：

壮志凌长空，丹心昭日月。

生前未了事，留予后人接！

群众见其豪壮，无不掩面而泣，有三餐不食、难寝难安者。金城妻弟雷楚清吊曰：“生死人常理，蜉蝣一样空。但留爱国志，何必寿乔松。”吕金城烈士的崇高形象，至今仍活在嘉鱼人民的心中。

（徐剑峰搜集整理）

取义成仁周宏金

周宏金，1903 年 6 月出生于嘉鱼县高铁岭镇陆水村百鱼塘周家的一个农民家庭。1929 年 7 月加入中国共产党，先后担任鄂南中心县河北（陆水河以此）工作组副组长、7 区 8 乡苏维埃主席职务。1932 年 3 月 25 日被国民党杀害于蒲圻县（今赤壁市）熊家岭，年仅 29 岁。

周宏金家境贫穷，7 岁开始放牛、砍柴。经常吃不饱饭，他瞪着一双大眼问妈妈："我们什么时候能吃饱饭？"他妈只有暗自流泪。为了混口饭吃，年少的周宏金不得不背井离乡，到蒲圻县枫桥给地主种佃田。1929 年春，中共鄂南中心县委派钱伯川到枫桥、小柏及嘉鱼县八斗角一带活动，点燃了革命火种。周宏金常背着东家去参加各种群众聚会，在党的教育下，他懂得只有推翻黑暗的统治才能过上好日子的道理，便义无反顾地选择了革命道路，加入赤卫队和中国共产党。

同年 12 月，周宏金任鄂南中心县河北工作组副组长，回到八斗角一带发动群众开辟苏区，在百鱼塘吴家，周宏金秘密发展了吴宝成、吴志银、周宏亮等，组织了一支 30 余人的赤卫队。他派人在八斗角开设春风茶馆作掩护，建立地下联络站。晚上，他带领赤卫队打击土豪劣绅，偏僻的山乡，到处点燃革命的火焰，成为打击敌人的一支有生力量。

在同蒲圻县交界的董家岭庄嘴头邵家村，大恶霸邵神祖仗着 60 余名家丁，10 几条枪，在当地为非作歹，残害群众。1929 年 12 月，董家岭农会派人前来联系，要求联合行动，消灭这股反动势力，解除两县边区人民的痛苦。周宏金经过周密部署和谋划，带领赤卫队员和农协会员 300 余人，兵分两路，午夜过后进抵邵家附近，汇合蒲圻县农军将其团团围住。由于邵家的房子较高，四周有院墙围绕，屋顶建有枪眼，紧闭着铁门，难以攻破。周宏金心想，敌人闭门不出，如果天亮援军一到，赤卫队就会腹背受敌，必定吃亏。他急中生智，命令队员："快去找柴草来！"于是一部分赤卫队员继续紧紧地围住邵家，一部分迅速到附近村庄找来一捆捆柴草，堆放在邵家院墙四周，周宏金一声令下："点燃柴火！"邵家四周立即燃起熊熊大火，赤卫队员趁机向邵家投掷燃柴，顿时，风助火势，火借风威，邵家就笼罩在熊熊烈火中。周宏金带领赤卫队趁机强攻邵家，似天兵神将般威武，邵神祖抵挡一阵，见势不妙，惶惶如丧家之犬般落荒而逃。这次战斗给敌人以沉重的打击，极大地鼓舞了苏区人民的革命士气，使敌人不敢轻举妄动，连驻扎在大屋杜家的杨天申“铲共团”也逃到嘉鱼县城。

苏区的日益壮大，革命群众运动日益高涨，反动武装“铲共团”头目杨天申、张华山气得要死，恨得要命。1930 年 3 月间，他们勾结国民党第 19 师，不断向苏区人民进行疯狂反扑，其所到之处杀人放火，抢劫掠夺，企图一举摧毁苏维埃红色政权。在敌人进攻面前，苏区人民在周宏金的带领下，与敌人展开了针锋相对的斗争。

同年 9 月，中共鄂南中心县委及七区区委鉴于八斗角一带革命形势风起云涌，人民群众热情高涨，决定在八斗角一带发动武装暴动，打击敌人的进攻，消灭地主武装，建立苏维埃政权。在工农红军红三师主力 600 多人的配合下，七区游击大队和苏区赤卫队员共 2000 多人在车埠河上架起浮桥，向敌人发动猛烈进攻。周宏金怀着对敌人的刻骨仇恨，率领赤卫队员冲锋陷阵，英勇作战，敌军抵抗一阵，见势不妙，仓皇逃窜。赤卫队一举收复了八斗角、咆哮岭、高铁岭、高家铺一带的苏区。战斗胜利后，红军战士和赤卫队员近 3000 人在当地进行了两天的武装游行示威。游行队伍威风凛凛、浩浩荡荡，所到之处，群众无不夹道欢迎，鸣炮放鞭，青壮年农民纷纷报名参加红军和赤卫队。经过这次战斗，使苏区得到了巩固和发展。

同年 10 月，红色革命政权七区八乡苏维埃政府在下龟蛇孙家诞生了。周宏金担任苏维埃政府主席兼赤卫队队长。整过区域扩大到八斗、仁安、石塘等 10 多个村庄。在鄂南中心县委的领导下，周宏金致力于建设政权、建立武装和发动群众，建立了一支 60 多人的农民自卫军和 200 多人的赤卫队，他带领军民开展了轰轰烈烈的打土豪、分田地、反封建、反压迫的土地革命运动。时称“男人打土豪劣绅，妇女打哑巴劣绅（菩萨），站岗放哨有儿童”。并在当地的铙钹山顶挖战壕、修工事、架起檀树炮。赤卫队员手持大刀、梭镖、鸟铳，日夜站岗放哨，守卫着红色政权。同时组织人民群众学唱《长工歌》等革命歌曲，支持妇协会开展反封建活动，进一步动员广大群众投入抗暴斗争，整过苏区呈现一派欣欣向荣的革命景象。

红色政权的建立、发展和壮大，引起了敌人的极大恐慌，他们时刻都想扼杀新生的红色政权。1931 年元月，嘉鱼县“铲共团”杨天申带领 100 多人枪，进驻杨山和左经山，由六甲孙家出发，过大崖畈向八斗苏区发动进攻，赤卫队员在铙钹山顶用檀树炮、鸟铳迎击敌人，打得难解难分。周宏金见敌人人多势众，难以取胜，便与部下商量，决定兵分两路，一路继续在战场上与敌人正面战斗，自己带一支人马绕到敌人背后进行夹击。他手提驳壳枪，肩背大刀，带领部分赤卫队员绕到敌后，将敌人打个猝不及防;经过一场短兵相接的战斗，敌人狼狈逃窜。

1932 年元月 20 日，杨天申带“清乡”大队，纠集大崖的孙青山、百合的舒立山、石塘的李少白及蒲圻白驹的张华山等“清乡团”向八斗苏区进攻。周宏金组织赤卫队在铙钹山阻击，区武装工作队队长孙家洪带 24 名战士绕入敌后，猛攻石塘“清乡团”，毙敌 12 人。周宏金在铙钹山指挥三尊檀树炮轰击，在铁油箱内放鞭炮佯装机枪，敌人以为遇上红军主力，“清乡”大队 100 多人狼狈逃窜。

同年 3 月，内奸孙清如密报杨天申：赤卫队主力转到外地作战，苏区武装力量空虚。杨天申乘机纠集孔金成、舒立山、杜贤山以及蒲圻张华山等 10 个“清乡团”共 3000 余人，于 3 月 4 日从东、西、北三面向苏区突袭。周宏金临危不惧，迅速组织苏区军民进行顽强抵抗，战斗十分激烈。

“清乡团”进入官社孙家和龚家堨后，火烧房屋300多间，杨天申叫嚣：“龚孙二姓，鸡犬不留，见石头也要砍三刀”。鼓动“清乡团”将官社孙、龚家堨的猪牛、农具等凡可搬动的财产洗劫一空。苏区被敌人团团包围，在敌强我弱的情况下，周宏金率部浴血奋战，掩护群众及区、乡机关向鼓潭渡口转移，强渡陆水河，向蒲圻车埠苏区撤退。由于渡口船少人多，渡河极为困难，敌人收缩兵力涌向渡口，在河堤上架起机抢向人群扫射，未及渡河的群众300多人应声倒在血泊中。在这危急时刻，周宏金带领5、6名赤卫队员向栗柴港方向且战且退，吸引敌人火力，不幸遇到张华山“清乡团”截击。由于四面合围的敌人越来越近，他们边打边撤，退至夏家畈时，因弹尽负伤被俘。此次战斗，苏区军民死亡370多人，其中赤卫队员53人。

周宏金被敌人带至熊家岭，张华山亲自面见周宏金，威逼他说：“只要你带领部下向我们投降，以往的恩怨就一笔勾销，并委任你为‘清乡队’队长；不然的话，我们就将你剖腹挖肝，死无完体！”周宏金冷笑着说：“你们这些反动派走狗，欺压百姓，无恶不作，是没有好下场的，我是死也不会和你们为伍的！”说罢，高喊：“中国共产党万岁！中国革命万岁！”穷凶极恶的张华山气得咬牙切齿，下令对周宏金进行剖腹挖肝，煮熟下酒。

周宏金英勇牺牲了，但他点燃的革命火种却继续熊熊燃烧着，苏区人民群众沿着他的足迹，继续革命着、奋斗着，与国民党反动派进行艰苦卓绝的斗争。

这正是：

建立苏区搞武装，挥刀勇战保家邦。

英勇顽强无畏惧，披肝沥胆永昭彰。

（孙剑　搜集整理）

巾帼英雄王佑尔

王佑尔，女，嘉鱼县八斗角村人，1901年生，因家境贫寒，十四岁送到下龟蛇孙家当童养媳。丈夫孙显仁，篾匠手艺，因身患肺病，一九二四年去世，佑尔将仅有的五分地卖掉葬夫，家中一贫如洗，只好带着两岁的儿子出门要饭。

一九二九年春，革命风暴席卷鄂南大地，佑尔来到蒲圻县枫桥，看到共产党领导穷人打土豪、分田地，建立新政权，成立赤卫队，穷苦人当家做主，扬眉吐气。这改天换地的变化，佑尔看到眼里，明在心里——共产党才是穷人的大救星。

于是，佑尔鼓足勇气，找到了当地共产党员、女干部汪子霞，忙问："你是领导吧，我要参加革命。"汪子霞打量了一下这位突如其来的客人：她年近中年，有一双明亮的眼睛，长得匀称秀气。头发有些凌乱，蛋形脸庞有些憔悴，破旧的衣裳，打满了补丁，身边还跟着一个两岁的男孩，一看便知是个苦难深重的坚强女人。汪问明来历后，热情引导佑尔见到了区苏维埃主席钱伯川，还认识了孙家洪、周宏金二位同乡。他们向她宣传革命道理，介绍她参加了当地的革命活动。

同年十一月，鄂南中心县委决定组建河北（陆水河以北）工作组，派遣组长孙家洪、副组长周宏金、组员王佑尔和钱向琼来到下龟蛇孙家。佑尔负责妇女工作。她为人耿直，作风泼辣，深受人们信赖。她走村串户，以叙家常、帮忙干家务的形式做妇女的宣传、发动工作，发展骨干力量，很快在八斗、高铁、舒桥、虎山一带点燃了革命烈火。

此时，与八斗邻近的蒲圻县熊家岭“铲共团”头子张华山，害怕革命烈火烧到自己头上，一心想扑灭。一九三〇年三月，亲自率团包围了下龟蛇孙家，妄想逮捕孙家洪。当“铲共团”行进到离下龟蛇孙家不远的丛山垴时，孙家潮一眼看见佑尔迎面走来，便立即走出队列，对她大声吆喝：“喂！那个女的，不许出村，快回去！”这孙家潮何许人耶？原来是孙家洪为了掌握敌情，派他打入敌人内部的共产党员。佑尔见是孙家潮，很快就明白了，转身就往村里跑，还大声喊道：“牛吃菜了哟！”村民听到佑尔的暗语，都赶紧躲藏。孙家潮急中生智，又乘机暗发讯号，高喊：“你们都不要跑，我们只抓孙家洪一人！”孙家洪听到后，立即往后山跑掉。由于王佑尔和孙家潮机智勇敢，互相配合，敌人的偷袭扑了个空。

十月，鄂南中心县委在下龟蛇孙家七区八乡建立苏维埃政府，佑尔担任妇协会主任和乡赤卫队副队长，并加入了共产党。

王佑尔以革命事业为己任，挨家挨户动员妇女参加打土豪、分田地；带领妇女开展剪发、放脚，解除不合理的婚约等反封建、反压迫斗争；动员妇女为赤卫队做袖章、补衣服、纳鞋底……在她的带头下，妇女的革命热情空前高涨。

蒲圻车堆场有位叫龚登云的穷苦农民，经人介绍到佑尔家上门，婚后，两人感情很好。自佑尔参加革命后，龚登云到武汉打单帮再也未回了。有人劝佑尔把丈夫找回，佑尔说：“登云胆小怕事，由他吧！”她毫不介意，继续从事革命。

佑尔还带领赤卫队在铙钹山顶修工事，挖战壕，架檀树炮，搭哨棚，时刻保持警惕，防止敌人骚扰。

一九三一年元月，县“清乡”队长杨天申带领百余人，从六甲孙家过大崖畈向苏区发动进攻，赤卫队当即奋起抵抗，在铁箱里放鞭炮当机关枪助威，檀树炮、坤罐炮、土铳、猎枪齐发，毙敌二人，伤敌多人，余皆败逃。

同年十二月，杨天申再次带领数十人到石圹高家祠堂，用刺刀逼着群众参加“反共戡匪”大会，当时周宏金主席已外出，佑尔勇敢地带领四十八名赤卫队员，打着六面红旗，兵分六路，土铳、鸟枪、陶罐炮齐发，向敌人呐喊进击；杨一时不知底细，惊恐万分，落荒而逃。

一九三二年元月，杨天申纠集孙青山、舒立三、张华山、李少白等四个“铲共团”，大举向苏区进攻。赤卫队奋起抗击，兵分二路，一路由周宏金、王佑尔率领在铙钹山阻击，一路由孙家洪率领，绕入敌后，两面夹击，毙敌十二人，俘敌二人。杨天申带残部狼狈逃命，孙青山等更是仓皇溃逃。

同年三月二十五日拂晓，分布在周围石子岭、琅珰山，铙钹山三个重要哨所同时鸣枪报警，佑尔意识到形势严峻。这时，国民党正规军十九师一团，加上杨天申、张华山等十个“铲共团”共三千余人，乘苏区赤卫队主力转到外地作战之机，兵分三路向八斗苏区进攻。周宏金、王佑尔带领在家守卫的一百多名赤卫队员，掩护群众及区、乡机关人员向鼓潭渡转移。当上千军民到渡口时，摆渡的只有两只小船。此时，苏区三百多间房屋被烧，火光冲天。追赶的敌人越来越近，枪声越来越密，情况十分危急。为了分散敌人兵力，减轻渡口压力，佑尔一掌将年幼的儿子推开，高举手中梭镖，大吼一声：“不怕死的跟我来！”立即就有十余名赤卫队员跟了过去，佑尔与周宏金各领一半人枪，一面向敌人还击，一面向栗柴港和熊家岭撤退。周宏金撤至夏家畈被敌人抓获，惨遭杀害。佑尔退至熊家岭被敌人团团包围，嚎叫“抓共产婆，抓活的……”冲了上来，王不幸被捕。

敌人将王佑尔押到蒲圻黄龙的叶家塘，受尽了各种毒刑，始终坚贞不屈。

“铲共”头子张华山下令一刀一刀地割她的双乳，佑尔大骂敌人：“你们是畜生，狼心狗肺，杀了我算不了什么，会有人替我报仇的！”张华山气急败坏，一迭声地喊：“快砍下她的头！快砍下她的头！”佑尔宁死不屈，就义前高呼：“共产党万岁！打倒国民党反动派！”牺牲时年仅三十一岁。

王佑尔的一生是短暂的，可她的革命精神，革命业绩和革命气节，是高尚的、伟大的、永恒的。

（王清贵搜集整理）

鼓潭渡痛击日军

抗日战争爆发后，由于蒋介石节节败退，武汉失守，嘉鱼和蒲圻两县沦陷，盘踞在两县交界的日本鬼子为非作歹，无恶不作，人民群众饱受烧杀掳掠之苦，他们夜间都和衣而睡，白天在田间劳作必系布鞋于腰间，随时准备“躲兵”。消灭这股敌人、救民于水火之中是众望所归。

1942 年 11 月 20 日，新四军嘉（鱼）蒲（圻）临（湘）挺进支队在支队长施寿堂、政委张进的带领下，从蒲圻黄龙经龟山钱家回嘉鱼大崖山驻地。下午三时，挺进支队沿着小柏到嘉鱼县咆哮岭行进，当前进到陆水河鼓潭渡的途中，过了鲍家桥，被正在河中的日本巡逻艇发现，而挺进支队没有发现鬼子，日军乘其不备，偷偷将巡逻艇开到隐蔽地后，几十名鬼子悄悄上岸，迅速占河堤为工事，等到挺进支队靠近，两挺机枪和几十条步枪突然同时向猝不及防的挺进支队发起突袭。

施寿堂临危不乱，他急令队员散开隐蔽，占据有利地形，进行抵抗，自己则隐蔽在高处观察敌情，当他看到正是无恶不作的日本鬼子时，不由恨从心起，决定歼灭这股鬼子。有少数队员由于从未与鬼子交过手，一听说遇到的是日本鬼子的正规部队，不由有些恐慌，施寿堂作战前动员说："同志们，前面就是日本侵略军，他们在我们的家园里烧杀抢劫，我们一定要消灭他们，才能报国仇家恨。鬼子是纸老虎，只要我们众志成城，不怕流血牺牲，就能消灭这帮鬼子！"队员们听到这番话以后，无不群情激愤，摩拳擦掌，以一当十，用步枪、土炮顽强地与敌人进行殊死战斗。一时间枪炮轰鸣，打得难分难解。

施寿堂见敌阵久攻不破，不由暗暗着急，因为战斗时间过长，不但会消耗自己的子弹，而且一旦惊动了嘉蒲两地周围的鬼子，便会派兵增援，到时自己腹背受敌。他观察战场，这里沟壑密集，便于部队隐蔽行动，而敌人后方空虚，一旦突袭成功，鬼子便会乱了阵脚。于是，他同政委张进商议，分兵让他亲率一支突击队，绕到鬼子背后，打他个措手不及。张进迅速组织队伍，收集所有的手榴弹，每名突击队员在身上绑一串，然后从侧翼向鬼子身后迂回夹击。

施寿堂指挥部队以田埂、港塘为掩体，从正面阻击鬼子，掩护突击队行动。张进带领突击队顺港塘迂回至堤脚边，然后匍匐到敌人背后。当接近敌人阵地时，被鬼子发现，敌人掉转枪口疯狂地扫射突击队。此时，张进命令队员说："所有火力集中开火，压制鬼子火力，掩护我接近鬼子！"突击队员们猛地向鬼子扫射，打得鬼子抬不起头，张进乘机奋勇当先，每前进一步便甩出一枚手榴弹，巧借手榴弹炸起的烟雾为掩护，一连几个飞跃，以迅雷不及掩耳之势，如天兵天将冲到鬼子面前，用手榴弹和手枪接连打死了几个鬼子。这时，突击队员们趁机一拥而上，一枚枚手榴弹在鬼子阵地上开花，他们万没料到挺进支队会有如此神勇，一时乱了方寸，但仍不服输，继续组织反扑。这时，施寿堂命令吹响冲锋号，部队从正面发起进攻。鬼子遭到前后夹击，便迅速转移阵地，逃到附近的龟山顶，架起机枪、集中火力、居高临下向挺进支队进行反击。施寿堂、张进组织部队包围了龟山，使日本鬼子进退两难，这样过了一两个小时，驻扎在车埠等地的日伪军闻讯赶来增援。挺进支队见敌人越来越多，而自己又孤军作战，人单力薄，再战难免会吃亏，便迅速撤出了战斗，绕道经方家冲到张银山，开进了大崖山仙人洞驻地。

此次战斗，毙伤日军数十人，缴获机枪 1 挺，步枪 8 支，狠狠地打击了日本鬼子的嚣张气焰。经过这一仗后，他们知道了共产党军队的厉害，再也不敢轻举妄动、为非作歹了。

（孙剑 搜集整理）

笑　话

“天狗吃月”

一个教书先生看见学生拿着两个月饼，馋得流涎水，想吃又不好意思讨，就心生一计，要那学生拢来，说给他讲天文。学生恭敬地走到先生面前，先生夺过他手中的一个月饼，边吃边说：“十五、十六月儿圆。”说着一口咬了一半，接着说：“初七、初八月半边。”说着把那一半也吃了。

学生一见急得要哭，先生忙安慰说：“天狗吃月不要怕。”双眼盯住学生那一个月饼：“顷刻之间可重现。”

学生明白了先生的意思，把手里那个月饼一藏说：“我明白了，原来天狗是吃不尽月的。”

讲述者：李雪梅　男　28岁　汉族　佐金山村农民

搜集整理者：李雷梅　孙金林

流传地区：高铁岭镇

搜集时间：1987年

“白子急胡了”

有个小孩挑水，把桶掉进井里了，回家告诉妈：“我的井落到桶里去了。”正在灶里煨罐的妈气得骂他：“苕儿，井怎么会落到桶里去？我不是灶煨在罐里，不用罐摔死你！”爸爸听见也骂开了：“你还苕些，灶怎么会煨到罐里去？真是什么儿养什么娘。”老爷爷见一家人尽说倒话，摸着胡子叹气说：“唉！莫把老子的白子急胡了！”

讲述者：孙泽才　男　52 岁　汉族　太平寺村农民

搜集整理者：舒爱民

流传地区：嘉鱼一带

搜集时间：1985 年

“豆”有此理

一次，一个教书先生教学生读“豈有此理，”把“豈”读成“豆”字。学生不解地问：“老师，这个豆字上面怎么有个山字？”先生忙解释说：“这豆是山上长的。”学生们都议论开了：“啊，先生，在山上长的就在豆上加个山；在山左长的就在豆左加个山；在山右长的就在豆右加个山，是吗？”先生忙说：“是是是！”一个学生问：“老师，我爹在屋里生的豆芽，这豆字怎么写？”先生一听，气极了，拍着桌子说：“真是豈有此理！”那个学生纠正说：“老师，你念错了，不是豈有此理，是豆有此理。”

讲述者：程爹　男　71 岁　汉族　白果树村农民

搜集整理者：舒爱民

流传地区：嘉鱼一带

搜集时间：1985 年

王聪和李愚

有王姓李姓两老庚，各生一子，一个名叫王聪，一个名叫李愚，王聪聪明好学，李愚却愚笨贪玩。

一天老李到王家，老王不在屋，王聪热情接待。老李问王聪："我看见你家有一只小狗，是吗？"王聪回答庚父："家有小狗，何必问乎？"一会儿。老李推开窗户说："哟，你家后园的竹子呢？"王聪答："被人偷去也。"又过了一会，老李指着乌纱帽问："你家有几个？"王聪又答："一代一个，计数二也。"

老李回去以后，把笨儿子叫到身边训斥："你太没用了，看人家王聪几会说话。"李愚问："是什么话呀？"老李就把王聪的话一五一十告诉儿子。李愚都死死地记住了。

又一天，老王到李家来，远远看见李愚就问："你父亲呢？"李愚回答庚父："家有小狗，何必问乎？"老王又问："母亲到哪里去了？"李愚说："被人偷去了也。"老王气极了，骂了句："笨蛋！"李愚高声回答："一代一个，计数二也。"

讲述者：佚名

搜集整理者：舒爱民

流传地区：高铁岭一带

搜集时间：1985 年

舌头与卷头

一天，有个不懂事的小孩在屋里玩耍，隔壁屠房猪在叫，就跑过去看热闹。猪杀死了，口里妥着一个又长又大的舌头，小孩一见蛮有味，大喊大叫："看喽，好大的舌头。"屠户最讲禁忌，一听此话，怒气冲冲，拿起棍子把小孩赶跑了。小孩跑到家里，哭着告诉妈妈无缘无故挨了打。妈妈告诉他，舌（蚀）头要说卷（赚）头。屠户当天真的蚀了本。第二天，刚把猪杀死，就把舌头割了。这时小孩又来了，一看猪没有舌头，就大声喊道："真稀奇，这个猪没有赚头。"

讲述者：谢三爹　男　60 岁　汉族　官垱乡农民

搜集整理者：黄艳华

流传地区：潘家湾镇

搜集时间：1987 年

三一三十一

有三个贼，拿着两个大麻袋一起去偷棉花。棉花放在楼上，谁上楼去？三人你推我搡，谁也不肯上。大贼说小贼人轻，该小贼上，二贼也附和着说小贼会爬楼，小贼答应了，三个搭成人梯。小贼一下子上去了，装了满满一袋子棉花丢下来。装第二袋时，小贼心想：我把这一袋丢下去，他们背起就跑，我怎么下来呢，他灵机一动，只装了半袋棉花，自己钻进去，用手抓住袋子口往下一滚，底下两个贼见第二袋又丢下来了，果然背起就跑。跑了两里多路，累得上气不接下气。大贼说：“小贼今天有好戏看。”二贼说：“从来没上过当，这回只怕要兑现。”大贼说：“不管他了，我们二一添作五，一人分一袋算了。”小贼一听二一添作五，忙在口袋里喊：“莫慌，还是三一三十一。”

讲述者：姚炳如　男　50 岁　汉族　官垱村农民

搜集整理者：黄艳华

流传地区：官垱乡

搜集时间：1985 年

秀才祭祖

从前，有个秀才，时刻要屙尿，白天尿壶不离身，夜晚要起来十几次。他老婆很是厌烦。

清明这天，秀才的老婆说：“听人讲你这个病到祖坟上求一求，还是诊得好的。”秀才带着香烛纸钱就去了。

秀才的祖坟在对河，坐船要蛮长时间。上船以后，他阴倒把尿壶放在船头。摆渡的看到了，就对坐船的人们说：“我送过好多人过河，还没看到有人带这么阔气酒壶。”秀才听了脸都气白了，当着众人又不好发作。过了一会儿，秀才故意问摆渡的：“你叫什么名字？”摆渡的说：“我的名字实在说不出口，小时候大伙都叫我狗姆儿。听老人说，名字起得越贱越好养活。”秀才忙接口：“我来跟你起个大号，你在屋里是搞什么事的？”摆渡的说：“农忙时种田，农闲时划船。”秀才笑了笑：“日后你就叫米一田一共吧。”秀才看摆渡的半天没说话，就接着问：“你有几个令尊？”摆渡的不懂，问：“什么是令尊？”秀才得意起来：“令尊就是姆儿。”摆渡的一听说：“我去年有两个，今年又生了一个。”秀才听完捂着嘴笑得前仰后合。摆渡的觉得奇怪，就试着问他：“你有几个令尊？”秀才一愣，没料到摆渡的来这么一句，一时哭笑不得，只好摇摇头。摆渡的一看，忙安慰说：“原来你一个令尊也没得，那把我顶小的姆儿送给你做令尊，怎么样？”秀才气极了，不晓得怎么回答好。下船的时候，秀才只肯付两个铜钱。摆渡的忙拉着他说：“刚才不是说好了三个铜钱的，怎么一刻儿变成两个？你今天就是把我这个米田共吃了，也要三个铜钱。”秀才无可奈何，只好红着脸交了钱。

秀才上岸以后，回头见摆渡的正要调转船头，就喊了起来：“你拿只大碗来，把壶里的酒倒去喝。”摆渡的连连摆手说：“我划船从来不收人家的东西。你还是拿去祭你的祖宗，好保佑你多生几个令尊吧。”

讲述者：周廷芳　女　40 岁　汉族　官桥镇农民

搜集整理者：周春梅　屈明仙

流传地区：官桥镇

搜集时间：1988 年

黄历迷

从前，有一个人，凡事都要看一看黄历，人送外号“黄历迷”。

五月三十，一个朋友请他去喝酒。他抽出请帖看喝酒的日期，见写着一横，以为是六月初一喝酒。他想：“我就饿一天，明日可以多喝一点。”

初一从清早等到太阳落土，还没见人来请。他把请帖再抽一点出来看，是两横。啊，是初二！他就又留倒肚子。

初二也没有人来接。他把请帖全部抽出来一看，上面写的是三横。啊，是初三！

饿了三天，“黄历迷”有气无力了。老婆劝他多少吃一点饭，他却说：“不能吃！明天我是作客，可以吃下四天的饭菜。”

初三，清早就有人来请客。“黄历迷”拿出黄历一看：“大门不能走也。”他就翻围墙出去，墙塌下来，把“黄历迷”压住了。他老婆发现了，要帮他搬开身上的土块，他又开口了：“莫忙搬，去把黄历拿来看看。”他老婆拿来一看，上写着：“过三日再搬。”

就这样，“黄历迷”饿了三天又三天，身上还有土块压着，等他老婆来搬土块时，他早就翘了辫子！

讲述者：王贤九　男　26岁　汉族　刘家门村农民

搜集整理者：游道平

流传地区：老官一带

搜集时间：1982 年

掉到油里不沾油

从前，有三个拜把兄弟，都是小偷，老大叫“溜溜滑”，老二叫“滑滑溜”，老三呢？还巧些，叫“掉到油里不沾油”。

春上，要下苕种了。三兄弟所在的湾子里，穷汉们都没得种，就请他们三个到山那边财主家去偷。

三兄弟在山岔路口齐了伴，摸黑找到财主的苕种窖。“溜溜滑”和“滑滑溜”都带了扁担、袋子。“掉到油里不沾油”却没带什么。老大老二说：“喂！老三，该你下洞去！”

“你不带行头，要罚你一家伙。”

老三只好下去装了四袋子。老大、老二用绳子扯上来，挑起就走，边走边逗散方开心：

“嘿嘿！看他老三怎么上来得！”

“这下子，‘掉到油里不沾油’也要沾一回着！”

不知不觉翻过了山头，走到三岔路口。“溜溜滑”对“滑滑溜”说：“我们二一添作五分它算了，各挑各的回去？”

“慢点！只怕要‘三一三十一’哟！”这时候，老三才在老大挑的袋子里喊起来，他连路都不消走得！

讲述者：黄甫仁　男　68 岁　汉族　潘家湾镇农民

搜集整理者：金辉

流传地区：潘家湾一带

搜集时间：1982 年

两亲家

姓张的跟姓李的结了儿女亲家，两家本来都蛮富足，就是死奸，有东西也不舍得拿出来吃。一天夜里，张亲家到李亲家屋里来了，李亲家笑脸相迎，请他喝酒。上的第一道菜是个长长的竹筒升子，里面装着炒黄豆。李亲家拿筷子点了点升子口，说："亲家，来来来，用这下酒，我们吃完这道菜，再上好的！"张亲家只好用筷子去夹黄豆，升子又高，豆子又圆，夹了半天才夹得一颗，越到后来越难得夹。从点灯吃到天亮，一升黄豆还没夹完。张亲家气得火冒三丈高还不算烟子，又不好发作得，只好告辞回去，还约定李亲家明天夜里到他家去喝酒。

第二天夜边，李亲家还真来回访了，张亲家心想："你用升子装黄豆，害得我夹了一夜；我用升子装芝麻，比黄豆粒子还小些，叫你夹一夜搭一白天！"两亲家客套一阵，装芝麻的升子端上桌来。张亲家说："来来来，亲家，我们一礼还一拜，麦子换韭菜，吃完了这升芝麻再上好鱼好肉啊！"李亲家把一双筷子从头到尾在口里拖过身，用涎水打湿，往升子里一插，沾满了芝麻，又往口里一拖，唆干净。就这样一插一唆，二插二唆……对不起！一升芝麻经不得几搞，一阵子就完了。张亲家手忙脚乱，跑进厨房叫媳妇："快点剁鱼切肉，你爹吃东西比绞屎棍都狠些，我算是贴了一回血本！"

讲述者：黄甫仁　男　68岁　汉族　潘家湾镇农民

搜集整理者：金辉

流传地区：潘家湾一带

搜集时间：1982年

斥贪官

从前，有个教书先生，专为百姓打抱不平，他写状纸告垮了七个半贪官污吏。知府十分恼怒，将他传进府衙喝道："该死的奴才！""是大人。""你为民叫冤叫屈图的什么？""图的'正义'二字。"知府说："假如我东边的房子里有很多金钱美女，西边的房子里放着'正义'，你愿意挑选哪一样呢？"教书先生说："大人，我当然要金钱美女啰！"知府大人笑："听这话就知道你不是好人。要是我就一定要'正义'不要金钱。"教书先生说："我和大人不同：我有的是正义，恰恰缺少金钱美女；你有的是金钱美女，恰恰缺少正义，所以我们之间想要的也就不一样啊！"

讲述者：曾敬原　男　38岁　汉族　县委宣传部干部

收集整理者：舒松

流传地区：嘉鱼一带

搜集时间：1982年

“不亦乐乎”

从前，有个财主，他的儿子在学堂里念书。回家来后，财主叫儿子读书给他听。儿子念道：“有朋自远方来，不亦乐乎……”财主顺手给儿子一巴掌，骂他儿子：“饭桶！什么‘不亦乐乎’？明明是‘不亦乐手’！”儿子争辩说：“先生教的是‘乎’字嘛！”“那是个白字先生，教错了！你按我的念。”

第二天，财主怒气冲冲地到学堂去训了先生一顿。先生不服气。两人公说公有理，婆说婆有理，一路争争吵吵来到县衙门，请县官评判，县官喝得醉醉醺醺的，也搞不清到底该念什么字音，就叫先生把那句话照原样子抄下来，等候发落。

这天晚上，县官在家里闷闷不乐，他老婆问是什么原因。县官就把“乎”字与“手”字的争吵这事儿告诉了她，还拿出先生写的字条儿来。县官老婆说：“这是古书上面最普通的一句话，要念‘不亦乐乎’！”县官恍然大悟：“啊！原来是‘乎’字！呃——那我明天在公堂上去裁决，怕一时忘记了，怎样办呢？”县官老婆给他出了个主意：“你不是最爱喝酒吗？就把你那个小酒壶弄根绳子系到，圈在颈根上，吊到心窝子里，外面把官服一罩，又不现形。明天你一摸心窝子，摸到壶子，也就想起了‘乎’字。”县官拍着巴掌说：“好主意！好主意！”

第二天，县官果然依计而行，升了堂，传齐了原告被告。他指着先生问：“你念么事啊？”“不亦乐平！”“你呢？”县官又问财主：“不亦乐手！”“呸！”县官把戒方一拍，吼道：“两个蠢货！都念错了！不是‘不亦乐平’，也不是‘不亦乐手’，是‘不亦乐’……”他把酒壶子一摸：“不亦乐酒！”

讲述者：黄甫仁　男　68岁　汉族　潘家湾镇农民

搜集整理者：金辉

流传地区：潘家湾一带

搜集时间：1982年

学　懒

村里有个小伙子，书也懒得读，活路也懒得做，是个有名的懒虫。他还嫌自己懒得不够，听说对河村里有个懒大爷，还会懒些，就去找他学。

这一天，太阳快当顶了，小伙子才慢慢找到懒大爷家。可是大门还没开，他也懒得去敲门，高声大喊：“懒大爷，懒大爷！”喊了半天，懒大娘才推开窗子，伸出半个脑壳来问：“喊他做什么事啊？”小伙子说：“找他学懒！”懒大娘说：“不在屋里！”小伙子很扫兴，就一步一步往后退。懒大娘感到奇怪，问他：“你怎么往后退呢？”小伙子回答：“我懒得打转身！”“哈哈，有你这样懒就了不起啦，还学什么呢？”

讲述者：黄甫仁　男　68岁　汉族　潘家湾镇农民

搜集整理者：金辉

流传地区：潘家湾一带

搜集时间：1982年

闲事莫管

先生一边烤火，一边向学生讲为人处世的道理。有个学生问："先生，别人的事管不管？"先生摸了一下胡须，严肃地说："闲事莫管。"

过了一会儿，那学生又说："先生的皮袍烧着了。"先生着慌了，一边扑打着身上的火，一边说："你怎么不早告诉我呀！"那学生说："你不是教我闲事莫管吗？"

先生尴尬地说："我是教你闲事少管。"学生又回了一句："这次算我多事了。"

讲述者：李新民　男　40 岁　汉族　新街镇农民

搜集整理者：李新民

流传地区：新街镇

搜集时间：1982 年

傻相公拜年

一个财主家里，有个傻相公，别人家都说他是个桐油罐，一筒"苕"一回，他外出游玩走到一个拣粪的老头儿面前，粪耙上的蚊子一下全都飞开了。老头说："苍蝇围狗屎，见人一轰开。"这傻相公心里默诵，两天算是记住了。

又一回，他看到一个阉猪佬正踩着一只猪在喊“阉猪——”他又记到了这两个字。

过年了，他去跟岳父拜年，一进屋，正围在桌上吃饭的许多客人都站起来让座，他见了这场合，马上说：“苍蝇围狗屎，见人一轰开。”岳母听后气了个半死，就去打他，不小心跌到地上去了，傻相公赶快跑上去，踩着岳母的肚子高声喊着：“阉猪哟——”。

讲述者：孙成琼　男　50岁　汉族　金盆村农民

搜集整理者：孙金林

流传地区：高铁岭一带

搜集时间：1982年

先生和弟子

财主家有个傻儿子，为了使他变聪明，财主为他请了个“聪明”的私塾先生。过年了，下大雪，财主叫儿子接先生到家里来吃饭，先生脚穿木屐，走过雪地，留下了“二”字模样的印儿，傻儿子看到后，口里不停地念：“二二，二的二，……”先生听了，大为恼火地训斥弟子：“你没读三天书，认得几个狗脚印儿？”

讲述者：彭传金　男　60岁　汉族　舒桥镇农民（已故）

搜集整理者：邵际景

流传地区：舒桥一带

搜集时间：1984年

“蹦”与“法”

从前，有两个相公进京赶考，路过一个庙前的池塘，塘里一条鱼突然蹦了上来。有个相公见景发问：“鱼蹦出水的蹦字哪么写?”另一个相公立即回答：“三点水，一个去字便是。”恰好庙里的和尚出来挑水。听这相公胡扯，便说：“你讲的是法字，哪是什么蹦字?”相公以为自己有才，哪会输到和尚手里?于是讥讽地说：“你懂个什么事?去者，离也，鱼一跳离了水，不是蹦是什么字。”和尚也不是平常人，两人吵到县衙内。

县令包庇相公，一拍惊堂木，斥责和尚：“大胆秃驴，明明是蹦字，你敢顶撞相公，诈为法字?”

和尚不慌不忙地说：“启禀大人，小民十八入蹦（法）门入了蹦（法）门十几春，老师捉我蹦（法）堂上，不知王蹦（法）怎么行。”

县令恼羞成怒，大声骂道：“混账，这是老爷的法堂!”

和尚连忙说：“哦，还是法堂呀，是读法字我就赢了。”

相公、县令哑口无言。

讲述者：雷嘉　男　25 岁　汉族　舒桥镇教师

搜集整理者：雷嘉　雷嘉新

流传地区：嘉鱼一带

搜集时间：1987 年

要胯子

从前，有个苕女婿，他岳父家农忙时死了耕牛。苕女婿见别人都去说安慰话，自己不知去说什么好，忙问老婆，老婆耐心地告诉他："你去就说，您家不要着急，蚀财免灾，以后还有我们来帮您家想办法哩。"苕女婿到岳父家，照着老婆的话说了。岳父一听很高兴，觉得女婿比以前聪明多了，就送了一只牛胯给女婿拿回去了。

不久，苕女婿的岳母娘死了，苕女婿又不晓得去了说什么才好。去问老婆，老婆哭哭啼啼，不耐烦地先走了。苕女婿想：你不告诉我算了。他慌慌张张跑到岳父家里，讨好地抢着说："你家不要着急，蚀财免灾！"岳父一听火冒三丈，伸手就是两耳光。苕女婿用手捂着发烧的脸，不服气地说："你家今天把我打死，我也是要一只胯子的。"

讲述者：袁正明　男　40 岁　汉族　虎山乡农民

搜集整理者：杨鹏

流传地区：陆溪镇

搜集时间：1988 年

盘古吹牛

老人们常说，盘古开天地。其实，盘古最爱吹牛。

有一天，盘古又在茶馆里神吹武吹，说到兴处，拿老婆打起赌来。他说："我盘古活了八百八，娶个老婆一十八，哪个年纪比我大，就把老婆让给他。"正巧，有个叫祸害的走进茶馆，听到盘古说大话，就接了腔。"我祸害今年一千八，有你两个八百八，到了后天二十八，接你老婆上宝塔。"盘古吹不赢祸害，输了老婆，又无法反悔。

盘古蔫头搭脑地回到屋里，他老婆问他什么事不高兴，盘古只好把在茶馆里吹牛的事说了一遍。盘古的老婆很是聪明贤惠，听了之后，心中已经有了主意，就是呕盘古不过，想趁这个机会治一治他那爱吹牛的毛病。她看到盘古着急的样子，不禁抿嘴笑了起来。盘古说："还笑哩，都怪我说失了口，祸害后天要来抬人，怎么办啰！"他老婆假装无可奈何地说："这有什么难的，后天跟人家去不就是了。"盘古听了这话，只有唉声叹气。

第三日一清早，远处传来娶亲的锣鼓声、喇叭声。盘古眼看老婆就要被人抬走，好不伤心，跪在老婆面前哭了起来，哀求她想个法子，莫跟祸害去。老婆只是不理睬，盘古的喉咙都哭哑了。

不一刻工夫，娶亲的人马来到门前，吹吹打打，好不热闹。祸害大声喊道："十八岁的娘子快出来，我接你上宝塔。"这时候，打屋里出来一个脸上漆黑，拄着拐棍的老太婆，不急不忙地说："是哪个来娶老娘？听倒！月里桂树王母栽，地下黄河老龙开，有个祸害出了世，是我亲手捡的胎。”祸害一听吓了一跳。看见是个老太婆，气得要死，扭头就跑。

原来，盘古的老婆，抹了一脸锅灰，穿了一身破衣，鳖起老腔老调，哄走了祸害，从此以后，盘古在外边再也不敢夸海口了。

讲述者：孔胡子　男　70岁　汉族　烟墩乡农民

搜集整理者：章雨金　庆英

流传地区：烟墩乡一带

搜集时间：1987年